A OUTRA FACE

RICARDO VALVERDE

A OUTRA FACE

ns
SÃO PAULO, 2019

A outra face

Copyright © 2019 by Ricardo Valverde
Copyright © 2019 by Novo Século Editora Ltda.

COORDENAÇÃO EDITORIAL: SSegovia Editorial
PREPARAÇÃO: Bel Ribeiro
DIAGRAMAÇÃO: Abreu's System
REVISÃO: Tássia Camargo e Adriana Bernardino
CAPA: Jacob Paes

AQUISIÇÕES
Cleber Vasconcelos

Texto de acordo com as normas do Novo Acordo Ortográfico da Língua Portuguesa (1990), em vigor desde 1º de janeiro de 2009.

Dados Internacionais de Catalogação na Publicação (CIP)
Angélica Ilacqua CRB-8/7057

Valverde, Ricardo
A outra face / Ricardo Valverde. – Barueri, SP: Novo Século Editora, 2019.

1. Ficção brasileira I. Título

19-1284   CDD-869.3

Índice para catálogo sistemático:
1. Ficção : Literatura brasileira 869.3

Alameda Araguaia, 2190 – Bloco A – 11º andar – Conjunto 1111
CEP 06455-000 – Alphaville Industrial, Barueri – SP – Brasil
Tel.: (11) 3699-7107 | Fax: (11) 3699-7323
www.gruponovoseculo.com.br | atendimento@novoseculo.com.br

Para Carmen, Rosa Valverde e Guigo.

"Como caíste do céu, ó estrela da manhã, filho da alva! Como foste lançado por terra, tu que debilitavas as nações! Tu dizias no teu coração: "Eu subirei ao céu; acima das estrelas de Deus exaltarei o meu trono e no monte da congregação me assentarei, nas extremidades do Norte; subirei acima das mais altas nuvens e serei semelhante ao Altíssimo."

Isaías 14:12-14

Parte 1
Traídos

*"Naquele tempo, muitos ficarão
escandalizados, trairão
e odiarão uns aos outros."*

(Mateus 24:10)

Capítulo 1
Roma, Itália — terça-feira
PRIMEIRO TELEFONEMA

— Alô?
— Doutor Vergara?
— Sim. Quem fala?
— Padre Delgado — respondeu ele num sussurro. — Tudo bem com você?
— Tudo ótimo, padre! — A voz abafada foi acompanhada por uma tosse. — Algum problema?
— A jovem.
— Qual?
— Aquela de que lhe falei outro dia.
— Que está escondida na Catedral de São Jorge, em Istambul?
— Exatamente, doutor Vergara. Fico feliz com sua boa memória.
— Diga lá, padre. O que tem a moça?
— Marquei um encontro com ela.
— E o que eu tenho a ver com isso?
— É você quem irá vê-la.
— Está de brincadeira comigo?

— Doutor Vergara, você é o único psiquiatra do Vaticano. A quem deveríamos recorrer num caso de suspeita de alucinação que envolve o catolicismo?

— Quando é esse encontro?

— Sábado.

— Daqui a quatro dias? — rugiu o psiquiatra, incrédulo.

— Algum problema, doutor?

— Nenhum — resmungou ele, a voz abafada na garganta.

— Escute bem, doutor, a jovem pode ser perigosa.

— De quem estamos falando, padre Delgado?

— Seu nome é Hazael Kaige.

— Quantos anos?

— Dezoito.

— O que aconteceu com ela?

— Hazael diz receber espíritos quase todos os dias.

— Que tipo de espíritos?

— Do tipo que revela segredos religiosos.

— Compreendo. E o que devo fazer?

— Diagnosticá-la como esquizofrênica e regressar a Roma.

— E se ela me convencer do contrário?

— Nem pense nisso! — A voz do padre Delgado elevou-se num súbito. — Doutor Vergara, faça o que precisa ser feito. É o que lhe peço.

— O que mais vocês sabem sobre essa garota?

— Hazael é cega de um olho.

— Totalmente?

— Parece que sim.

— Prossiga.

— Ela... — O padre fez uma pausa. Sua respiração mostrava-se entrecortada e ansiosa.

— O que tem ela?

— Hazael diz incorporar o espírito de Simão Iscariotes.

— Quem?

— Pai de Judas.

— Continue, padre!

— Segundo informações que colhemos dos padres da Catedral de São Jorge, a menina revelou em detalhes os últimos dias de Judas Iscariotes antes da crucificação de Cristo.
— E o que isso tem de tão perigoso? — perguntou o psiquiatra.
— A garota insiste em dizer que não foi Judas quem entregou Jesus.

Capítulo 2

Instantes depois
SEGUNDO TELEFONEMA

— Comandante Alex?
— Sim.
— Padre Delgado.
— Como vai, Santidade?
— Bem.
— O que deseja a essa hora?
— Oferecer-lhe um serviço.
— Que tipo?
— Do tipo que você gosta muito.
— Quem devo matar?
— A princípio vai observar e seguir.
— Tudo bem — Alex concordou, a voz acompanhada de fúria. — Quem é o sortudo?
— O psiquiatra.
— Doutor Federico Vergara?
— Ele mesmo.
— Mas o cara é meu amigo, padre!
— A partir de hoje não é mais.

— Puta que pariu! — desabafou o comandante.

— Que palavreados são esses, Alex? — Delgado fez uma breve pausa. — Sou um homem de bons modos. — Ele esboçou um riso surdo.

— Certamente, padre. Perdoe-me.

— Escute bem, Alex. — O padre empertigou-se na cadeira. — Você vai seguir o psiquiatra até Istambul, na Turquia. Ele tem um encontro com uma jovem nos porões de uma igreja parceira. Esteja próximo, mas não seja visto.

— Pode deixar, Santidade, é a minha especialidade.

— Muito bem — elogiou Delgado. — Eu ainda não terminei.

— Perdoe-me, padre. Na escuta — murmurou Alex.

— Certifique-se de que a jovem será transferida para o Sanatório Tarazov, hospital psiquiátrico de segurança máxima, localizado ao norte da cidade de Istambul. Se tudo correr da maneira como lhe falei, a vida do doutor Vergara será poupada.

— Caso contrário... — O comandante aguardou a chegada das próximas orientações, embora soubesse exatamente quais seriam.

— Mate ele e a moça — rugiu Delgado, o tom de voz grosso e rouco como o latido de um cão feroz. Seus olhos ardiam como gravetos em brasa.

— Quando a aventura começa?

— Seu passaporte está em dia, comandante?

— Claro que sim.

— Deixe-me pensar por um instante, Alex — disse o padre, flutuando para dentro de seus devaneios. — O psiquiatra viajará na sexta-feira; portanto, vou te mandar na quinta, um dia antes.

— Muito bom. Assim tenho tempo para visitar o local e traçar um bom plano.

— Espero que seja eficiente.

— Eu nunca falho, Santidade.

— Ótimo.

— Não quer que eu apague logo os dois? — sugeriu Alex.

— Só em último caso. Mantenha o plano da observação.

— Tudo bem, padre. Pode confiar.

— Alguma dúvida, comandante?

— O quão importante é minha missão?

— Digamos que a fé depende do seu sucesso.

Capítulo 3
Quinta-feira
DOIS PRESENTES

Uma sequência de trovoadas despertou doutor Vergara dos sonhos num salto trepidante e assustado. Eram 7 horas de uma manhã fria em Roma. Nuvens carregadas tingiam de chumbo o céu da capital italiana e anunciavam para breve uma tempestade arrebatadora. O psiquiatra caminhou a passos trôpegos até a cozinha e apanhou uma xícara do seu chá preferido, maçã com canela, feito na noite anterior. Correu na direção da janela, as pernas rígidas ainda reclamavam o despertar repentino, e sentou-se em sua cadeira de balanço ao lado da cama ainda desarrumada. Fitou os carros na rua, os pássaros escondendo-se entre as árvores, sem demonstrar qualquer interesse. Não havia nada lá fora que chamasse sua atenção. A questão estava toda em sua mente, arranhando-lhe a paz desde que esse novo caso caíra em seu colo. Algo não cheirava bem, ele podia sentir isso claramente, como o chá fumegante que queimava seus lábios a cada novo gole. *Qual era mesmo o nome da jovem?*, perguntou-se em pensamento.

— Hazael Kaige — respondeu para si mesmo, a voz firme denunciando a excelente memória.

Esse talvez tenha sido seu diferencial quando foi o escolhido, entre tantos outros candidatos, para trabalhar como médico psiquiatra do Vaticano. Sua capacidade para guardar nomes, datas, fatos e lugares era realmente uma de suas maiores virtudes, uma habilidade bem acima da média da população. Lembrou-se da alegria estampada no rosto de sua avó, Yolanda Vergara, com quem viveu desde os sete anos de idade, assim que chegou em casa com a notícia.

Mesmo sofrendo com leucemia e hemofilia, que levaram sua vida da Terra semanas depois, Yolanda conseguiu se levantar e dançar com ele uma valsa inteira em comemoração à conquista. Seus olhos pareciam dois holofotes arredondados, capazes de iluminar uma avenida inteira mergulhada no escuro; e o sorriso, gesto que não abandonava os lábios da avó mesmo quando a dor lhe mostrava as garras e a atacava sem misericórdia, era grande e cristalino como o oceano Pacífico. Lágrimas com sabor de saudade dançaram ao redor das pálpebras do doutor Vergara e o trouxeram de volta ao presente. Uma batida na porta fez seus músculos se retesarem e a xícara de chá cair ao chão, espalhando pelo piso liso dezenas de estilhaços pontiagudos de porcelana.

— Caramba! — rugiu o psiquiatra, inconformado.

— Doutor Vergara? — Uma voz conhecida e abafada ecoou ao fundo.

— Já estou indo, padre Delgado — disse ele, tentando decidir o que fazer primeiro.

Estancou os movimentos por alguns instantes e colocou-se a refletir. Provavelmente a visita não chegaria a entrar no seu quarto, depois ele teria tempo suficiente para secar o piso e varrer os cacos de porcelana que nesse momento habitavam livremente seu cômodo. Resolveu dar prioridade ao homem que o aguardava do lado de fora. Certamente lhe trazia alguma informação importante em relação a sua viagem. Vestiu-se de maneira mais adequada, calça jeans e camisa polo, e caminhou até a porta de casa, passando os dedos por entre os fios de cabelos lisos numa tentativa desesperada de penteá-los. Girou a chave num estalido surdo e puxou a maçaneta. Um rosto enrugado, esmagado entre a batina negra e um chapéu redondo, precipitou-se entre as sombras no exato instante em que chegava às suas costas o ronco de uma trovoada.

Suas pernas fraquejaram num lampejo de susto, e por pouco o psiquiatra não tombou para trás.

— Está assustado, doutor? — perguntou o padre, um sorriso irônico desenhava-se em seus lábios finos e pálidos.

— Não — respondeu ele, sem graça. — É claro que não.

— Por que demorou a me atender?

— É cedo, padre. Não funciono muito bem quando me levanto antes das nove — arriscou.

— Não vai me convidar a entrar?

— Claro que sim — respondeu o psiquiatra, a voz entrecortada. A visita já começava a lhe causar certo incômodo. Sempre achou as atitudes do padre Delgado bastante intransigentes. — Entre, por favor — falou por fim.

O padre tirou o chapéu da cabeça e avançou alguns passos. Uma caixa de papelão pendia em sua mão esquerda presa em uma sacola plástica.

— Já preparou as malas, doutor Vergara?

— Ainda não.

— Não vou me alongar demais. Só queria saber como estão as coisas, como a viagem está sendo digerida por você e dizer-lhe que não toque nesse assunto com ninguém, principalmente com o cardeal Alfredo.

— Estou me acostumando com a ideia, padre. — Vergara fez uma pausa. — Fique tranquilo, não abrirei a boca.

— Ansioso com a viagem?

— Um pouco. — Sorriu e abaixou os olhos. — Tenho medo de voar — revelou.

— Entendo. Também não morro de amores por viagens de avião, mas não fujo delas. Ainda mais quando uma tarefa importante me é delegada, como agora é o seu caso.

— Tem razão, padre. É assim que me sinto — mentiu. — Com receio do trajeto, mas feliz com a confiança depositada em meu trabalho.

— Ótimo — conferiu o padre. — Preciso ir. As passagens chegarão pelo correio ainda hoje, assim como os vouchers de estadia, transporte e um cartão de crédito desbloqueado.

— Obrigado, padre. Espero atender às vossas expectativas.

— Estamos certos de que atenderá. Até logo, doutor Vergara. — O padre se despediu, deixando o cômodo. Antes de desaparecer na escuridão do corredor, girou o corpo de maneira repentina e enterrou os olhos no rosto do psiquiatra. — Que cabeça a minha. Vim aqui especialmente para lhe entregar isto e já ia me esquecendo. — Ele estendeu a sacola na direção do doutor Vergara, virou-se novamente e foi engolido pela penumbra.

Vergara recostou-se na madeira da porta fechada e arfou com alívio, os olhos semicerrados. Permaneceu imóvel durante alguns minutos tentando organizar seus pensamentos. Listou seus afazeres e seguiu na direção do quarto. Abrir os presentes que acabara de receber, limpar a bagunça deixada no piso e preparar as malas. Era tudo. Retirou a caixa de papelão de dentro da sacola e a apoiou sobre o colchão. Abriu a tampa e estreitou os olhos. Um enorme véu branco saltou diante de si. Seus dedos acariciaram o tecido aveludado e encontraram uma saliência bordada com o nome de Hazael Kaige. *Um presente para ela?*, perguntou-se em pensamento. Sorriu com ternura ao ter certeza de que sim. Em seguida, seus olhos encontraram um novo objeto, um par de sapatos brilhantes, com seu nome bordado na altura dos calcanhares:

— Que lindo! — deixou escapar.

Calçou os novos sapatos e caminhou pelo quarto. Sentiu o piso grudento e repleto de estilhaços pontiagudos que estalavam a cada passo como bolachas crocantes. Enquanto limpava a bagunça, pano úmido apoiado no ombro e vassoura nas mãos, sua mente novamente voou para bem longe dali, no tempo e no espaço. Lembrou-se de quando recebeu seu primeiro salário como médico do Vaticano; um dinheiro bem acima dos padrões da categoria, principalmente para um recém-formado. De início suas tarefas eram simples. Resumiam-se a consultar e a tratar bispos, freis, padres e cardeais em processo de demência, estresse ou depressão. Agora, às vésperas de completar 31 anos e há três servindo ao padre Delgado, Vergara perguntava-se o que realmente desejava para sua vida. Sempre se viu morando numa casa grande, cheia de quartos e varandas, com esposa e filhos. Sonhos que foram ficando para trás, distantes como um chuvisco no alto do morro, e que agora vinham à tona, em alta velocidade e ferocidade. Sabia que servir ao alto clero da Igreja Católica era um trabalho que devia agradar a Deus, mas de longe não lhe trazia qualquer felicidade. Aprendeu a viver sem luxo, sem tantos prazeres, mas podia deitar a cabeça no travesseiro e dormir tranquilo, algo que valorizava muito. Mesmo que para isso continuasse a passar suas noites num apartamento pequeno, de apenas um quarto, ao lado da Estação Ferroviária de *Termini*, a mais importante e barulhenta de toda a cidade. Uma pequena gota de lágrima escapou-lhe dos olhos e percorreu toda a extensão do rosto. Sentia falta da pessoa que nunca chegou a conhecer, uma mulher por quem seu coração virgem e solitário pudesse se derreter e suspirar.

Capítulo 4

Turquia, Istambul
Sexta-feira à noite
PADRE ERNESTO

O Aeroporto Internacional de Ataturk, localizado na parte europeia de Istambul, fica a aproximadamente 20 quilômetros a oeste da Praça de Sultanahmet, antigo Hipódromo de Constantinopla, região que hoje abriga um importante centro histórico visitado por milhares de turistas do mundo todo. Doutor Federico Vergara saltou da aeronave com a cabeça rodando, o estômago embrulhado e a respiração entrecortada e irregular. Havia tentado dormir durante o voo, mas tudo o que conseguiu, além de correr ao banheiro para vomitar, foi fechar os olhos e deixar que os pensamentos atravessassem sua mente de maneira livre e ininterrupta. Conduzido mecanicamente pela multidão, o psiquiatra seguiu a passos incertos até um enorme saguão, local onde se apresentam as esteiras de bagagens, e ali ficou aguardando. Não foi capaz de imaginar como identificaria suas malas com os olhos saltitantes e a visão embaçada. Sentou-se em uma cadeira e esperou que a aglomeração se transformasse em um pingado de gente. Adormeceu por alguns minutos até sentir o toque de uma mão em seu ombro.

— Senhor, aquelas bagagens são suas?

Vergara abriu os olhos, assustado, e observou o guarda em pé ao seu lado. Um sujeito simpático o encarou com um sorriso grudado no rosto, debaixo de um bigode saliente. Enxergou suas duas malas ao fundo, girando sozinhas na esteira como se estivessem num brinquedo de parque infantil pouco visitado.

— Sim. Elas são minhas — respondeu, a voz arrastada.

— Posso ver seu passaporte?

— Claro que sim. — Vergara apanhou o documento do bolso e o entregou ao guarda.

— O senhor quer uma água? — perguntou o sujeito, caminhando ao lado do psiquiatra na direção da esteira.

— Não, muito obrigado. Tem gente me esperando lá fora.

— Tenha uma boa estadia senhor — disse o guarda, devolvendo-lhe o passaporte.

— Obrigado.

Um chuvisco gélido recebeu doutor Vergara do lado de fora do aeroporto. Um homem vestido todo de preto carregava um cartaz com seu nome na altura do peito, com um crucifixo de prata que pendia do seu pescoço preso a uma corrente. O psiquiatra sorriu ao identificá-lo e partiu em sua direção.

— Doutor Federico Vergara?

— Sim. Você é...

— Padre Ernesto. Muito prazer.

O psiquiatra acenou com um gesto de cabeça e manteve-se em silêncio. Caminhou ao lado do padre até o carro, um furgão branco caindo aos pedaços, e lhe entregou as malas.

— Entre, doutor. — O padre apontou para a porta do carona.

— Para onde vamos?

— Vou deixá-lo no hotel, não muito longe daqui. Amanhã bem cedo passo para apanhá-lo. De lá vamos ver a jovem na Catedral de São Jorge.

— Tudo bem — assentiu o psiquiatra.

Uma quietude confortante ocupou o automóvel durante a maior parte do trajeto. Doutor Vergara, por conta do cansaço; padre Ernesto, pela timidez. O furgão serpentou por ruelas estreitas, atravessou a famosa Ponte de Gálata e estacionou entre a Basílica de Santa Sofia e a Mesquita Azul. Um pequeno hotel com aspecto de casa abandonada descortinou-se atrás de uma sequência de arvoredos envergados pelo vento forte e o chuvisco intermitente.

Havia uma pequena placa pendurada acima de uma porta de madeira indicando o nome do lugar: *Glosbe Hotel*.

— O que quer dizer? — O psiquiatra apontou na direção da placa.

— Hotel Rosa — respondeu a voz cautelosa e baixa.

— Não estou vendo nada cor-de-rosa nesse local. — Doutor Vergara ensaiou um sorriso após a brincadeira.

— Não se refere à cor — padre Ernesto tomou fôlego —, mas, sim, ao sobrenome da família.

— Entendi, padre. Que horas você me pega amanhã? — perguntou doutor Vergara.

— Oito horas em ponto.

— Estarei pronto. Obrigado — agradeceu, saindo do carro.

Se por fora o hotel parecia um casarão deixado às moscas, por dentro lembrava um presídio desativado. Portas enferrujadas, paredes descascadas, pintadas de musgo, tapetes rasgados, perfume de mofo e urina, e nenhuma alma viva para receber o novo cliente. Vergara aproximou-se do balcão numa tentativa, em vão, de encontrar um funcionário, mas tudo o que viu foi um pedaço de papel abaixo de um molho de chaves. Mesmo constrangido, apanhou o bilhete entre os dedos e correu os olhos pelas palavras, escritas numa caligrafia perfeita.

Fui orar e já volto.
Reserva de Federico Vergara, quarto 7, andar térreo.
Apanhe as chaves e bom descanso.
Tarik Zeiloh.

O psiquiatra obedeceu ao que o bilhete dizia e mergulhou no corredor escuro arrastando as malas pelo piso de tacos. Um manto de sombras o abraçou assim que seus pés caminharam pelo estreito cômodo. Os tacos rangiam abaixo de seus sapatos novos a cada passo. Uma lâmpada nua, à meia-luz, segurava-se a todo custo pendurada num fio pálido como uma aranha despencando da sua teia.

— Meu Deus! — disse ele, num sussurro.

Vergara olhou à frente. Um enxame de portas se desenhou ao longo da parede escura, mas sem qualquer identificação. Imaginou que a primeira vista fosse a de número 1, e começou uma contagem progressiva na tentativa de encontrar seu quarto e se entregar ao sono. Assim que chegou à sétima porta, colocou a chave na fechadura e girou a mão para a direita. Um estalido rouco rosnou à frente dos seus dedos e, enfim, o cômodo se abriu, assim como seu sorriso. Arfou, satisfeito, e avançou para dentro do pequeno quarto. Folhas de jornal passearam pelo piso de concreto, assim que o psiquiatra penetrou a acomodação, como ratos fugindo da luz. Uma cama de madeira destacava-se no centro daquele cubículo, pouco à frente da janela escancarada, por onde um vento gélido e feroz empurrava sua fúria. Ele largou as malas ao chão, fechou a porta e a janela e despencou sobre o colchão, com os olhos cerrados e o corpo imóvel.

O chiado do chuvisco arranhando o vidro acelerou seu processo de se encontrar com o tão desejado repouso. Foi engolido por um sono pesado e sem sonhos durante toda a madrugada, até o sol atingir seus olhos anunciando a chegada da manhã seguinte.

Capítulo 5

Sábado, antes do amanhecer
ALEX CONFERE SEUS ARTEFATOS

Comandante Alex deixou o *Hamidiye Hotel*, onde estava hospedado, nos arredores da Catedral de São Jorge, antes de o galo cantar. O céu ainda mostrava a lua, algumas poucas estrelas, e o calor já transformava o ar num sopro fervente. Sempre agira dessa maneira. Acostumara-se a chegar primeiro aos seus compromissos desde os tempos de garoto, quando sonhava em ser como o pai, piloto de avião, e despertava com ele para tomar café em sua companhia antes de vê-lo partir para mais uma viagem. Ainda sentia falta da sua presença quando se sentava à mesa para comer. O pai, Andrea Fuzetto, teve um daqueles piores destinos quando se escolhe uma profissão de risco. Sofreu um acidente que o deixou na cama por cinco longos anos, sem abrir os olhos nem a boca ou praticar qualquer movimento. Voltou para casa numa cadeira de rodas, o sorriso distante e o olhar morto, seco, à espera da morte. Ela veio dois anos depois, exatamente no período em que Alex Fuzetto se formava na Academia da Polícia italiana e era designado para reforçar a segurança do antigo papa, Benedito VI.

Habituou-se ao trabalho no Vaticano, de onde nunca mais saiu. Fazia agora a patrulha das cercanias da Santa Sé e alguns trabalhos particulares para membros da igreja. Homem forte, truculento, pele branca e cabelos loiros, curtos e espetados para cima, podia facilmente ser confundido com um dos membros da guarda suíça que atualmente mantêm o Vaticano seguro.

O fato de ter chegado a Istambul um dia antes do seu alvo, o psiquiatra Federico Vergara, o ajudou a conhecer as cercanias da Catedral de São Jorge, localizada bem no centro da cidade, na entrada do bairro de Balat. Aproveitou que o sol ainda não havia despertado e seguiu até uma pequena doceria. Pediu duas *baklavas*, doce à base de pistache e nozes, e um copo de café. Enquanto sua boca se deliciava com aquele recheio molhado e caramelizado da culinária turca, seus olhos conferiam o aparelho celular. Havia uma mensagem do padre Delgado. *"Os presentes já estão com o alvo."* Não dizia muita coisa, mas o suficiente para Alex compreender e conferir o GPS com a função *Follow Chip*, concedido apenas a membros da polícia devidamente autorizados, e iniciar o serviço. Assim que o aplicativo ganhou vida, dois pontos brilharam na tela como luzes piscantes de Natal. O nome *Glosbe Hotel* surgiu no visor, assim como sua localização, *Distrito de Fener*. O comandante utilizou as iniciais V, para inscrever doutor Vergara ao primeiro ponto luminoso, e H para a jovem Hazael Kaige, referente ao segundo. Alex observou, por fim, que os pontos estavam estacionados no mesmo ponto do mapa, o que o tranquilizou. Imaginou que o psiquiatra ainda estivesse no quarto do hotel – os *chips* escondidos em alguns de seus pertences – dormindo ou se preparando para o encontro. Em seguida, ainda com a boca cheia de *baklava*, apalpou a arma presa à cintura e testou a câmera em seu relógio de pulso. Estava tudo certo! Arfou com tranquilidade, finalizou os doces e o café e saiu da doceria em direção à Catedral de São Jorge, na Avenida Yavuz Sultan Selim, uma das mais movimentadas do bairro de Balat, que liga o norte de Istambul à Praça Beyazit, onde está o Grande Bazar e o Mercado de Especiarias, considerados patrimônios mundiais pela Unesco.

Alex sentou-se em um banco ao lado da entrada da igreja, cobriu os olhos com óculos escuros e colocou-se a esperar. Um breve pensamento atravessou sua mente enquanto aguardava a chegada do seu velho amigo, doutor Federico Vergara. *"Posso liquidar os dois e dizer ao padre Delgado que o plano da observação não deu certo."*

Um sorriso se desenhou em seu rosto com certa ansiedade. Sua visão passeou rapidamente pelos lados da avenida em busca de algo para matar o tempo, mas foram seus dedos que, ao tocar no ferro gelado do seu revólver, tranquilizaram seus batimentos cardíacos. Alex apertou os dentes e encaixou a mão na arma. Nutriu-se de uma vibração perigosa, mas extremamente renovadora. Conhecia aquele sentimento muito bem. Não era apenas o tempo que desejava matar, sabia disso melhor do que ninguém. Fitou as horas por duas vezes em sequência, contando os minutos para presenciar o encontro do seu antigo amigo com a jovem turca.

CAPÍTULO 6

Horas depois
CATEDRAL DE SÃO JORGE

O sol era escaldante do lado de fora. Da janela do quarto Vergara observava o passeio de corvos ao redor de uma enorme figueira em frente ao portão do hotel. O psiquiatra fitou o relógio e percebeu que estava atrasado. Mesmo assim, colocou-se embaixo do chuveiro e tomou um banho refrescante e renovador. A água fria despertou seus bons pensamentos e seus maus pressentimentos na mesma proporção. Se algo pudesse dar errado, seria em breve. Doutor Vergara abriu a mala e apanhou seu canivete suíço, presente da avó pouco antes de falecer. Vestiu-se com uma calça jeans, uma camiseta polo e calçou os sapatos novos. Lembrou-se de apanhar o presente de Hazael e de guardar o canivete no bolso de trás da calça. Deixou o quarto aos solavancos, a marcha errante e o estômago reclamando mais de doze horas de jejum. Imaginou que a espelunca na qual se hospedava em Istambul não oferecesse café da manhã, chegando a duvidar de que havia uma cozinha ou um restaurante em algum canto para prepará-lo. Avançou pelo corredor escuro até encontrar a claridade do dia tomando conta do saguão principal. Havia um homem baixo, careca, de pele morena, bigode saliente e olhos verdes atrás do balcão, sua atenção voltada a uma revista. Vestia um uniforme azul e chapéu cinza. Um crachá denunciava seu nome e função:

Tarik Zeiloh — Gerente. Era o mesmo nome assinado na carta que Vergara encontrara na noite anterior.

— Muito prazer, doutor Vergara. Dormiu bem? — Um sorriso fácil e descontraído atingiu os olhos do psiquiatra como um fuzil.

— O prazer é todo meu, Tarik. Dormi como um anjo — respondeu.

— Não quer tomar um copo de água?

— Obrigado. Estou atrasado.

— Que horas o padre Ernesto ficou de apanhá-lo?

— Às oito.

— Já passa das nove, doutor.

— E onde ele está?

— Não veio.

— Sério?

— Aham...

— Acho que é a primeira vez que alguém se atrasa mais do que eu. — Doutor Vergara forçou um riso.

— O padre Ernesto não virá, doutor. Sou eu quem o levará até a Catedral.

— O que aconteceu com ele?

— Sentiu-se indisposto ao acordar. Uma freira do convento de São Jorge, localizado atrás da Catedral, foi quem me ligou avisando.

— Que estranho — o psiquiatra deixou seu pensamento escapar. Num súbito, apalpou o canivete no bolso de trás da calça apenas para se certificar de que havia se precavido de alguma maneira.

— Está pronto? — perguntou Tarik.

— Sim.

Tarik abriu a porta do hotel e aguardou a passagem do seu cliente, demonstrando toda sua cordialidade. Um Fiat Tipo azul-marinho os aguardava em frente, os vidros abertos e um paralelepípedo calçando uma das rodas de trás. O gerente do Glosbe Hotel jogou a chave para cima e a apanhou logo em seguida como num jogo solitário. Vergara entrou no carro e travou a respiração, o fedor lembrava seus sapatos quando criança. Cerrou os olhos, acomodou-se no banco ao lado de Tarik e procurou pelo cinto de segurança.

— Não tem cinto, doutor.

— Está bem — concordou Vergara, arfando com certa impaciência.

— Em menos de dez minutos estaremos na Catedral de São Jorge, meu caro amigo.

— Fico feliz.

— Primeira vez na Turquia?

— Aham — respondeu o psiquiatra, a voz sem interesse.

O motor do Fiat ganhou vida numa tosse frenética e seguiu exalando fumaça até virar à direita na primeira esquina, em frente a uma doceria com a fachada pintada de vermelho. Contornou uma enorme rua de onde se via a Mesquita Azul com seus seis minaretes e um enorme jardim. Ao fundo, a Basílica de Santa Sofia dava o ar de sua graça e exibia seu encanto.

— Se tiver um tempinho, doutor, vale a pena conhecê-las. — Tarik apontou os dois monumentos.

— Gostaria muito — revelou Vergara, embasbacado com tanta beleza. Por alguns minutos, conseguiu escoar da sua mente a difícil missão que teria pela frente. Esqueceu-se da jovem Hazael, da ausência do padre Ernesto e do pedido de Delgado. Quando o motor do carro parou de rosnar, o psiquiatra se deu conta de que havia chegado ao seu destino. Uma casa simples, que lembrava um sobrado bem-cuidado, se apresentou aos seus olhos num rompante.

— Onde estamos, Tarik?

— Chegamos à Catedral, doutor.

— É aqui? — perguntou, incrédulo.

— Sim. Nenhum monumento religioso pode ter uma fachada maior e mais bela do que as mesquitas islâmicas. É uma lei do governo turco.

— Mas...

— Por dentro lhe lembrará qualquer igreja do mundo. Pode acreditar — disse Tarik, abrindo a porta do carro.

Por alguns instantes, doutor Vergara desejou ter se hospedado mais longe do seu destino. "*Até que não seria uma ideia ruim adiar esse encontro*", pensou num rompante. "*Quem sabe Hazael, assim como o padre Ernesto, não tenham acordado com uma indisposição repentina? O calor está tão febril.*" Seus devaneios insistiram em flechar sua mente como adagas envenenadas de pessimismo.

— Doutor Vergara? Doutor Vergara?

— Oi? — O psiquiatra se assustou.

— O senhor está bem?

— Sim — respondeu, a voz entrecortada.

— Temos que ir.

— Vamos — concordou ele. — Que Deus me proteja!

Assim que os pés do doutor Vergara atravessaram o portão da igreja, seu coração se encheu de uma paz confortante e inusitada. Uma tranquilidade que não saboreara desde que chegara a Istambul acariciou suas veias e aquietou seus maus pensamentos. Estancou os passos e deixou que sua vista registrasse cada canto da capela principal. Um desfile de bancos levou os olhos do psiquiatra até o grande altar. Exibia simplicidade, decorado com uma mesa de madeira, pouco à frente de um crucifixo que mostrava Jesus preso à cruz. Ao lado direito, atrás de compridas vigas de ouro que ligavam o piso ao teto, dezenas de afrescos apresentavam a vida de São Jorge, do nascimento à beatificação. À esquerda, no alto, uma varanda de concreto contava os últimos dias de Cristo. Uma lágrima escorreu pelas pálpebras de Vergara e foram morrer em seus lábios, secos e trêmulos. A vontade de orar por sua avó o fez ficar de joelhos atrás da primeira fileira de bancos. Em voz baixa repetiu a prece da Ave Maria por duas vezes seguidas antes de abrir os olhos. Tarik parecia tranquilo, aguardava o psiquiatra com o chapéu apoiado entre as mãos e o peito.

— Por aqui, doutor — ele disse, apontando para uma pequena escada ao lado do altar.

Um homem de terno, pele branca como a neve e cabeça baixa chamou a atenção de Vergara quando atravessava o último banco antes da nave principal. Ficou tentado a olhar para trás, mas desistiu ao passar pelo confessionário, concentrando-se em seguir o gerente do hotel que já desaparecia nas sombras da escadaria. Um véu escuro atacou a visão do psiquiatra assim que iniciou suas passadas em direção ao porão da igreja. A tumba de São Jorge se descobriu ao primeiro subsolo, no coração de uma espécie de caverna de concreto. Os passos do doutor Vergara pararam por alguns segundos, mas logo tomou o rumo de um pequeno e estreito corredor que se perdia no breu como uma garganta de pedra e areia.

— Siga em frente, doutor. Eu paro por aqui — orientou Tarik.

O psiquiatra preferiu o silêncio a proferir qualquer palavra. Sentiu a garganta fechar-se num nó e a saliva escapar da sua boca, seca como uma folha de outono. Suas pernas bambearam, mas prosseguiram de maneira corajosa até um buraco na pedra mostrar o restante do trajeto. Doutor Vergara abaixou a cabeça e penetrou a escuridão. Como num passe de mágica foi engolido por uma claridade que desconheceu de onde vinha. Era um lugar bem pequeno, encravado numa espécie de morro, lembrando uma tumba egípcia infantil. A silhueta de uma moça desenhava-se próximo à parede do fundo da caverna. Cabelos longos cobriam-lhe o rosto, e um manto escuro, o corpo.

— Olá — doutor Vergara se arriscou a dizer.
— Está atrasado! — A voz da moça era doce e cautelosa.
— Perdoe-me, Hazael.
— Você está sozinho? — perguntou ela.
— Sim.
— Ótimo. Permaneça só até o fim da sua viagem.
— Por quê?
— Doutor Vergara — a voz de Hazael agora soava como um grito desesperado —, não confie em ninguém.
— Está bem! — concordou o psiquiatra, sem nada entender.
— Sei o motivo da sua visita, doutor.
— Sabe?
— Sim.
— Qual é?
— Calar-me.
— Não farei isso, Hazael.
— Não mesmo? — Seu rosto se virou contra a luz, e pela primeira vez doutor Vergara pôde vê-la. Era uma mulher linda, com traços delicados, a pele lisa, macia e quase translúcida. Seus olhos lembravam os de Jesus, azuis bem claros. O psiquiatra não conseguiu identificar qual deles não podia mais enxergar.
— Estou confuso — declarou, a voz trepidante.
— Mas foi o que seu superior lhe mandou fazer. Vai desobedecê-lo, doutor Vergara?
— Como sabe meu nome?
— Eu sei tudo a seu respeito! — respondeu ela.
— Como?
— Antes de você chegar, recebi uma rápida visita.
— De quem? — perguntou o psiquiatra, encantado com a moça.
— Yolanda Vergara, sua avó. Ela me contou que você viria no lugar do padre Delgado.

Capítulo 7

Após alguns instantes
A FUGA

— Eu não compreendo, Hazael.

— O quê?

— Minha avó ter vindo ver você.

— A questão não é compreender — Hazael deu uma pausa —, é acreditar. Você acredita, doutor Vergara?

— Não sei.

— Pois, então, decida-se — disse ela. — O que você está carregando nessa sacola?

— Um presente que trouxe para você.

— Para mim?

— Sim. De Roma.

— Passe-o para cá.

O psiquiatra avançou alguns passos e estendeu a sacola para que a moça pudesse alcançar o presente. Seus dedos tocaram a pele de Hazael, e ele tomou um susto que quase o derrubou para o lado direito. Por sorte a parede era bem próxima e escorou seu ombro, impedindo a queda. Ele sentiu uma vibração incognoscível dançando em suas veias como uma corrente elétrica. Pôde ver uma luz azul ao redor da jovem Hazael, lembrando-lhe a figura de um homem que viveu numa época bem longínqua. Ele estava vestido num manto cor de areia.

— Quem é ele? — doutor Vergara apontou na direção da luz.

— Consegue vê-lo?

— Sim.

Hazael calou-se por alguns minutos, o rosto preso à sacola plástica apoiada no colo. Apanhou o véu entre os dedos e deu um largo sorriso, os olhos arregalados e brilhantes. Suas mãos lançaram o presente ao redor do pescoço e, em seguida, acomodaram o véu por sobre sua cabeça, escondendo-lhe os cabelos.

— É lindo. Obrigado, doutor Vergara.

— Ficou muito bonito em você — disse ele, a voz tímida e baixa.

— A propósito — Hazael se adiantou, virando o rosto na direção do psiquiatra. —, o nome dele é Simão.

— O que disse?

— O homem que está comigo. Não perguntou quem era?

— Sim. Ele veio ficar com você?

— Não. Ele veio conhecê-lo.

— Mas... — Vergara deu uma pausa. Engoliu em seco antes de continuar. — Como?

— Fique quieto por um instante, doutor. Ele está falando algo importante.

— O que ele está dizendo?

— Fuja! — gritou Hazael.

— Quem?

— Você.

— Por quê?

— A morte está nesta igreja, doutor Vergara. Ela veio de Roma para nos levar.

— Não irei embora sem você, Hazael.

— Dê-me logo o diagnóstico de esquizofrenia e desapareça daqui. Agora! — berrou a moça a plenos pulmões, os olhos arregalados e estáticos miravam algum ponto além da caverna, parecendo em transe.

— Como sabe disso?

— Doutor, seja rápido!

— Eu não vou fazer isso, Hazael!

— Venha comigo! — Ela apanhou Vergara pela mão e entrelaçou seus dedos nos dele, conduzindo o psiquiatra até a caverna ao lado. Contornou o túmulo de São Jorge e abriu uma portinhola escondida entre a parede do fundo e um pequeno altar de devoções, ao lado de um pequeno orifício que fazia papel de janela.

— Pule! — ordenou Hazael.

— Você primeiro — retrucou Vergara.

— Que homem teimoso! — Ela deixou escapar um sorriso.

Seu corpo desapareceu naquele buraco negro e estreito. Em seguida, assim que o psiquiatra escutou atrás de si passos se aproximando, saltou atrás de Hazael, mergulhando num túnel de trevas.

Capítulo 8
Roma, Itália
Naquele mesmo momento
PLANO B

A dor nas costas não permitia a padre Delgado caminhar mais depressa do que aqueles pequenos passos lentificados e vagarosos. Os gritos do telefone anunciavam novidades no caso da jovem turca, ele podia pressentir, talvez até sentir o perfume da caverna em Istambul. Por alguns instantes, enquanto seu aparelho celular não se cansava de soar, imaginou Hazael sendo transferida ao sanatório e a vida do Vaticano retomando seu curso de tranquilidade. Rezou para que o comandante Alex não desistisse da ligação e continuou sua maratona pelas escadarias da Santa Sé. Ao transpor o último degrau e mergulhar no corredor onde ficam os quartos dos bispos, padres e freis, uma quietude atacou seus tímpanos e um sentimento de amargura o abraçou num rompante. Lamentou seus recentes problemas físicos, a inflamação na quarta vértebra da coluna e uma artrose cavalar bem avançada que o impediam de se locomover com a mesma facilidade e desenvoltura de outrora. Seguiu aos trancos e barrancos na direção de seus aposentos, o último cômodo de um imenso corredor mergulhado na penumbra. Caso Alex não insistisse numa segunda ligação, ele mesmo telefonaria ao comandante para lhe perguntar sobre o andamento do plano. Avançou como pôde pelo estreito e longo saguão, o aperto nas costas sugando sua energia e dificultando sua capacidade de respirar. A prece na ponta dos lábios pedia a Deus que a porta do seu quarto chegasse o mais depressa possível; se fosse o caso, que viesse ao seu encontro, exatamente como a montanha fez com Maomé. Num súbito, cerrou os olhos e estancou os movimentos após uma dor ferrenha e nauseante. Colocou a mão direita sobre o peito, precisava sentir se um coração ainda batia dentro dele, e a esquerda no bolso da sua batina à procura da chave. Arfou com certo alívio, a porta do seu cômodo já se apresentava à sua frente. Girou a maçaneta e invadiu o cômodo como um lobo faminto ao encontrar uma carcaça sangrenta. Assim que seus olhos se voltaram na direção da escrivaninha, disposta entre a cama e a janela, escutou o som do toque do seu celular novamente.

— Graças a Deus! — desabafou para seus próprios botões e apanhou o celular, os dedos trêmulos e inseguros. Sorriu ao se certificar de que Alex o procurava.

— Alô? — atendeu o telefonema de modo confiante.

— Padre Delgado?

— Sim. — Percebeu uma tensão estranha na voz do comandante.

— Eles fugiram, padre!

— Como?

— Eu não sei.

— Comandante, esqueça o plano da observação.

— O que está querendo me dizer?

— Acompanhe-os pelo aplicativo. A essa altura, Hazael já deve estar vestida com o véu que lhe dei. O *chip* está inserido nele. E o psiquiatra, aquele magricela metido a herói, provavelmente está calçando seus novos sapatos.

— Farei isso, padre. — O comandante retirou o aparelho celular do ouvido e ligou o aplicativo *FollowChip* sem demora. Enxergou dois pontos vermelhos e luminosos movendo-se através do mapa da cidade de Istambul. Pelos cálculos que fez rapidamente, eles não deviam estar muito longe. A marcação de cada um dos *chips* indicava que Hazael e Vergara permaneciam juntos e ainda não haviam deixado a Catedral de São Jorge.

— Encontre-os e os faça sofrer!

— Até aonde posso ir, padre?

— Até vê-los sem um mísero lapso de vida.

Capítulo 9
Turquia, Istambul
LUGAR SEGURO

Um momento de silêncio governou o túnel escuro. Vergara agachou-se, apoiando as costas contra a parede, e deixou que o corpo desabasse sobre o piso. Pedras pontiagudas arranharam sua pele causando-lhe uma dor gritante e nauseante. Sentiu vontade de vomitar, o ar faltava em seus pulmões, e o cansaço algemara sua energia. Algo tocou seu ouvido e o fez dar um salto de susto. A voz de Hazael soou como um miado distante.

— Por aqui, doutor.

— Onde você está? — perguntou o psiquiatra, tentando adaptar-se rapidamente àquele ambiente hostil.

— No fundo do corredor. Só há esse caminho.

— Estou indo — disse ele, a voz trêmula e incerta.

Doutor Vergara arriscou algumas pegadas irregulares à frente e foi avançando aos trancos e barrancos, os ombros arranhando as paredes de areia que esculpiam a largura e a direção do túnel. *Meu Deus, onde isso vai dar?*, perguntou-se num devaneio arrebatador. Aos poucos, enquanto seus pés marchavam cada vez mais fundo na areia fofa, sua visão foi se acostumando à escuridão e desvendando contornos mais claros na penumbra. Cerrou os olhos e os abriu novamente, utilizando-se de uma técnica que seu pai

Gualberto Vergara lhe ensinara na infância. *Filho, você deve piscar forte para poder enxergar no escuro.* Seus ouvidos quase tocaram as palavras dele, e uma pontada de saudade martelou seu peito num aperto azedo. Acelerou o passo e inclinou os olhos na direção de um pequeno lapso de claridade que cortou o ambiente como um cometa rompendo o céu noturno. Ele sabia que só havia um jeito de escapar com vida daquele sarcófago formado por barro e pedras: confiar na jovem Hazael Kaige. Num súbito, sem aviso prévio, um rosto pálido, formado por traços finos e delicados, brilhou a sua frente. Trazia um sorriso angelical nos lábios e transmitia uma tranquilidade que não condizia com a tensão do momento. Hazael entrelaçou sua mão nos dedos do psiquiatra e o puxou na direção da luz. Vergara cerrou os olhos e respirou fundo. Sentiu o perfume de eucalipto vindo dos cabelos da jovem e seu coração desejou saltar pela garganta. Hazael o orientou durante uma pequena curva à esquerda, descortinando um vale triangular repleto de trilhos de ferro empilhados sem qualquer tipo de organização. O filete de luz de outrora agora se mostrava robusto e amplo como raios de sol bruxuleando numa janela aberta. Um manto de neblina e poeira flutuava por toda a galeria e escondia as pernas de Vergara e Hazael do joelho aos pés.

— Conseguimos, doutor — comemorou Hazael, a voz firme e confiante.

— Que lugar é este?

— Nós chamamos de *Mezarlik Atik*.

— O que significa?

— Cemitério de sucata. É o local onde os trilhos desgastados das estações de trem são guardados.

— Largados, você quis dizer — corrigiu Vergara.

— Exato. — Ela sorriu alto.

— Onde esse túnel vai dar?

— Em qualquer uma das estações centrais.

— Quanto mais longe da Catedral de São Jorge, melhor! — profetizou Vergara.

— Tenha calma, doutor. Encontraremos um lugar seguro para nos esconder.

— E existe um local assim por aqui?

— Claro que sim. — Hazael conduziu o psiquiatra por uma escadaria úmida no final do grande vale. — Venha comigo!

— Isto aqui parece o inferno de tão fedido — disse Vergara, tapando o nariz com a mão em concha. Sua vista ardia ao atravessar de olhos abertos aquela névoa de enxofre, mas seu coração batia com mais tranquilidade, imaginando ter se afastado do perigo iminente. Num súbito, enquanto caminhava despreocupado sobre o trilho que se estendia até a Estação de Beyazit, ao lado de Hazael, um eco metálico arranhou seus ouvidos e fraquejou suas pernas.

— Que barulho foi esse? — dessa vez foi Hazael quem fez a pergunta ao girar o rosto para trás.

— Não sei. Pensei que você me dissesse como tudo funciona por aqui.

— Espere, doutor! Faça silêncio!

Vergara calou-se imediatamente e engoliu em seco. Evitou inspirar para não atrapalhar os pensamentos de Hazael, ou seja lá o que aquela jovem turca estivesse fazendo ou com quem estivesse dialogando. Uma ansiedade febril tomou a circulação do psiquiatra num lampejo de ardor, e a quietude se desfez.

— Hazael, diga-me que o perigo se foi. Por favor! — A voz de Vergara parecia uma prece ditada a Deus.

— Sinto muito, doutor. Temos que correr.

— Eu não compreendo. Quem, afinal, está atrás de nós?

— Eu já lhe respondi, doutor Vergara. A morte! — disse ela, pegando a mão do psiquiatra.

Capítulo 10

Cemitério de sucata
TIROS E PORTA FECHADA

Passos acelerados e desgovernados transportavam Hazael e Vergara pelos trilhos enferrujados do Cemitério de Sucata como vagões descarrilhados. Um estouro agudo seguido de um tilintar metálico alcançaram seus ouvidos, e um cheiro de pólvora coçou suas narinas como um perfume diabólico.

— O que foi isso?

— Tiros, doutor! Continue correndo!

— Meu Deus — sussurrou Vergara, enquanto tentava aumentar a velocidade de sua corrida —, o que estou fazendo neste lugar?

Sem obter resposta para sua última indagação, Vergara viu aumentar a distância entre ele e Hazael. O que parecia um motivo de preocupação acabou se tornando um alento para sua alma. Por causa do hiato entre os dois, seus olhos puderam enxergar, ao fundo de um imenso corredor, uma escadaria que subia até se perder num lençol de sombras. Travou a respiração e apertou o movimento dos pés. Ouviu o que parecia um novo tiro, um eco estalado que atingiu o vazio. Suas mãos agora podiam tocar as costas e os cabelos de Hazael se estendesse os braços. O pouco de ar que entrava em seus pulmões era transferido aos músculos de suas pernas e ao movimento daquela corrida desenfreada e insana. Alcançou o primeiro degrau ao escutar o terceiro tiro, desta vez tocando na parede bem próxima aos seus pés. Foi capaz de sentir o vento quente engolir seus sapatos, e um sentimento amargo beijou-lhe a boca seca e triste. Saltou os outros degraus da escada em galopes, como se fosse um cavalo de guerra, e deparou com Hazael parada em frente a uma porta de ferro.

— O que aconteceu? — perguntou Vergara num rompante.
— A porta está trancada!
— Há outro caminho?
— Não.
— E agora?
— Acho que vamos morrer... — disse Hazael, os olhos cobertos por lágrimas lúgubres.

Capítulo 11
Roma, Itália
JANELA ESTILHAÇADA

Padre Delgado caminhou a passos estreitos e leves até sua cama. Retirou o relógio do pulso e o terço em volta do pescoço e os acomodou sobre o criado-mudo. Em seguida, retirou a batina e vestiu o pijama, disposto sobre o travesseiro. Um vento trepidante atravessou as frestas da janela velha e eriçou os pelos do seu braço, causando-lhe calafrios. Seus olhos dirigiram-se para o lado de fora do quarto, fazia um frio congelante em Roma, e a chance de uma nevasca era mais do que iminente. Após segundos mirando as árvores envergar a ponto de quase se quebrar, Delgado retomou seus afazeres antes de dormir. Traços de preocupação com o fracasso do plano em Istambul marcavam sua testa e o entorno dos seus lábios. Apanhou a Bíblia nas mãos, o coração ansiando por algum trecho capaz de acalentar sua angústia. Fez o sinal da cruz, fitou o crucifixo pendurado na parede em frente e se jogou sob uma dezena de cobertas de lã. Abriu o livro sagrado acomodado entre os dedos e um susto arrepiante jantou seu estômago. Não havia uma palavra escrita. *"Mas como isso é possível?"*, perguntou-se em pensamento. Aquela Bíblia era sua companheira há anos, conhecia todas as orelhas de cada uma das suas páginas. Apertou os olhos e os abriu novamente. A dificuldade da sua visão já vinha de muito tempo, e a leitura tornava-se um fardo. Mesmo assim superou a vontade de manter as pálpebras cerradas e se entregar a um sono profundo e inclinou os olhos na direção do livro sagrado, aberto na mesma página da tentativa anterior. Novamente seus olhos encontraram o vazio. Aquela ausência de palavras atingiu seus pulmões numa sequência de tosses desenfreadas. Padre Delgado sentou-se na cama, apoiou as costas na parede e procurou pelo copo de água que mantinha sobre o criado-mudo, atrás do abajur sempre aceso. Seus dedos trêmulos tocaram o vidro do copo, mas não tiveram força para içá-lo. Uma gota de lágrima despencou do seu rosto e caiu sobre a Bíblia Sagrada, que descansava em seu colo e não exibia escrita alguma. Uma brisa gélida e volumosa iniciou uma batalha covarde e injusta contra os vitrais da janela, que tremiam feito um animal de estimação apavorado com os fogos de final de ano. Um estouro ecoou por todo o cômodo assim que a janela cedeu e o vento invadiu o quarto, estilhaçando o vidro em milhares de cacos voadores. Um dos pedaços atingiu o supercílio de Delgado, que gritou de susto e de dor.

— Ah! — Seus dedos tocaram o líquido vermelho e quente que escorregou por sua face com força e intensidade.

— O que está acontecendo, meu Deus? — perguntou Delgado, os olhos embaçados mirando a cruz pendurada em frente a sua cama.

Um novo estalido encheu seus ouvidos de medo e pavor, fazendo-o lançar o copo de água até a porta do quarto numa explosão sem ecos. As gavetas da sua estante começaram a se abrir sozinhas e a esmo. Suas batinas negras deslizaram para fora como ratos fugindo do perigo. Padre Delgado fez o sinal da cruz e levou as duas mãos ao peito. O sangue havia alcançado seu pijama e tingiu seus dedos de vermelho no momento em que tentava se benzer. Outra rajada de vento flutuou pelo cômodo e carregou a Bíblia até a parede, a qual se chocou com força contra o crucifixo. A Bíblia despencou no piso como um pássaro abatido produzindo um eco pálido e uníssono. A cruz arrastou-se pela parede de maneira trêmula e se virou de cabeça para baixo. Num súbito, uma sombra escura emergiu do piso e caminhou por toda a parede, como uma poça de petróleo com pernas. Padre Delgado arregalou os olhos e prendeu a respiração o quanto pôde. Ensaiou gritar por socorro, mas as palavras foram sufocadas em sua garganta seca. Tentou avistar seu telefone celular, numa tentativa desesperada de chamar por alguém, mas não o encontrou em parte alguma. Ele provavelmente teve o mesmo destino do copo, da Bíblia, de suas batinas e dos estilhaços da janela. Deveria estar caído como morto, descansando sobre os tacos de madeira que revestiam o piso dos seus aposentos. Algo grudento e frio tocou-lhe a pele por baixo das cobertas e arranhou a sola de seus pés como uma lâmina afiada ou uma unha mal cortada. O padre estreitou a vista e girou o pescoço na direção da porta, desejava ter saúde o suficiente para sair correndo e fugir dali. Avistou o contorno de um homem, o que sua imaginação fértil e doentia traduziu como um fantasma ou alguma coisa bem pior.

Capítulo 12

Turquia, Istambul
O FERVOR DO SOL

Vergara olhou para trás e avistou a silhueta de um homem truculento, com ombros largos e estatura que o remetiam aos compatriotas romanos. Parecia embrulhado em um terno negro, desses comprados em ponta de estoque. Óculos escuros escondiam seus olhos e boa parte do seu rosto, encoberto ainda pela névoa que flutuava naquele subsolo penumbroso e fétido. Havia uma arma na sua mão, o braço estendido apontava diretamente para ele e Hazael. Uma gota de suor frio atravessou sua testa e dormiu ao tocar em sua boca seca. O coração do psiquiatra disparou assim que desviou o olhar na direção da jovem, em pé, ao seu lado, e percebeu o pavor tatuado no seu semblante.

— Doutor Vergara, não tente nenhuma gracinha. Entregue-se junto com a jovem e prometo ser piedoso. — Uma voz abafada percorreu a escuridão como um morcego perdido e chuviscou em seus ouvidos.

— Quem é você? — perguntou o psiquiatra, tentando ganhar o máximo de tempo possível. Ele sabia que a morte os alcançara como um lobo faminto à procura de um jantar. Algo precisava ser feito, e rápido!

— Sou um amigo de longa data. Venham comigo!

Num súbito, os dedos do doutor Vergara tocaram o bolso de trás da calça jeans e apanharam o canivete suíço que se lembrara de trazer como prevenção. Sem fazer qualquer ruído, estendeu a lâmina mais fina e pontiaguda do cartel e buscou a fechadura da porta. Sacudiu com o máximo de cuidado e rapidez, como um ladrão que destrava um cofre de banco, até sentir uma vibração trêmula abraçar sua mão. A trava cedeu num clique abafado e sem eco. Doutor Vergara manteve a sobriedade e não abriu a porta de uma vez. Virou-se para trás e ergueu os braços, como num ato de rendição, e com o cotovelo e as costas empurrou Hazael para a saída.

— Está aberta. Fuja! — sussurrou ele.

— E você?

— Irei logo em seguida. Confie.

Vergara ouviu um miado surdo chegar aos seus ouvidos e sentiu um bafo quente soprar-lhe a nuca. Sorriu ao imaginar Hazael escapando e o calor da rua sacudindo seus cabelos lisos. Em seguida, girou o tronco e correu sem olhar novamente na direção das suas costas. O barulho de mais um disparo agudo, que tilintou no ferro num grito longínquo, chegou de maneira tímida aos seus tímpanos. O psiquiatra já estava distante, aparentemente seguro. Ganhou as ruas de Istambul com o corpo exausto, o peito aos pulos e os olhos em busca de Hazael. Nunca se deliciou tanto com o fervor do sol arranhando sua pele.

Capítulo 13

O grande bazar
VÉU PERDIDO

O Grande Bazar, aberto em 1461, está localizado na parte mais alta de uma importante área comercial de Istambul, no bairro de Fatih, próximo à encosta sul do Corno de Ouro, onde no passado um número incomensurável de navios abastecia a cidade. Um imenso portão de tijolos, decorado com lamparinas trabalhadas em prata e cobre, saltou aos olhos de Vergara no exato instante em que avistou o rosto de Hazael, procurando-o no final da rua. Ela lhe acenou com os braços ansiosos, o véu agora lhe cobria os cabelos, e de costas retomou a corrida. O psiquiatra seguiu na direção da jovem turca e penetrou a primeira avenida do mercado imaginando que o perigo ainda os rondava pelas costas. Atravessou uma enxurrada de lojas de tapetes e especiarias serpenteando por uma centena de visitantes e trabalhadores. Olhares curiosos fuzilaram os rostos de Vergara e Hazael, em desaprovação ao risco que seus movimentos desengonçados poderiam causar. Doutor Vergara não se incomodou, continuou sua perseguição a Hazael e contornou a segunda esquina à esquerda, onde uma rampa estreita estendia-se em degraus até mergulhar novamente num buraco de trevas. Com uma sequência de saltos conseguiu se aproximar da moça, tocando-lhe os ombros.

— Para onde vamos? — perguntou ele, a voz presa pela falta de oxigênio.

— Pegar o metrô — respondeu a jovem, num assobio fino e trêmulo.

— Está muito longe daqui? — Suas pernas não lhe obedeciam mais, estava a ponto de cair.

— Não. Assim que acabar esses malditos degraus chegamos à estação de Beyazit.

— Ótimo. Vamos! — Ele se encheu de coragem e apertou os passos.

Uma gritaria atingiu-lhe os ouvidos assim que seus pés alcançaram o último nível da escada e um brilho metálico cegou momentaneamente seus olhos. Num súbito, Vergara levou a mão acima dos olhos para amenizar o efeito do brilho dos raios solares e voltar a enxergar.

— Hazael, onde você está? — perguntou, a voz denunciando sua insegurança.

— Vamos, doutor! Estão todos atrás de nós!

— Todos? Quem?

— Olhe para trás! — ordenou a jovem, apontando o corredor do bazar ao fundo.

— Meu Deus! — sussurrou Vergara, atônito. — Por que tudo isso?

Homens de turbante corriam em desespero na direção de Hazael e do psiquiatra como policiais perseguindo bandidos. Ao longe, atrás de uma dezena de rostos queimados de sol, uma figura de terno negro e semblante que lhe era bem conhecido acompanhava a multidão com uma arma em riste. Como se não acreditasse no que via, um tremor gelado abraçou suas pernas e Vergara estancou os movimentos.

— Temos que ir — gritou Hazael. —, o trem acabou de chegar.

— Eu sei quem ele é — comentou Vergara, a voz carregada de tristeza.

— Isso não importa mais, doutor! Suba, rápido!

As pernas do psiquiatra se movimentaram de maneira irregular, quase mecânica, atrás do corpo ligeiro de Hazael. Sem que percebesse, estava com os olhos colados ao vidro da janela do trem, uma serpente de ferro brilhante feito prata. A jovem turca se apoiou no batente da porta do metrô e girou o tronco. Com a mão livre, puxou o psiquiatra pela gola da camisa e o auxiliou a entrar no vagão. Um apito surdo assobiou no interior do trem ao mesmo tempo que um disparo oco e agudo estalou no corpo daquela máquina de ferro que já iniciava sua partida. Os braços da porta do vagão cerraram-se e arrancaram o véu da cabeça de Hazael, descobrindo seus cabelos longos e castanhos. Ela perdeu o equilíbrio e se debruçou no pescoço de Vergara numa tentativa desesperada de não se espatifar no piso do trem. Os olhos de ambos se encontraram num vazio silencioso e adocicado, mas ainda assim carregado de dúvidas e tensões. Como que empurrado pelo destino, Vergara abraçou Hazael e acomodou o rosto da jovem turca sobre seu peito torneado, o perfume dos cabelos compridos invadindo seu corpo por todos os poros. O psiquiatra cerrou os olhos e sentiu uma ponta de tranquilidade, algo que não saboreava desde que aterrissara em Istambul. Cochilou ao menos por alguns minutos, até o apito do trem gritar a próxima estação e a correria continuar. Em seus pensamentos, comunicar a polícia turca seria a melhor escolha.

Capítulo 14

Roma, Itália
A JOVEM É A PRIORIDADE

Padre Delgado achava-se estirado sobre a cama, jogado de bruços como um animal atropelado na estrada. Os braços lançados ao chão, repletos de hematomas e arranhões profundos, lembravam talhas secas de madeira. Sua respiração era quase nula e seu coração parecia ter se esquecido de pulsar. O uivo do vento sacudia as madeiras da janela escancarada e um chuvisco espaçado respingava dentro do quarto umedecendo o lençol amarrotado. Passos acelerados e pontiagudos ecoaram ao fundo do corredor e se projetaram na direção da porta. Três toques na madeira fizeram Delgado entreabrir os olhos. A dificuldade foi tanta, suas pálpebras se mostraram tão pesadas, que seus olhos cerraram-se logo em seguida. Seus lábios tentaram suplicar por socorro, mas tudo o que Delgado conseguiu ao remexer os músculos ardidos do rosto foi cuspir um jato de sangue após uma tosse abafada.

— Padre, você está bem? — A voz conhecida do Cardeal Alfredo provocou um sorriso tímido naquele senhor moribundo. Delgado não foi capaz de responder à pergunta do seu superior; no entanto, num ato de coragem, estendeu o braço e golpeou o abajur disposto sobre o criado-mudo, derrubando-o no chão. Presa por um fio, a lâmpada permaneceu estranhamente acesa, como o farol ligado de um veículo cortado pelo poste após um acidente na madrugada silenciosa. Os estilhaços da cerâmica arranhando o piso ganharam a atenção do homem atrás da porta.

— Eu vou entrar! — gritou o cardeal, invadindo o cômodo; seus olhos esbugalhados e assustados pareciam ter penetrado as entranhas do Inferno.

— Socorro — murmurou Delgado.

Num súbito, cardeal Alfredo agachou-se de maneira veloz, esquecendo-se momentaneamente dos seus 68 anos e 5 cirurgias no joelho direito, e tocou a testa do padre. Afastou os dedos de modo quase instantâneo ao sentir o suor frio da sua pele. Agarrou-o pelos braços e o lançou para fora da cama. Um vento gritou pelo cômodo e bateu a porta com força às suas costas. O cardeal sentiu uma brisa fervente arranhar seu rosto, mas não se intimidou. Com uma das mãos retirou o crucifixo de ouro que pendia em seu pescoço e se virou contra a porta fechada.

— Vá embora! — gritou cardeal Alfredo, com a voz furiosa e sobrecarregada de fé. — Deixe-nos em paz — completou. Sabia que se tratava de uma visita do Inferno, tivera anos de prática em exorcismo na cidade de Nag Hammadi, ao norte do Egito.

Um silêncio tranquilo banhou o cômodo e o vento parou de se arrastar pelas paredes e trepidar as madeiras da janela. Aos poucos, enquanto afastava os cacos de vidro do caminho com os pés, o cardeal tentava puxar Delgado pelos braços com o máximo de força que ainda reunia. Bateu com a nuca na porta no exato instante em que um rugido baixo e sem fôlego soou pelo cômodo. Parecia a *Sétima Sinfonia* de Beethoven que chorava sob a cama.

— Atenda, cardeal! — pediu o padre Delgado, a voz presa entre os dentes cerrados.

— Não.

— Por favor!

— Minha prioridade neste momento é salvar a sua vida, padre! Você está todo ferido!

— A jovem é a prioridade.

— Que jovem?

— Hazael.

— Quem?

— Você se lembra de uma história que lhe contei a respeito de uma moça que recebe espíritos?

— Vagamente — comentou o cardeal Alfredo, soltando os braços do padre —, o que tem ela?

— Ela diz ter recebido o espírito de Simão Iscariotes, pai de Judas.

— Que loucura é essa que está me contando? — O cardeal estreitou as sobrancelhas.

— Atenda o telefone, cardeal. Faça o que estou pedindo.

Alfredo saltou até a cama em dois pulos largos e se colocou de joelhos. Apanhou o celular que ainda tocava os acordes de Beethoven e iniciou a conversa em viva-voz.

— Padre Delgado? — o som abafado vindo do aparelho não permitiu que o cardeal identificasse quem chamava do outro lado.

— Sim. Novidades? — Delgado assumiu a conversa.

— Eles conseguiram fugir.

— Como assim?

— Escaparam por um túnel subterrâneo e entraram no metrô.

— Mas você não os interceptou?

— Eu tentei, mas Vergara é um cara esperto.

— Ele o identificou?

— Não há como lhe responder isso, padre.

— Para onde eles foram, comandante?

— Aí é que a coisa fica feia.

— Hum — rugiu o padre.

— Em meu aparelho, Hazael foi para um lado e o psiquiatra para outro.

— Eles se separaram?

— Parece que sim.

— A prioridade é a jovem. Vá atrás dela e faça sua língua se calar para sempre.

— Entendido, padre — disse o comandante Alex.

A ligação foi interrompida assim como a força de Delgado, mergulhado no chão como um tapete turco. Ainda de joelhos e com a mente atônita, Alfredo tentava reunir os cacos daquela estranha conversa. Traços de tensão decoravam seu rosto, os olhos se exibiam marejados e um nó atava sua garganta. O cardeal abriu a porta e arrastou o padre na direção do corredor. A luz forte do saguão estreito cegou sua vista por alguns instantes. Ele se agachou e abaixou a cabeça. Manchas de sangue fresco e quente desenhavam círculos vermelhos nas laterais da sua batina branca. Uma gota de lágrima dançou por sua pele com imensa tristeza. Agora, mais do que nunca, necessitava salvar a vida de Delgado. Apanhou o telefone e pediu socorro aos paramédicos. Voltou suas atenções ao homem caído aos seus pés e desatou a falar.

— Onde ele está, padre?
— Ele quem?
— O comandante Alex.
— Em Istambul.
— Você o enviou até lá sem que eu soubesse?
— Não queria preocupá-lo com essa história maluca.
— O psiquiatra a quem o comandante se referiu é...
— Federico Vergara.
— Padre Delgado, o que está acontecendo?

Capítulo 15
Turquia, Istambul
CORRIDA CONTRA O TEMPO

O comandante Alex desligou o telefone e avançou na direção da Estação Beyazit, mas não se encaminhou para a plataforma do metrô. Seguiu mais adiante, onde alguns automóveis amarelos aguardavam num pequeno estacionamento. Entrou no primeiro táxi e partiu, os olhos voltados ao aplicativo do celular, no qual uma luz vermelha e a letra H indicavam o paradeiro de Hazael. Ao que podia acompanhar, a jovem ainda permanecia dentro do vagão do trem, com destino à praça Taksim. Parecia lógico, a rua mais famosa da Turquia lembrava o corpo de um imenso polvo e seus tentáculos, um lugar de fuga aparentemente fácil.

— Rua Taksim, por favor — disse ele ao motorista, um sujeito de semblante simpático, pele cor de areia, olhos grandes e esverdeados, sobrancelhas fartas e um bigode que lhe tapava os lábios.

— Temos um congestionamento importante nas cercanias do local.

— O que me sugere?

— Quão apressado o senhor está?

— Digamos que preciso chegar lá mais rápido do que o trem anterior.

— Talvez o senhor não consiga.

— Eu lhe pago o dobro da corrida. — Alex retirou do bolso uma nota de 200 liras e mostrou ao motorista.

— Farei o possível, senhor.

O táxi seguiu em alta velocidade, contornou a Praça Fuat e mergulhou na Rua Professor Cemil Birsel, uma via estreita e de pouco trânsito que desemboca à esquerda do Estreito de Bósforo. O comandante continuou acompanhando Hazael pelo *FollowChip*. As batidas do seu coração eram amargas e secas, uma ponta de ódio começava a nutrir seu corpo de maneira bem conhecida. Um devaneio antigo relampejou em sua mente como um trovão na madrugada. Alex foi militar durante muito tempo, servindo, inclusive, nas missões de conflito no Haiti em meados de 2003, quando o exército italiano auxiliou na luta contra os rebeldes do país. Na oportunidade, o sentimento de raiva assumiu o controle de suas veias e acabou influenciando suas principais escolhas. Cabia a ele decidir quem deveria morrer e quem deveria continuar vivo. O que se viu ali, antes de Alex ser realocado na segurança do Vaticano, foi uma verdadeira carnificina. Um ou outro civil teve seu perdão e continuou a viver; no entanto, a maioria esmagadora foi extinta e enviada à morte. Um buraco no asfalto fez o táxi saltar e as lembranças do comandante serem suspensas. Alex ergueu a cabeça e respirou com impaciência. Fitou a Ponte de Gálata ao fundo e apertou os olhos.

— Como estamos indo? — perguntou o comandante, a voz carregada de preocupação.

— Muito bem, senhor.

— Em quanto tempo chegaremos lá?

— Se tudo correr bem, não mais do que dez minutos.

Alex observou o veículo atravessar para o lado europeu da cidade. Tentou se encantar com a Torre de Gálata, um dos pontos turísticos mais visitados de Istambul, mas a amargura que coçava sua pele não permitia. Arfou com tranquilidade ao avistar uma placa indicando a proximidade da Rua Taksim.

— Falta muito? — Sua impaciência estava a ponto de explodir.

— Não, senhor. Estamos quase lá.

— Dá pra eu descer por aqui e ir andando?

— Sim. — O motorista parou o carro. — Como quiser.

— O que devo fazer? — Alex entregou a nota de 200 liras ao condutor e destravou a porta do carro.

— Obrigado, senhor. Que Deus lhe dê em dobro.

— Que Ele se dane. Como eu chego nessa porra de rua? — gritou o comandante.

— Perdoe-me, senhor. — O motorista deu uma breve pausa para respirar antes de continuar com a resposta. — Dobre a próxima esquina à direita e entre na Avenida Selime Hatun. De lá você já pode ver a Rua Taksim a umas duas quadras.

Alex saltou do carro sem olhar para trás e tampouco agradecer ao motorista. O dinheiro a mais fizera esse serviço por ele. Colocou a mão na cintura e esfregou a arma. O toque frio do coldre entre seus dedos lhe trouxe uma ligeira paz. Um sorriso azedo desenhou-se em seus lábios assim que suas pernas começaram a correr e o vento quente a flechar sua vista raivosa. O comandante viu a Estação Taksim atrás de uma barraca que vendia doces, o perfume de açúcar e mel alfinetando seu estômago vazio. Apertou o passo e penetrou num túnel gelado, decorado por centenas de degraus. Pulou a escadaria em dois ou três movimentos e flutuou até a plataforma dos trens. Retirou o celular do bolso. A letra H ainda piscava com força dentro do vagão do metrô. O comandante tinha acabado de abaixar as pálpebras quando avistou o trem se aproximando da plataforma em velocidade reduzida. Alex colocou-se em frente à porta indicada em seu aplicativo de busca, a respiração quase suspensa. O ponto de luz vermelho tilintava na palma da sua mão, exatamente onde seus pés se encontravam. A certeza de ter encontrado Hazael encheu seu coração de calor e um sorriso curvou seus lábios. A porta do trem se abriu num eco agudo e enferrujado. Para sua surpresa, o rosto da jovem turca não figurou entre as dezenas de pessoas que esvaziaram o vagão. Alex olhou com atenção para todos os lados. Voltou os olhos na direção do celular acomodado entre seus dedos. A luz vermelha insistia em apontar para aquele exato local. Os olhos do comandante se voltaram para o chão, e um aperto no peito repentino quase o derrubou numa síncope débil. O véu branco de Hazael, presente do padre Delgado, descansava entre a porta do trem e o buraco negro que escondia os trilhos da estação.

— Que merda! — desabafou o comandante. — E agora? — rugiu furioso.

CAPÍTULO 16
Turquia, Istambul
Cisterna da Basílica
ABRIGO SEGURO

— Hazael, aonde vamos?
— Confie em mim, doutor. Estamos chegando a um local bem seguro!
A jovem turca conduziu o psiquiatra pelo braço por entre um emaranhado de pessoas, abandonando o trem numa corrida desenfreada. O sol fervia do lado de fora da Estação Sultanahmet, no coração de Istambul, e raios raivosos e quentes atacaram suas cabeças como adagas de fogo. Vergara permitiu-se relaxar um pouco, olhou para trás enquanto corria e não viu sinal do homem que os perseguia. Sorriu, envergou o corpo para a frente e seguiu Hazael, admirando o balançar dos seus cabelos lisos e compridos em movimento. Uma rua gigantesca precipitou-se abaixo dos seus pés revelando ao fundo dezenas de minaretes sagrados, como dedos de pedra que apontam para o céu.
— Entre aqui — ordenou a jovem, indicando uma escada em espiral que parecia se estender até um moinho de sombras. O barulho de água corrente assustou Vergara de imediato.
— Deus me livre! Nesse buraco eu não entro!
— Não seja medroso, doutor.
— A questão não é essa...

— E qual é então?

Vergara engoliu a incerteza de suas palavras e se colocou em quietude. Acomodou-se ao lado da escadaria e inclinou os olhos para bem longe. O rosto da Basílica de Santa Sofia com suas redomas prateadas decorando um enorme paredão de tijolos avermelhados revelava toda sua majestade e parecia exibir um sorriso ao psiquiatra, como se o convidasse a fazer uma visita.

— Ela é linda! — disse Vergara, seu olhar não se desviava da basílica por um só segundo.

— Um dia eu levo você lá.

— Promete?

— Sim. Agora, doutor Vergara, desça logo esses degraus. Por favor!

O psiquiatra obedeceu à jovem e apertou os olhos como se tomasse coragem. Respirou de maneira profunda e dobrou as costas para não bater com a cabeça numa estaca de ferro horizontal que sustentava de maneira milagrosa uma pequena montanha de pedras. Vergara iniciou a descida a passos leves e incertos, as mãos suadas esmagavam os corrimões laterais, e o pescoço rígido tentava manter seu equilíbrio afiado. Pontos luminosos, que salpicavam em meio a uma névoa escura, visitaram os olhos do doutor Vergara e anunciaram o final da escadaria. O perfume de água salgada atingiu as narinas do psiquiatra como se o mar estivesse alguns metros adiante, atrás de um lençol negro banhado em fumaça. Num súbito, o psiquiatra sentiu um hálito quente e doce atingir sua nuca e pôde, enfim, sorrir em paz. Sabia que Hazael estava colada atrás dele. Ele atravessou uma portinhola de pedras e desembocou numa enorme galeria escura ocupada por centenas de colunas de mármore pintadas de umidade e musgo. Pequenas ruelas desenhavam caminhos por entre os pilares iluminados e por sobre um córrego estreito e raso.

— Que lugar é este? — o psiquiatra perguntou, os olhos encantados com o que testemunhava à frente e a voz baixa como numa prece.

— Chama-se Cisterna da Basílica. Foi construída no século VI d.C. pelo Imperador Justiniano, nos anos gloriosos do Império Romano no Oriente — explicou Hazael. — A água que chegava até a cisterna era proveniente da floresta de Belgrado, bem distante daqui. Por muitos anos, este lugar se transformou em refúgio de cristãos durante as invasões bárbaras.

— Hoje servirá de esconderijo para nós dois — brincou Vergara, oferecendo um sorriso a Hazael.

— Exato! — aquiesceu ela, dando uma pausa. — Estamos quase chegando ao esconderijo. Não ficaremos aqui no saguão principal.

— Tudo bem. Eu confio em você, Hazael.

— Obrigado — agradeceu ela, entrelaçando seus dedos nos do psiquiatra. — Venha!

À frente, havia uma porta mergulhada no breu, e, embora Hazael tenha prosseguido adiante, suas passadas se tornaram leves e lentas, bem diferentes das últimas horas. Os olhos de Vergara estreitaram-se assim que a penumbra o engoliu de novo e outro lance de escadas grudou na ponta de seus pés.

— Estou me especializando em subir e descer degraus — disse ele, rindo.

— Engraçadinho! — murmurou a jovem turca. — Passaremos esta noite num quarto escondido e extremamente bem protegido. Não há, inclusive, sinal de celular.

— Então talvez não seja uma boa ideia.

— Por quê?

— Pretendia chamar a polícia.

— Doutor, existe a possibilidade do nosso perseguidor estar munido de algum dispositivo de busca. Ainda não estou certa quanto a isso, mas ouvi Simão soprar algo nesse sentido em meus ouvidos. Se for verdade, aqui ele não poderá nos achar.

— O que nós fizemos para merecer...

— Nunca se coloque na posição de vítima, doutor — interrompeu Hazael. — Ela veda as chances de se encontrar uma boa solução — completou.

— Quem é você? — perguntou o psiquiatra, fitando a moça com ternura e admiração.

Não houve resposta. Um silêncio calmo abateu-se naquele corredor escuro e malcheiroso enquanto Hazael e Vergara concentravam-se em finalizar os últimos degraus da pequena escada, a respiração quase suspensa e os ossos doloridos por tamanho esforço. À frente, a se perder pela eternidade, uma passarela curvilínea desembocando num manto de sombras, como um abismo de concreto, saltou aos olhos do psiquiatra. Seu peito saltitou em batidas irregulares novamente.

— Esse quarto está brincando de fugir da gente, Hazael?
— Não, querido. Nós já chegamos. — Ela riu.
— Queria poder vê-lo.
— Assim que dobrarmos aquela esquina. — Hazael apontou o dedo à frente.

Os últimos passos foram os mais difíceis; o ar era pouco e os músculos do psiquiatra e da jovem turca rangeram numa sequência de dor ardida e pontiaguda. No entanto, assim que desembocaram no final da passarela, como se um passe de mágica fosse revelado, uma saleta iluminada e confortável os recebeu com afeto. Havia um menino sentado à frente de uma máquina repleta de botões. Ele se voltou para a porta assim que escutou o ruído de passos se aproximando.

— Hazael, é você?
— Sim.
— Que surpresa! — disse ele, colocando-se de pé. — O que está fazendo aqui?
— Estamos fugindo de um homem perigoso e armado. Precisamos da sua ajuda.
— Quem é esse aí? — O menino apontou com o rosto na direção do psiquiatra.
— Um amigo. Seu nome é Vergara — respondeu Hazael, a voz baixa e aguda.
— Mizael. Muito prazer! — O menino ofereceu a mão ao psiquiatra, que o cumprimentou meio sem jeito.
— Esse jovem é a única lembrança que tenho de casa — disse Hazael. — Mizael é filho do segundo casamento da prima da minha mãe. Morava na casa ao lado da minha na Armênia. Somos muito próximos, como irmãos.
— Achei que fosse turca — comentou Vergara.
— E sou. Nasci aqui, mas me mudei para Stepanakert ainda bebê, um pequeno vilarejo entre a Armênia e o Azerbaijão. Na época, meu pai havia conseguido trabalho como empreiteiro e não tínhamos muita opção. Éramos muito pobres.

Vergara notou algumas lágrimas escorrerem pelos olhos de Hazael e abaixou a cabeça, desviando os olhos. Tentou imaginar a infância difícil da jovem turca, a falta de conforto e o sofrimento latente a cada almoço vazio, a cada noite de vento frio.

— Venha, Vergara! — A voz de Mizael escoou os devaneios do psiquiatra e o devolveu ao momento atual. — Aqui é a casa das máquinas, onde controlo o volume de água e luz da cisterna, além de manter a basílica bem condicionada. Vocês ficarão no quarto dos antigos freis cristãos que se esconderam dos bárbaros na época das cruzadas. É naquela porta. — Mizael acendeu a luz de um cômodo estreito, mas bem iluminado, ao final da sala das máquinas.

— Obrigado — agradeceu o psiquiatra.

— Há uma panela de sopa de legumes sobre a pia. Podem esquentar e comer, eu não estou com fome.

Hazael abraçou o primo com gratidão antes de vê-lo partir e a porta do pequeno quarto se fechar às suas costas. A jovem turca fitou o rosto de Vergara e sorriu com ternura.

— Conseguimos — disse ela, arfando com tranquilidade.

— Hazael — o psiquiatra se aproximou da jovem a passos incertos; centímetros separavam seus olhos, as pontas dos narizes chegaram a se tocar —, eu sinto muito.

— Do que está falando, doutor Vergara?

— De tudo.

— Não entendo.

— Primeiro por ter trazido toda essa confusão a sua vida. Depois — Vergara engoliu em seco antes de continuar —, por ter remexido em seu passado. Eu vi o quanto você ficou emocionada ao falar sobre sua infância.

— Está tudo bem. É isso o que importa agora!

— É que... — as palavras titubearam na garganta do psiquiatra.

— Você é um bom homem — disse Hazael, o olhar doce e sincero.

— Muito obrigado, querida!

— A impressão que tenho é que o passado e o presente se encontraram e não conseguem mais se soltar — desabafou a jovem turca.

— Desde quando?

— Desde que você chegou, doutor Vergara.

CAPÍTULO 17

Minutos depois
JANTAR SERVIDO

VERGARA INSISTIU PARA QUE HAZAEL SE DEITASSE E DORMISSE UM pouco. Ele a acompanhou até o outro lado do pequeno quarto e a acomodou na cama, um colchão nu jogado acima de um degrau de concreto, cobrindo-a com um edredom que descansava na única gaveta de uma cômoda. Acariciou os cabelos da jovem assim que a viu fechar os olhos e correu até a geladeira, disposta ao lado da porta. Fitou o cômodo num passeio flutuante dos seus olhos e sorriu. Parecia a república em que havia morado no primeiro ano de faculdade em Veneza. Era um quadrilátero perfeito, as paredes revestidas de cimento cor de chumbo sem janelas. Ao lado esquerdo da porta, via-se uma miniatura de cozinha. Havia um fogão de duas bocas, uma geladeira minúscula e uma pia. Abaixo dela, pratos, talheres, copos e duas panelas. Em seguida vinha a cama, que abrigava os sonhos de Hazael, um móvel, uma mesa pregada à parede e três cadeiras. Uma pequena portinhola de ferro presa ao piso como um tapete de metal escondia uma possível saída. Isso era tudo. O psiquiatra ouviu o apito da geladeira reclamar da porta aberta e retomou sua atenção ao presente. Apanhou o pote que continha a sopa de legumes, uma jarra de água e uma pequena tigela contendo patê de berinjela. Colocou a sopa para esquentar, separou os talheres e arrumou a mesa de jantar para duas pessoas. Em seguida, cortou em tiras finas o pão amanhecido que encontrou sobre a mesa e as fritou na frigideira. Passou o patê sobre as torradas recém-saídas da panela e as colocou no prato. Caminhou até Hazael, sentou-se no colchão e a chamou.

— O jantar está servido — disse ele, levando o dorso da sua mão ao rosto da jovem. Ela abriu os olhos e sorriu com delicadeza.

— Estou faminta!

— Eu também. Venha!

Vergara serviu dois pratos de sopa quente e os colocou sobre a mesa. Sentou-se ao lado de Hazael, abaixou a cabeça e comeu como um cão selvagem. A jovem fez o mesmo, não tirou os olhos da colher até ver toda a comida sumir do prato.

— Perdoe-me, querida!

— Do quê?

— De ter feito você reviver seu passado.

— Não foi nada, doutor.

— Posso lhe perguntar uma coisa?

— Sim.

— Quando começou a ver espíritos?

— Na infância. Eu tinha dez anos, ainda vivia em Stepanakert com minha família.

— Quem morava com você?

— Meu pai, Archam; minha mãe, Sirvat; e minha irmã, Lussin.

— Como aconteceu, Hazael?

— Éramos muito pobres, vivíamos numa casa de barro com telhado feito de galhos e folhas. Meu pai era um sujeito engenhoso, nunca reclamava da vida e estava sempre disposto a trabalhar para trazer comida para nossa casa. Minha mãe vivia choramingando pelos cantos, principalmente quando meu pai saía para trabalhar. Ele fazia as casas das aldeias vizinhas em troca de pães e frutas, e às vezes passava semanas longe de casa. Mamãe lavava roupas de mulheres importantes que passavam pela nossa cidade desde a capital, Yerevan. Isso nos rendia uns trocados para comprar alguns poucos legumes. Eu cuidava de Lussin, minha querida irmãzinha, e do jardim da casa; tínhamos um grande número de girassóis no quintal dos fundos. No verão de 2007, uma forte enchente atravessou o último vilarejo de Stepanakert, na fronteira com o Azerbaijão, e destruiu a maioria das casas de lá. Meu pai foi chamado para ajudar a reconstruir as moradias daquela vila, e nunca mais o vi. Nossos mantimentos foram acabando aos poucos, minha mãe não recebeu mais nenhuma roupa para lavar e, por consequência, não tínhamos moedas para comprar comida. Lembro-me de ter saído de casa em direção ao jardim. Estava chuviscando, aproveitei para me refrescar do calor e chorar um pouco sem que minha mãe percebesse. Olhei atrás dos girassóis e vi a silhueta de um homem. Ele parecia envolto por uma luz azul, vestia um manto cor de arcia e usava barbas e cabelos compridos. Ele me chamou com um movimento de dedos. No início tive medo dele, pensei em sair correndo e gritando, mas minhas pernas acabaram me levando até aquele homem. Ele se apresentou como um amigo distante, vindo do passado para nos ajudar. Perguntou o que eu mais desejava neste mundo.

— E o que você respondeu a ele?

— Disse que gostaria que meu pai retornasse para casa.

— E?

— O homem falou que isso não podia fazer por mim. E me fez a mesma pergunta novamente.

— E o que você respondeu dessa vez, Hazael?

— Comida. Precisávamos comer.

— E ele?

— Falou que eu voltasse ao jardim na manhã seguinte que ele deixaria comida para nós todos.

— Você acreditou nele?

— Sim. Ele tinha uma energia muito boa.

— Você contou isso para alguém?

— Pensei em contar a minha mãe, mas acabei desistindo. Ela estava envolta em seus problemas e não me daria muitos créditos. Acabei contando para Lussin, minha irmã, pouco antes de me deitar.

— E o que ela disse?

— Lussin caiu na gargalhada. — Sorriu Hazael, o rosto tingido de rubro. — Mas não estava debochando de mim. Ela era desse jeito, ria de tudo. Com certeza, a coisa que mais sinto falta na vida é ouvir suas risadas altas e ininterruptas. — Um silêncio desconfortável flutuou pelo quarto por alguns segundos.

— Você retornou ao jardim no dia seguinte?
— Sim.
— Ele estava lá?
— Não.
— O que aconteceu? Era mentira?
— Absolutamente! O homem azul não estava ali, mas havia transformado nossos girassóis em pés de batata e arroz. Alguns deles bem maduros. Eu fiz a colheita correndo e levei tudo para casa, o rosto estampado de felicidade.
— Ele nunca mais apareceu?
— Quem?
— O homem azul?
— Naquela mesma noite eu pedi para Deus trazê-lo novamente porque precisava lhe agradecer.
— Ele veio?
— Aham. Minutos depois ele apareceu aos pés da minha cama e revelou seu nome.
— Simão Iscariotes? — arriscou Vergara.
— Isso. Como sabe?
— Pela sua descrição. Bate com o homem que vi na Catedral de São Jorge atrás de você.
— Que boa memória, doutor.
— Acho que é o que eu tenho de melhor, Hazael.
— Você vai descobrir algo ainda mais valioso, doutor Vergara.
— Espero que sim. — Os olhos de Vergara encararam os lábios da jovem turca. Ficou tentado a beijá-la, mas engoliu a vontade, trocada pelas palavras. — Como veio parar em Istambul?
— Naquele mesmo ano, quando o frio congelou as plantações e o pequeno riacho que corria atrás da nossa casa, centenas de soldados azerbaijanos invadiram a cidade e tocaram fogo nas habitações de quase todos os vilarejos, inclusive o nosso. Eu estava dormindo quando senti o rosto queimar pelo bafo fervente e pela fumaça. Assim que acordei, vi minha mãe e Lussin abraçadas na cama em total silêncio. Elas estavam mortas. Fiquei tentada

a me jogar no fogo e partir com elas. Afinal, a morte não deve ser pior do que viver sozinha, não é? — Hazael engoliu o choro e retomou a conversa. — Meus olhos se desviaram na direção da janela, o único lugar que não estava comido pelo incêndio. Precisava decidir o que fazer: pular a janela ou morrer queimada.

— Graças a Deus você escolheu a janela.
— Foi quase isso.
— Como assim?
— Não foi exatamente Deus que vi além da janela, próximo ao jardim.
— Foi Simão? — perguntou Vergara.
— Tampouco.
— Quem você viu, Hazael?
— Nossa Senhora, mãe de Jesus.

Capítulo 18

Roma, Itália
Hospital Fatebenefrateli
TREVAS

O ar gelado do quarto causou tremores na pele flácida de padre Delgado e seus olhos se entreabriram quase num espasmo. Paredes brancas saltaram à frente dos seus olhos como se estivesse recebendo um abraço frio e desconfortante das nuvens. Seu corpo doía, o braço esquerdo estava ligado a um enorme aparelho luminoso atrás do seu leito por uma agulha fina e um cabo transparente. Um líquido quente, amarelado e pastoso penetrava sua veia em gotas calmas feito uma torneira mal fechada. O estômago reclamava de fome e gritava uma náusea ardida que lhe causava um suadouro oleoso. Delgado arfou com impaciência, tateou os bolsos da batina à procura do seu celular, mas não o encontrou.

— Droga! — esbaforiu num lapso de raiva.

— O que disse? — Ele ouviu uma voz vindo da direita, próximo à janela.

— Quem está aí?

— Sou eu, padre. Cardeal Alfredo.

Padre Delgado fitou a janela e deixou sua imaginação flutuar pelo lado de fora do quarto do hospital. O sol mostrava-se fervente e robusto, parecia um dia de verão intenso, daqueles que se pudesse enfiaria a si mesmo dentro de um balde de gelo. De onde estava conseguia enxergar as colunas do *Panteon* e um terço da *Piazza Della Rotonda*. Sorriu ao descobrir o local que o abrigava. Já havia ficado no Hospital de Fatebenefratelli. Na oportunidade fora internado com suspeita de pneumonia e infecção nos rins.

— Eu passei a noite aqui?

— Nós — respondeu Alfredo, erguendo-se da cadeira e caminhando em direção à cama.

— O que aconteceu? — perguntou Delgado, arregalando os olhos.

— É o que pretendo saber.

— Só me lembro de ter visto o vidro da janela se estilhaçar e uma sombra negra caminhar pelas paredes como uma mancha de óleo — comentou Delgado, os olhos marejados e avermelhados.

— Também vi a tal mancha escura, era quente e fedorenta — sussurrou o cardeal, os olhos desviando-se na direção da porta. Passos firmes e pontiagudos se aproximaram do quarto. Imaginou uma enfermeira abrindo a porta, de cara amarrada e uma injeção em riste. Mas o som foi desaparecendo aos poucos, dissipado pela extensão do corredor.

— Alfredo, você acha que fui visitado... — Abafou as palavras.

— Por um demônio?

— Isso.

— É possível, mas não quero nem pensar nisso.

— Por quê?

— Porque não somos mais jovens. Não teríamos força para lutar contra as Trevas outra vez.

— Foi há muito tempo. Talvez você tenha razão, cardeal Alfredo. Éramos fortes e corajosos... — Os olhos do padre Delgado pareciam ter voltado ao passado. Fitavam a parede, mas enxergavam algo muito além daqueles tijolos. — Tínhamos 20 e poucos anos. Na noite anterior ao exorcismo, meu rosto ficou cheio de arranhões esverdeados, os olhos pareciam pintados de sangue e minhas mãos, repletas de pelos, lembravam os dedos tortos de um lobo.

— Não acontecerá de novo.

— Assim espero.

— Padre Delgado, quero que me explique a história da jovem turca.

— Deixe isso pra lá, cardeal. Eu estou resolvendo. — Respirou de maneira profunda antes de tatear os bolsos novamente em busca do seu celular. — Preciso do meu telefone.

— Está sobre a mesinha, ao lado da bandeja com o café da manhã. — Alfredo apontou o outro lado da cama. — Não está com fome?

A última pergunta do Cardeal não chegou a merecer uma resposta. Os músculos do padre Delgado rangeram alto quando girou o tronco e estendeu o braço para apanhar o celular. Ele o agarrou como um pirata protegeria uma barra de ouro e tocou no visor de imediato. Havia uma mensagem de texto, enviada pelo comandante Alex há poucos minutos.

Padre,
Estou com problemas.

— Incompetente! — gritou Delgado furioso. — O que será que houve dessa vez?

Capítulo 19

Turquia, Istambul
Estação de Sultanahmet
NOVO AMIGO

Por alguns segundos, o comandante Alex mostrou-se perdido, sua mensagem ao padre Delgado não havia sido respondida e o manto, que deveria denunciar a jovem turca, agora era apenas um tecido perdido e amarrotado que atrapalhava o fechamento das portas do trem. Num súbito, ainda sem ideia do que fazer, Alex se colocou de joelhos e apanhou o véu, acomodando-o entre os dedos. Caminhou na direção de uma doceria e pediu uma garrafa de água. Virou metade garganta abaixo e guardou o restante para limpar o tecido. Esfregou o véu com as mãos e o enrolou ao redor do pescoço. O pano molhado refrescou o calor do sol, que fervia como carvão em brasa, e seu pensamento travado por conta dos últimos acontecimentos. O comandante seguiu novamente na direção do metrô, as pernas trêmulas de ódio e o celular acomodado na palma da mão. Acionou o aplicativo e aguardou os rituais de ligação com certa impaciência. Excluiu a luz referente à busca por Hazael e procurou, no mapa de Istambul, pelo ponto luminoso que indicasse o paradeiro de Vergara. Ele não estava mais ali.

— Que diabos! — O comandante sacudiu o telefone, imaginando falhas de conexão com a internet, afinal, encontrava-se na trilha subterrânea do metrô. Reiniciou o aplicativo e de novo o ponto luminoso não apareceu na tela, tampouco a letra V. Aquele golpe o atingiu com força, mas não o derrotou por completo. Alex era um soldado experiente, estava acostumado a superar obstáculos e a seguir em frente. Com os dedos ágeis saltando sobre a tela do seu celular, como se tocasse um piano virtual, clicou em configurações e verificou a última vez em que a luz de Vergara piscou no aparelho. Bingo! A localização não poderia ser mais clara. Sem perceber, leu em voz alta os dois nomes que o aplicativo havia listado, esquecendo-se, por ora, de que estava dentro de um trem lotado de gente.

— Estação de Sultanahmet, Cisterna da Basílica. — Um sorriso trêmulo e malicioso desenhou-se nos lábios do comandante. Ele ainda proferiu algumas palavras antes de saltar do vagão e mergulhar novamente no calor fervente das ruas da cidade. — Agora você não me escapa, Vergara, seu filho de uma puta!

Alex seguiu a passos apressados na direção da Cisterna da Basílica sem saber o que encontraria pela frente. Sobretudo porque não fazia ideia do que aquele nome significava. Mesmo assim, sua marcha segura e a raiva pulsando em seu sangue o levaram ao lugar certo. Um menino magricela, com os cabelos bagunçados e a pele bem morena, o interpelou na entrada do monumento.

— O horário para visitações é das 9 às 18, senhor! Já está fechado!

— Não acredito que cheguei tarde — reclamou o comandante, fitando o relógio.

— Sinto muito.

— Não é sua culpa, garoto.

— Por que o senhor não volta amanhã? — O menino retirou um convite do bolso e o ofereceu a Alex. Um sorriso doce estampava seu rosto.

— O que é isso?

— Um ingresso de cortesia. Amanhã o senhor volta com calma e conhece a cisterna.

— Muito obrigado.

— Até amanhã — disse o garoto —, eu preciso ir.

— Espere um momento, por favor! — Alex elevou a voz. — Quero lhe oferecer um presente.

— Não há necessidade, senhor.

— Quero que fique com isto. — O comandante retirou o véu do seu pescoço e o estendeu ao menino. — Pode dar a sua namorada ou sua mãe.
— Eu não tenho namorada, senhor. Também não tenho mãe.
Alex recuou, num susto.
— Perdoe-me, garoto. Qual é o seu nome?
— Mizael. E o seu?
— Lucas — o comandante mentiu, a expressão firme e a voz serena.
— Muito prazer. — O menino abaixou a cabeça e respirou fundo. — Eu aceito o presente. Tenho uma irmã que vai adorar esse véu.
— Fico feliz, garoto — balbuciou Alex, sem graça. — Qual é o nome dela?
— Hazael Kaige.
— O que disse?

Capítulo 20

Turquia, Istambul
Cisterna da Basílica
NOITE EM CLARO

Vergara levantou-se da cadeira, afastando-se da mesa de jantar de um só golpe, e seguiu caminhando em círculos pelo interior daquele estreito cômodo, seu pensamento ainda tentava digerir as revelações de Hazael. Ele também tivera dificuldades na infância, era um menino deslocado, não gostava de correr e praticar esportes, estava sempre sozinho e absorto com seus livros, os únicos amigos que realmente o entendiam e liam seus devaneios. No entanto, o que acabara de ouvir, aquela triste e, ao mesmo tempo, mágica narrativa a respeito da vida da sua companheira de fuga, o deixara profundamente admirado.

— O que houve, doutor? — perguntou Hazael, acompanhando com os olhos os passos do psiquiatra.

— Nada. Estou apenas pensando.

— Em quê?

— Tentando adivinhar a sensação de ver Maria, mãe de Cristo.

— É realmente incrível. E se hoje estou aqui com você, doutor, é porque Nossa Senhora salvou minha vida.

— Como ela é?

— Linda. — Um sorriso doce abriu-se nos lábios de Hazael. — Ela vestia um manto branco da cabeça aos pés e um véu azul-claro cobria seus cabelos. Sua pele era lisa. Tom de areia. Uma luz amarela e morna a contornava.

— O que ela lhe disse?

— Quando?

— Quando apareceu pra você.

— Ainda não se cansou de ouvir a minha história, doutor? — disse ela, num sussurro trêmulo.

— Absolutamente. Estou encantado com você... — Vergara sentiu o rosto queimar de vergonha e enrubescer. — Digo, estou encantado com o que lhe aconteceu.

— Maria apareceu do lado de fora da janela, exatamente para onde eu deveria ir se escolhesse viver. Num segundo de dúvidas, meus olhos se desviaram da sua imagem e se voltaram para minha mãe e minha irmã. O fogo já as havia engolido e a fumaça era tanta que não dava para enxergar nada além de faíscas vermelhas estourando em meio àquela cortina cinzenta. — Hazael deu uma pausa e abaixou a cabeça. Titubeou alguns segundos antes de prosseguir.

— Continue, por favor! — pediu Vergara, acomodando-se novamente na cadeira.

— Ela disse que o céu havia me escolhido, mas ainda não era hora de partir.

— E o que você falou pra ela?

— Nada. Fiquei muda, com os olhos arrebatados diante de tanta beleza. Continuei ali, até sentir lascas de fogo mordendo meus tornozelos. Naquele momento soube que precisava me decidir.

— Maria não disse mais nada?

— Ela revelou minha nova missão na Terra. Eu seria uma interlocutora da verdade, uma ponte entre o lado de lá e o de cá.

— Por isso você recebe espíritos.

— Sim. Só os recebo quando têm algo importante a me dizer.

— E o que você faz com essas informações, Hazael?

— Normalmente as guardo por um tempo.

— E depois?

— Escrevo-as num bloco de papel.
— Em turco?
— Não. Em aramaico, a língua que eles falam.
— Você estudou o idioma?
— Sim.
— Quando?
— Desde que os padres cristãos me trouxeram para Istambul.
— Como isso aconteceu? — perguntou Vergara, a voz trêmula e pausada.
— Maria me ofereceu sua mão e me ajudou a pular a janela. Não havia mais ninguém por perto e eu não tinha ideia do que fazer e para onde deveria correr. Uma montanha de fumaça escondia a estradinha de terra que ligava nosso vilarejo ao centro de Stepanakert. Antes de ir embora, Maria me disse duas coisas.
— O quê?
— Que a salvação estava atrás dos girassóis. — Hazael mergulhou numa quietude embaraçada, mas continuou após alguns segundos. — E que eu conheceria uma pessoa que mudaria minha vida.
— Ela disse quem?
— Eu fiz esta pergunta a Nossa Senhora, mas ela só disse que eu a reconheceria assim que a visse.
— E o que aconteceu depois, Hazael?
— Um grito agudo e desesperado chamou por meu nome em meio àquele lençol de sombras. Era Mizael, também havia conseguido sobreviver. Ele pegou minha mão e tentou me puxar na direção do riacho. Eu resisti e o conduzi até o jardim, atrás do que ainda restava da minha pobre casa. Um homem de batina nos encontrou e nos levou a um caminhão a poucos metros dali. Depois disso, só me lembro de ter apoiado minha cabeça no ombro de Mizael e dormido. Quando acordei percebi que não enxergava mais do olho esquerdo. A fumaça acabou derretendo minha retina.
— Meu Deus! Que história fantástica!
— É triste, doutor. Perdi minha família toda.
— Perdoe-me, Hazael. Realmente sinto muito.
— Está tudo bem.
— Posso lhe fazer mais uma pergunta?

— Claro que sim.
— Quem era o homem que os salvou do incêndio?
— Padre Ernesto. Acho que você o conheceu.
— Sim. Ele me pegou no aeroporto.
— Ernesto é um bom homem, repleto de generosidade e compaixão. Cuidou de nós como se fôssemos seus próprios filhos. Nunca permitiu que nos faltasse nada, estudo, saúde, abrigo e comida.
— Ele é a pessoa a quem Maria se referiu?
— Não, doutor. — Hazael deu uma pausa e encarou o psiquiatra nos olhos. — A pessoa a quem Nossa Senhora se referiu é você. Soube assim que entrou naquela caverna.

CAPÍTULO 21
Israel, Kerioth
DOIS MIL ANOS ATRÁS

— Hazael, juro que não sei o que dizer.

— Não diga nada, doutor. Eu não lhe pedi nenhuma recompensa.

— Mas não posso negar que me senti atraído por você desde a primeira vez que a vi.

— O quê?

— Eu... — Vergara fez uma breve pausa. Seu rosto estava avermelhado e a voz entrecortada — estou feliz em saber que a mãe de Jesus se referiu a mim.

— Você acredita na minha história, doutor Vergara?

— Claro que sim. Por que não acreditaria?

— Parece loucura.

— Hazael, sou médico psiquiatra. — Ele a encarou nos olhos. — Sei muito bem distinguir sanidade de loucura.

— Talvez tenha razão.

— Hazael?

— Oi?

— Eu devo beijá-la? — perguntou Vergara, os olhos flamejando de desejo.

— É claro que não, doutor! Não se trata disso — respondeu, a voz trêmula e a cabeça baixa.

— Perdoe-me, Hazael. Acho que confundi as coisas.
— Tudo bem.
— Você quer que eu vá embora?
— Mil vezes não! Por que desejaria isso?
— Eu não sei. Talvez minha pergunta tenha aborrecido você.
— Esqueça isso, doutor! — Hazael colocou-se de pé e se dirigiu até a cama. — Na verdade, há outra coisa que preciso lhe falar.
— O que é?
— Simão Iscariotes quer conhecê-lo.
— Ele está aqui com você?
— Não.
— Quando ele virá?
— Ele não virá. É você quem irá até ele.
— O que está querendo me dizer, Hazael?
— Doutor, segure minhas mãos.

Vergara foi até a cama e sentou-se ao lado de Hazael, os olhos estreitos e pouco à vontade. Seu peito encheu-se de ar, numa respiração profunda, e estendeu as duas mãos à jovem turca. Seus dedos se tocaram de maneira suave e quente.

— Hazael, eu gostaria...
— Não fale nada, doutor. Apenas feche os olhos.
— O que acontecerá?
— Prepare-se para viajar.
— Para onde?
— Para Kerioth, em Israel — respondeu ela, a voz firme e segura. — Simão o convidou para tomar um chá.
— Em que lugar, Hazael?
— Na casa dele.

O psiquiatra fechou os olhos e sentiu seu corpo flutuar, a pele formigando e a mente transformando-se numa extensa tela branca. Aos poucos, um perfume de areia e pedras atacou suas narinas de maneira doce e vibrante. Árvores começaram a crescer ao seu redor, como num filme de fantasia, e frutas secas grunhiram sob a sola dos seus pés. Vergara abriu os olhos e fitou ao longe. Como se estivesse recortado no horizonte, o contorno de uma casa de barro saltou à sua frente num lampejo luminoso. Ele sorriu de maneira afetuosa, como se não acreditasse que viajara para tão longe, e se colocou a caminhar. O eco agudo das suas passadas chegava aos seus ouvidos como tambores soando numa sala vazia. A figura de um homem, vestido em uma túnica bege que trepidava contra o vento fresco, se desenhou acima de uma colina. O psiquiatra acelerou o passo de maneira ansiosa. Queria poder ver aquele homem, tocar seu rosto, ouvir sua voz e, quem sabe, entrar em sua casa. *"Como o pai de Judas deve ser?"*, perguntou-se em pensamento. Num súbito, abaixou a cabeça e arfou por uma enorme exaustão, mas seus pés continuaram a cavalgar na direção da pequena montanha de pedras que escondia a casa de Simão Iscariotes. De repente, sem ter a verdadeira noção de quanto havia andado, descobriu-se a poucos centímetros de um manto cor de areia balançando no ar feito uma bandeira hasteada. Vergara ergueu o rosto e foi pego pelo susto, num salto desgovernado.

— Você deve ser o doutor Vergara — disse o homem. A luz do sol escondia seu rosto.

— Sim.

— Muito prazer. Sou Simão Iscariotes, acho que já ouviu falar de mim por aí. — Ele se virou e então seu semblante foi apresentado ao psiquiatra. Tratava-se de um sujeito simpático, com um sorriso largo, mas sem mostrar os dentes, olhos firmes e castanhos e barbas grisalhas que tocavam o peito.

— Um pouco — respondeu Vergara, a voz quase num murmúrio surdo.

— Vamos entrar. Hoje você é meu convidado para tomar um chá.

— Fico honrado, Simão. Posso chamá-lo assim?

— Mas é claro! Esse é o meu nome, não é?

— Aham.

— Ótimo. Não repare a bagunça. Faz mais de dois mil anos que não recebo ninguém em casa. — Simão caiu na gargalhada.

— Vou sobreviver a isso. — Vergara o acompanhou no riso.

— Cuidado com a cabeça, doutor!

O psiquiatra dobrou as costas e seguiu Simão até uma pequena porta escondida entre dois pés de oliveira. Uma sequência de degraus descia até uma cavidade cortada na pedra e desembocava numa espécie de tapete sujo de terra. Um corredor estreito recebeu Vergara e o levou até uma grande sala arredondada, extremamente limpa e bem perfumada. Um cheiro de amora queimada arranhou suas narinas e fez seu estômago roncar alto.

— Está com fome, doutor?

— Acho que sim, embora tenha acabado de jantar. — O psiquiatra se lembrou da sopa que preparara para si e Hazael.

— Viagens assim esvaziam o estômago. Tenho chá e nozes.

— Parece perfeito.

— Sente-se, por favor! — disse Simão, apontando na direção de uma cadeira de madeira.

Vergara aproveitou para gravar o ambiente. Não fazia ideia se voltaria a visitá-lo novamente. Tapetes vermelhos acarpetavam o piso de pedra, desde a porta até uma pequena janela no fundo do cômodo. Uma mesa de madeira bem escura ocupava o centro da sala. Sobre ela, tâmaras, pães e ameixas negras decoravam um solitário pote de barro disposto ao lado de uma jarra e dois copos. Simão serviu o chá e o acomodou na frente do psiquiatra.

— Obrigado! Está quente?

— Experimente, doutor.

— É do quê? — perguntou Vergara, a voz soando desconfiança.

— Experimente! — Simão repetiu e ofertou um sorriso.

— Que delícia! — Vergara sentiu o gosto doce e melado da amora coçar sua garganta. O líquido frio e refrescante aliviou o cansaço e o fervor do calor.

— Fico contente que tenha gostado, doutor! Receita de Leah.

— De quem?

— Leah, minha mulher.

— Mãe de...

— Judas. Isso mesmo.

— Nunca havia ouvido falar dela, nem sequer li a respeito da sua esposa.

— Era uma mulher de bom coração, assim como meu filho. Não aguentou a pressão que a população atirou sobre nós logo após a crucificação de Jesus.

— O que aconteceu com ela?

— Morreu da mesma maneira que Judas.

— Enforcou-se?

— Infelizmente, sim. Perdi meu filho numa sexta-feira à noite, e minha mulher no sábado pela manhã.

— Deve ter sido muito duro.

— Pode ter certeza disso, doutor. Só não fiz o mesmo porque queria provar que meu filho não havia feito o que todo mundo estava dizendo.

— Conseguiu?

— Provei para mim, o que naquela época já era o bastante para me dar uma morte confortável e pacífica.

— Por que me chamou aqui, Simão?

— Para lhe contar a verdade.

— Seu filho não entregou Jesus com um beijo no rosto como dizem os evangelhos?

— Absolutamente. Ele era o discípulo mais próximo de Cristo, por que faria aquilo?

— Por 30 moedas de prata. É o que está escrito, Simão.

— Acredita mesmo nessa bobagem? Judas era o tesoureiro de Jesus, financiou a maioria das viagens do Messias com seu próprio dinheiro. Ele trabalhava aqui, comigo, criando ovelhas e fabricando lã. Abastecíamos as principais cidades do país. Éramos ricos.

— Simão, o que aconteceu de verdade?

— Tudo começou uma semana antes de Jesus ser crucificado.

— Conte-me o que houve! Por favor! — implorou Vergara, a voz soava com ansiedade.

— Doutor?

— Sim.

— Você deve retornar.

— Para onde?

— Para Istambul. Seu perseguidor descobriu o esconderijo.

— O que disse?

— Doutor Vergara, proteja Hazael e fuja! A água será a salvação de vocês!

Capítulo 22

Israel, Jerusalém
Igreja do Santo Sepulcro
O PRIMEIRO EXORCISMO — 40 ANOS ANTES

Um vento morno soprou dentro do quarto do hospital de Fatebenefratelli, pegando Padre Delgado fechando os olhos. O cansaço batia em seus músculos como um triturador de asfalto, e, mal se despedira de Alfredo, um sono pesado e repleto de memórias lúgubres o afundou na cama.

As primeiras imagens que atravessaram seus sonhos foram as pilastras de concreto que sustentam a fachada principal da Igreja do Santo Sepulcro, em Jerusalém, local que dois mil anos antes viu Jesus ser crucificado. Estava escuro, trovoadas surdas abriam clarões azulados no céu noturno como rasgos de fúria e luz. Ele cambaleava pelos degraus da escadaria de barro seco que desembocavam na tumba de José de Arimatéia, homem que emprestou seu próprio túmulo para abrigar Cristo antes da ressurreição.

Um gosto amargo passeava pelos lábios de Delgado e deixava seu hálito metálico e fervente. Sua respiração parecia suspensa, nenhum ar entrava em seus pulmões já fazia alguns bons minutos, mas o padre ainda se mantinha miraculosamente de pé, o corpo nu, exceção feita a um pano que cobria suas genitálias. Uma pequena sala de pedra, iluminada pelo fogo trepidante de uma vela chamou sua atenção e suas pernas o levaram até lá, como se decidissem o trajeto sozinhas.

Cardeal Alfredo o aguardava ao fundo daquele buraco encravado na montanha, ombros largos desafiando a batina negra que cobria seus medos e todo seu corpo, do pescoço aos tornozelos. Um crucifixo de prata repousava em sua mão direita, estendido à frente como uma arma de fogo prestes a atirar. Um grito de dor ecoou por toda a igreja e levou o Padre Delgado ao chão, caindo de joelhos num choque ardido e oco. Num súbito, um rosnado alto e intermitente exalou da sua garganta e ele ergueu a cabeça. Arranhões esverdeados riscaram a face pálida de Delgado, como traços coloridos num papel em branco. Gotas de sangue salpicaram das feridas recém-abertas e tingiram sua pele de rubro, mesma cor que pintava seus olhos. Padre Delgado fitou suas mãos e as observou repletas de pelos, as unhas enormes e pontiagudas atravessando as pontas dos dedos.

— Vá embora! — gritou Alfredo, a voz firme e serena.

Um riso alto e demorado escapou da garganta de Delgado, em tom de deboche e ironia.

— Acha mesmo que pode comigo, cardeal?

— Em nome de Deus, diga-me quem tu és! — ordenou Alfredo. Apanhou um pequeno vidro, que descansava no bolso da sua batina, e lançou gotas de água benta contra o rosto de Delgado.

— Ahhhhhhhhhhhhhh... — Um grito de dor ganhou a pequena sala, e o corpo do Padre Delgado dobrou para trás como um galho de bambu na ventania.

— Quem é você, demônio?

— Eu sou... ahhhhhhhhhhhh... — Outro berro escapou da garganta de Delgado.

— *Exorcízo te, omnis spíritus immúnde, in nómine Dei Patris omnipoténtis, et in nomine Jesu + Christi Fílii ejus, Dómini et Júdicis nostri, et in virtúte Spíritus + Sancti, ut discédas ab hoc plásmate Dei N., quod Dóminus noster ad templum sanctum suum vocáre dignátus est, ut fiat templum Dei vivi, et Spíritus Sanctus hábitet in eo. Per eúmdem Christum Dóminum nostrum, qui ventúrus est judicáre vivos et mórtuos, et sæculum per ignem. Amém.* — Cardeal Alfredo recitou em latim parte do Ritual Romano de exorcismo. — Em nome de Deus, diga-me quem tu és! — repetiu ele.

— Samael — gritou o demônio, flutuando para fora do corpo do Padre Delgado. — Fui eu que destruí o Jardim do Éden, convencendo Eva, aquela puta, a comer a maçã do pecado. Possuí a mente e o sangue de Caim, sussurrei em seus ouvidos até ele matar aquele idiota do Abel.

— *Ab insidiis diaboli, libera nos, Domine. Ut Ecclesiam tuam secura tibi facias libertate servire, te rogamus, audi nos. Ut inimicos sanctæ Ecclesiæ humiliare digneris, te rogamus audi nos. Et aspergatur locus aqua benedicta.* Vá embora, demônio! Agora! — disse Cardeal Alfredo, fazendo o sinal da cruz com o braço estendido.

Um enorme clarão avermelhado explodiu no interior da caverna como uma cortina de fumaça e fogo. A vela se apagou e um silêncio apaziguador se apoderou da pequena sala. Delgado abriu os olhos e fitou suas mãos. Estavam feridas, ensanguentadas, mas eram suas novamente, sem pelos nem unhas de lobo selvagem. Não conseguiu reunir forças para agradecer ao Cardeal Alfredo, caiu sobre o piso arenoso e cerrou as pálpebras, pedindo a Deus que o afastasse para sempre das armadilhas do inferno.

— Ahhhhhhhhhhhhh... — Um berro agudo e distante alcançou os ouvidos de Alfredo, que se ergueu da cadeira num golpe de susto.

— O que aconteceu, Padre Delgado? — aproximou-se da cama a passos incertos e irregulares.

— Tive um sonho terrível — respondeu Delgado, a voz trêmula e a testa ungida de suor —, com Samael.

— Que Deus nos proteja! — sussurrou Alfredo, olhando na direção do teto. Apertou o crucifixo acomodado entre seus dedos e cerrou os olhos. Sabia que uma hora ou outra o demônio voltaria a incomodá-los.

Parte 2
Crucificados

"No princípio era aquele que é a palavra. Ele estava com Deus e era Deus."

(João 1:1)

Capítulo 23

Turquia, Istambul
Cisterna da Basílica
O PERFUME DA MORTE

O coração do comandante Alex viu-se aos pulos assim que observou ao fundo a silhueta de Mizael, seu mais recente amigo, aproximando-se da porta de entrada da cisterna. Por alguns segundos desviou o olhar do garoto e fitou o céu. Finas nuvens de prata cobriam o sol, mas não impediam que a força do calor abraçasse Istambul desde cedo. Eram 7 horas da manhã, uma neblina passeava pela cidade vazia como um turista experiente que evita a multidão. Num lapso de segundo, antes que o garoto pudesse reconhecê-lo, os dedos ansiosos do comandante encontraram a arma, acomodada em sua cintura, e a acariciaram. O toque da sua pele suada com o ferro gelado do revólver acalmaram as batidas em seu peito, e ele voltou a acompanhar os passos do garoto. Arfou de maneira profunda, tentando disfarçar suas intenções, e sorriu ao deparar com Mizael ao seu lado.

— Bom dia, Lucas! — disse o garoto. — Não chegou cedo demais? — sorriu ele.

— Não sou de dormir muito, Mizael. — Alex fez uma pausa e abaixou a cabeça. Lembrou-se do falso nome que inventara ao jovem e o fitou novamente. — Aproveitei para conhecer a cidade longe da multidão.

— E o que achou?

— Comércios fechados — respondeu o comandante, caindo no riso. Começava a se afeiçoar ao menino e sabia o quanto isso era perigoso.

— Engraçadinho! — Mizael também sorriu. — O que mais gostou da cidade até agora?

— Dos doces. — Ele voltou a rir, dessa vez numa gargalhada alta. — Baklava é viciante.

— Também sou apaixonado por ela — concordou Mizael. — Lucas, olha só o que trouxe comigo. — O garoto retirou o véu da sua mochila e o colocou em volta do pescoço.

— Ainda não entregou?

— Não. Você quer ir comigo?

— Posso? — O coração de Alex subiu até a garganta pulsando de ansiedade.

— Claro que sim. Ela está aí dentro. — O menino apontou para a porta da cisterna.

— Passou a noite aí?

— Sim. — Sorriu o menino. — Parece estranho, mas é um esconderijo bem seguro.

— Sozinha?

— Não. — Ele fez uma pausa breve. — Com um amigo.

— De quem ela está se escondendo, Mizael?

O garoto não escutou as últimas palavras do comandante, que ficou sem resposta. Sua atenção estava mergulhada no interior da mochila, olhos arregalados e perdidos à procura da chave.

— Encontrei. — O garoto deu um beijo na chave acomodada entre seus dedos como quem agradece a Deus por uma graça alcançada. — O que disse, Lucas?

— Nada de importante.

— Perdoe-me! Mas é que sou muito esquecido, já deixei a chave da cisterna em cima da mesa de casa inúmeras vezes.

— Eu entendo.

— Venha, meu amigo! — Mizael convidou o comandante a entrar assim que abriu a porta. — É escuro, mas não há perigo algum. — Sorriu o garoto.

— Ainda bem — disse Alex, a voz baixa e sem graça. Uma pulsação antiga e bem conhecida voltou a correr no interior das suas veias. O comandante evitou olhar à frente, sua visão não funcionava muito bem no escuro; preferiu seguir a silhueta do garoto subindo as escadarias a tentar desvendar o que havia de tão belo naquele buraco mergulhado no abismo.

— Tudo bem, Lucas? — perguntou Mizael, a voz flutuando num eco livre e elástico.

— Sim — respondeu o comandante de imediato. Voltou a coçar a arma com os dedos e um largo sorriso se desenhou em seus lábios. Podia sentir o perfume da morte aproximando-se a distância. Agora, então, a poucos metros dos seus alvos, o cheiro invadia suas narinas como um assado no forno. Assim que a sequência de degraus chegou ao fim, o comandante encontrou-se numa sala iluminada e repleta de máquinas. Fitou Mizael por alguns instantes. Percebeu uma expressão assustada decorando o semblante do garoto. Alex retirou a arma da cintura no exato instante em que Mizael apanhou o véu branco entre os dedos e leu o nome de Hazael num bordado dourado.

— É você, não é?
— Quem?
— O homem que a persegue.
— Sim, sou eu.
— Seu nome não é Lucas.
— Não.
— Qual é?
— Alex — respondeu ele.
— É um belo nome — disse Mizael, a voz pausada e baixa. Seus olhos injetados não deixavam o véu por um instante sequer.
— Garoto, abra a porta!
— Por que quer matá-la?
— Não interessa! Vamos acabar logo com isso!

Mizael ergueu os olhos e encarou o comandante pela primeira vez desde que entrara na sala de máquinas. Observou a arma apontada para sua cabeça e apanhou a chave da porta dos fundos, rezando a Deus para que Hazael e Vergara não estivessem mais lá. Um sorriso se abriu em seu rosto assim que a porta se escancarou e mostrou o cômodo vazio.

— Eles não estão aqui — balbuciou o garoto, satisfeito. Imaginou que Hazael previra o perigo e descera com o amigo pela escadaria atrás do quarto.

— O quê? — Alex disparou até o quarto a passos largos e firmes.

— Para onde eles foram?

— Eu não sei — respondeu Mizael, o medo jantando seu estômago.

— Vire-se de costas, garoto! — ordenou o comandante, a voz fria e metálica.

— Vai me matar?

— Quieto! — rugiu ele. — Não vou conseguir atirar se continuar olhando pra você.

— Por quê? — sussurrou o menino.

— Porque não sou um homem bom, mas acabei gostando de você.

— Deixe-me viver, Alex. Por favor! — implorou o menino aos soluços, a voz tomada pelo choro.

— Não posso. Vire-se!

Mizael girou o tronco e o comandante disparou a arma. O corpo sem vida do menino despencou no piso num baque surdo e sem eco. Abaixo dele descansava o véu de Hazael, agora tingido de sangue. Alex ainda se deu ao luxo de atirar no corpo do menino mais uma vez. Fazia isso sempre que podia apenas para se certificar de que nenhum filete de vida soprava no peito da sua vítima.

Capítulo 24

Turquia, Istambul
Cisterna da Basílica
TIROS

Vergara escutou ao fundo um disparo agudo. Parecia um tiro. Um tremor repentino passou por seus ossos, como numa pane elétrica, e seus olhos se entreabriram de maneira preguiçosa, os batimentos cardíacos retornando ao pulso habitual. Pensamentos desconexos e desconcertados caminhavam pela mente do psiquiatra como animais perdidos; lembranças de uma época bem antiga, o recorte de uma casa no coração do deserto e as palavras tristes de um pai agoniado. Lapsos de um tempo remoto, marcado pelo amor e pela traição. Uma sensação de náusea mordeu o estômago vazio de Vergara e um cansaço agudo flechou seus músculos num rompante. Ele tossiu secamente e arregalou os olhos.

— Doutor Vergara, você está bem? — perguntou Hazael, fitando o rosto pálido do psiquiatra.

— Eu não sei, querida. Minha cabeça está em rodopios.

— Está dentro do esperado, doutor! Você acabou de viajar no tempo. E não tivemos sequer uma oportunidade para descansar.

— Onde estamos?

— Numa escadaria.

— Novamente.

— O perigo voltou, doutor Vergara. Acabei fugindo com você pela portinhola do piso, que desemboca nesses degraus.

— Mas... Como? Eu não estive com o pai de Judas? — Um sorriso branco marcou o rosto de Vergara. — Não estava num sono profundo?

— Sim, esteve com Simão Iscariotes. Mas não estava dormindo exatamente. Permaneceu acordado o tempo todo, mas com o corpo relaxado, numa espécie de transe. É difícil explicar.

— O que aconteceu?

— Consegui escutar o final da conversa entre você e Simão. Por isso deixamos o quarto.

— Você me carregou no colo Hazael?

— Quase isso. Apoiei seu corpo em meu ombro, suas pernas fizeram o resto.

— Ele pediu que não ficássemos aqui.

— Exatamente.

— Santo Deus! — Vergara fez uma pausa e arregalou os olhos. — Precisamos sair deste lugar o mais depressa possível.

— Será que isso terá um fim? — questionou Hazael, a voz num sussurro.

— Não sei.

— Venha, doutor! Por aqui. Há uma saída pelos fundos.

— É segura?

— Espero que sim.

— Temos que tentar!

Vergara seguiu a passos acelerados e ansiosos atrás de Hazael, cuja silhueta se iluminava e sumia a cada degrau de uma escadaria em espiral que desembocava no salão principal da cisterna. Um enxame de pilastras largas, brilhantes e revestidas de musgo assaltou a atenção do psiquiatra assim que seus pés mergulharam num pequeno córrego entre as centenas de colunas. Em uma delas figurava o rosto de uma medusa estranhamente colocada de cabeça para baixo. Num súbito, recordou as palavras do pai de Judas.

— *A água será a salvação de vocês...* — sussurrou ele, deixando sua voz escapar num sopro. "Será que ele se referia a esse pequeno riacho entre os pilares?", perguntou o psiquiatra em seus próprios devaneios.

— Doutor, venha! — chamou Hazael, percebendo que Vergara havia estancado seus movimentos.

— Eu já estou indo! — o psiquiatra arfou boquiaberto. — Este lugar é incrível — disse ele num sussurro antes de voltar a se mover.

Um corredor desajeitado e estreito abraçou as pernas de Vergara assim que a cabeça da medusa ficou para trás e o riacho deu lugar a um caminho de pedras minúsculas e pontiagudas. Uma grande janela de vidro reluziu ao fundo de uma sala com aspecto de porão e perfume de carvão queimado. A luz do sol já mostrava suas garras do lado de fora, era possível ver seus raios pintando de laranja parte das paredes do pequeno cômodo.

— Onde fica a porta, Hazael? — perguntou Vergara, o rosto assustado e os olhos arregalados passeando pela sala.

— Não há porta alguma! — disse ela.

— O quê?

— Isso mesmo, doutor! A única saída é por essa janela.

— Olhe para a grossura desse vidro, Hazael. Será impossível quebrá-lo!

— Temos que tentar, doutor! É nossa última chance.

As mãos suadas e nervosas da jovem turca tentaram girar o trinco da janela, mas suas forças não eram páreo para os caprichos do tempo. A ferrugem e o calor forte de quase todos os dias haviam grudado suas hastes de ferro como solda derretida e seca. O eco de um estalo agudo ressoou ao longe e fez os olhos de Hazael e Vergara se encontrarem num lampejo de pavor e pânico. Ele girou o pescoço para trás e deixou que o silêncio retomasse seu posto.

— O que foi isso? — perguntou o psiquiatra, a voz presa entre os dentes.

— Outro tiro — respondeu Hazael, caindo de joelhos e aos prantos. — Mizael está morto.

— Eu sinto muito, querida — murmurou Vergara, o suor lambendo sua testa. — O assassino nos descobriu! Temos que sair daqui...

Capítulo 25
Minutos depois
ESCURIDÃO

Passos pontiagudos martelavam contra o piso de pedras marcando o fim do silêncio e da paz no coração de Hazael e Vergara. Alguém com fúria e uma arma em punho aproximava-se daquela pequena sala iluminada pelos feixes de sol que invadiam a janela fechada. O psiquiatra engoliu em seco e olhou para trás. Redescobriu o inoperante e gigantesco exército de colunas atacando novamente sua visão como soldados de concreto presos em maldição. Esvaziou a mente por alguns segundos e deixou que ela tentasse lhe trazer uma solução, ou, por que não, um conforto diante da morte próxima e quase certa.

— Doutor, o que vamos fazer?
— Nada.
— Como assim?
— Quero ver quem está a nossa procura.
— Você já sabe quem é.
— Na verdade, desconfio que seja um antigo amigo, mas ainda não estou certo.
— Doutor, pegue esse bloco de pedra próximo aos seus pés e jogue na janela.

— Não vai funcionar, Hazael.

— Jogue! — gritou ela, sua voz lembrava a de um homem velho e rouco.

— O barulho trará o assassino até nós — Vergara tentou argumentar de maneira teimosa. Mas, vencido pelo desejo de viver, agachou-se e apanhou o bloco entre os braços. Não conseguiu levantá-lo da primeira vez, era pesado e as pontas finas espetaram sua pele como dentes de um cão filhote. Gotas quentes e vermelhas mancharam seus dedos, e ele soltou a pedra num súbito de dor.

— Rápido, doutor! — Aquela voz áspera voltou a ressoar dentro do cômodo e tilintou nos tímpanos de Vergara.

Ele arfou com força e tentou novamente. O bloco de pedra pareceu mais leve desta vez, acomodando-se nas suas mãos como uma bola de basquete. Num gesto quase mecânico o psiquiatra ergueu os braços acima da cabeça e se aproximou da janela. Sentiu o fervor do sol arranhar sua vista e cegá-lo momentaneamente. Desviou a cabeça e fitou Hazael, abraçada ao próprio corpo, o rosto imaculado e inclinado, ao fundo da sala.

— Hazael? — O nome da jovem turca encheu seus lábios.

— Ela chegou — disse, e uma gota de lágrima saltou de suas pálpebras.

— Quem?

— A morte — respondeu Hazael de imediato. Num súbito, elevou o dedo e apontou na direção da entrada da sala.

— Ainda não! — rugiu o psiquiatra, envergando o tronco para lançar a pedra. Um disparo oco encheu o cômodo num estouro seco com perfume de pólvora. Vergara sentiu um beliscão perfurar a panturrilha da sua perna e dobrou os joelhos. O movimento involuntário acabou arremessando o bloco de pedra de encontro à janela. Um enxame de cacos de vidro voou pela saleta como pássaros espelhados e reluzentes.

— Venha! — Vergara sentiu a mão quente de Hazael puxá-lo pelo braço e conduzi-lo até um buraco na parede onde antes havia a janela. Ele não foi capaz de se mexer, a dor na perna era como uma ferroada quente, venenosa e salgada. Sua visão ficou turva e embaçada, e um manto de sombras caiu diante de seus olhos como um chuvisco negro. Com o que ainda lhe restava de força girou o pescoço e encarou os olhos do homem que lhe apontava a arma novamente.

— Alex? — disse ele, reconhecendo o rosto do traidor. — Por quê? — perguntou muito mais a Deus do que ao antigo amigo.

Vergara cerrou os olhos e aguardou o segundo disparo ecoar pelo ambiente e uma nova mordida atacar-lhe o ombro.

— Ahhhhhhhhhhhhh — ele rugiu de dor, esgotando suas últimas partículas de energia. Sentiu a respiração fraca escapar do seu peito e se entregou de vez à escuridão.

Capítulo 26
Roma, Itália
Vaticano
DE VOLTA AO QUARTO E AO TRABALHO

O cômodo reformado às pressas ainda exibia marcas do toque da escuridão; manchas escuras figuravam na parede recém-pintada, profundas rachaduras estendiam-se pela madeira da porta, gotas de sangue surgiam ao longo de todo o piso e o cheiro ardido da massa que sustentava o novo vidro da janela sobrevoava o ambiente. Padre Delgado entrou no quarto a passos lentificados e incertos, respiração ofegante e as recentes e lúgubres memórias desfilando em cores vivas dentro da sua consciência. Devaneios fraturados arrancavam a paz do seu peito, sentimento que há muito tempo não encontrava, e roubavam-lhe o sono. "*O comandante Alex havia conseguido êxito? O espírito maligno de Samael retornara? Suas recentes atitudes haviam despertado o demônio que sempre esteve tatuado em sua alma pecadora?*"... Essas perguntas sua mente limitada não era capaz de responder, tentava apenas ligar alguns pontos como uma teia de aranha esburacada. O padre ergueu o rosto e fitou a janela por alguns minutos. Havia um silêncio incomum nas ruas de Roma, o sol se escondia atrás de robustas nuvens de prata e um vento gelado condenava a cidade com temperaturas baixas e um chuvisco fino e intermitente. Delgado arfou com tristeza e girou o rosto. Encontrou o crucifixo preso à parede, na frente da sua cama, novamente de cabeça para baixo. Um arrepio agudo alfinetou seu estômago num lampejo de pavor e susto, e uma gota de suor arrastou-se por sua face de imediato.

— Meu Deus! — disse num sopro, a voz carregada de rouquidão.

Arrastou a única cadeira do quarto e a apoiou contra a parede. Ergueu o pé direito com enorme dificuldade, quase perdendo o equilíbrio, e se segurou na cômoda ao lado. Se o padre caísse, certamente o resto dos seus dias estaria condenado a um leito de hospital; sua energia era quase nula e seu corpo estava tão fraco que não seria capaz de se recuperar. Mesmo assim resolveu assumir o risco e continuar. Não daria para conviver com a cruz de Jesus voltada para o chão. Colocou o pé esquerdo sobre a cadeira e aguardou alguns segundos em quietude. Um frio na espinha atacou suas costas e pareceu dele zombar quando as pernas da cadeira rangeram e ensaiaram uma pequena dança para um dos lados. As mãos de Delgado espalmaram-se de encontro à parede num choque estalado e surdo. Fechou os olhos. Imaginou-se morto, sendo julgado, condenado como traidor, assim como Judas Iscariotes, e caindo no fogo eterno do inferno. Uma gota de lágrima escapou dos seus olhos e afastou sua mente de tais devaneios. Padre Delgado encheu os pulmões de ar e fitou o crucifixo. Ele estava ao alcance de sua mão direita, bastava esticá-la e então endireitar a cruz de Cristo. Uma batida oca martelou no piso no momento em que seu braço se estendia. Delgado olhou para baixo e viu seu telefone celular no chão, a luz acesa mostrava a tela rachada. Um sinal esverdeado piscava na tela. Era seu indicador de chamadas e mensagens. Ficou tentado a desistir momentaneamente da sua tarefa e verificar se Alex trazia novidades.

— O que eu faço? — rugiu, com fúria.

Esticou o braço direito e tocou a madeira da pequena cruz. Estava quente, como se deixada em brasa ou exposta ao sol. O padre pegou o crucifixo entre seus dedos e o girou. Um círculo escuro e tracejado se desenhou na parede branca num rangido débil que tremeu os tímpanos de Delgado. Ele voltou a se desequilibrar e por sorte não despencou. Segurou-se na base do pequeno crucifixo por alguns segundos. De maneira estranha, uma pequena gota de sangue manchou a palma da sua mão, no mesmo ponto onde um prego fora colocado em Cristo há dois mil anos.

— O que é isso? — perguntou-se, num rompante.

Com cautela, Delgado apoiou as mãos na cômoda e desceu da cadeira. Respirou de maneira profunda e cerrou os olhos, pesados pelo cansaço. Agachou-se e apanhou o celular. Havia duas chamadas não atendidas e uma mensagem de texto, todas do mesmo contato, Alex. Pensou em telefonar, mas sua saúde enfraquecida fê-lo inclinar suas atenções às palavras escritas pelo comandante. Estreitou as sobrancelhas ao perceber que havia escrito a mensagem há poucos minutos. Suas novidades eram frescas.

Tenho boas notícias, padre. O doutor já era! Ele caiu sobre um córrego após eu acertá-lo dois tiros. Só um milagre salva o infeliz.

Ao contrário do que as evidências indicavam, Delgado não expressou felicidade alguma em sua fisionomia. Uma das palavras escritas pelo comandante sugeria cautela. Aproveitou que provavelmente estivessem conectados ao mesmo tempo e enviou a Alex uma pergunta.

Padre Delgado: *Você o viu morrer?*

Alex: *Não, mas imagino que tenha morrido. Como disse, Vergara caiu da janela e se espatifou num pequeno riacho. Só por um milagre.*

Padre Delgado: *Seu idiota! Não vê que a jovem turca tem poderes? Um milagre não seria tão difícil para alguém como ela. Mate-os e os veja morrer!*

Delgado lançou o celular de encontro à porta espumando de ódio. Colocou as mãos sobre o rosto e ajoelhou-se na cama, caindo num choro lúgubre. Uma mistura de medo, solidão e arrependimento salgavam suas lágrimas. Deixou que a exaustão dos seus ossos o conduzisse ao sono, fechou os olhos e se deitou, sem perceber que na parede um crucifixo girava sozinho e se colocava novamente de cabeça para baixo.

Capítulo 27

Turquia, Istambul
Rio da Cisterna
UMA SÚPLICA

As águas do riacho atrás da Cisterna da Basílica sentiram um mergulho sutil seguido de um choque estalado e fervoroso. O rosto submerso de Hazael procurou pelo corpo de Vergara, os olhos arregalados e uma pontada azeda arranhando seu coração. Sua visão não chegou a tocar o psiquiatra, estagnando-se no limite entre milhares de bolhas de ar e uma enorme mancha vermelha-escura. Num súbito, a jovem turca chacoalhou os braços e as pernas e seguiu na direção daquele disco de sangue que parecia tingir de morte as águas do estreito rio.

— Doutor Vergara? — A voz de Hazael tentou escapar da garganta, mas sem sucesso.

Movimentos desencontrados levaram as mãos da jovem a apalpar o braço do psiquiatra. Parecia duro como pedra, imóvel e pesado feito uma barra de ferro. Com a habilidade de uma artesã, os dedos de Hazael se entrelaçaram na roupa de Vergara e o puxaram para o alto em dois trancos. Ela arregalou os olhos e viu a luz do sol dançando acima de sua cabeça, os pulmões suplicando por oxigênio e os pensamentos enfraquecendo-se rapidamente. Enquanto sacudia as pernas e um dos braços para fora do rio, seus dedos se mantinham apertados contra a roupa de Vergara, mas não tinham mais forças para carregá-lo. Lágrimas de dor se misturaram ao riacho assim que Hazael se desvencilhou do seu companheiro e nadou até colocar a boca para fora da água. Sentiu o ar preenchendo seus pulmões de vida novamente. Teve tempo de agradecer ao céu e mergulhou a cabeça nas profundezas do riacho outra vez. Aproveitou que sua energia havia se renovado e deslizou até desaparecer no interior daquele disco avermelhado como se penetrasse num cardume de sangue. Sacudiu as mãos e tocou o rosto do psiquiatra segundos antes de encontrar seu pescoço e abraçá-lo. Apoiou a cabeça de Vergara em seu ombro e nadou até tocar com as costas a margem do rio. Girou o corpo, agarrou um pequeno tronco de árvore e deixou Vergara deitado de bruços sobre a grama. Cerrou os olhos e arfou com exaustão. Uma pontada de dor espetou sua espinha, fazendo-a pensar que alguma vértebra da sua coluna tivesse se rompido. Deu de ombros, ao menos por ora, e se lançou ao gramado, enterrando o rosto sobre o peito imóvel de seu companheiro.

— Não! — ela tentou gritar, mas sua voz foi abafada pela ausência de força. — Por favor, doutor Vergara, fique comigo! — orou a jovem turca.

Capítulo 28
Israel, Kerioth
JUDAS

Vergara sentiu os ossos flutuarem para além do seu corpo, como se estivessem preenchidos por um vazio doce e silencioso. Tentou sugar o oxigênio, mas seus pulmões afogados não conseguiram respirar, e não seriam capazes de armazenar o mínimo de ar. Ele tossiu uma vez, e depois outra. Seus olhos se entreabriram de maneira preguiçosa, quase mecânica. Havia um tronco de árvore a sua frente e um perfume de areia molhada invadiu suas narinas. Outra tosse sacudiu seu peito. A silhueta de uma pessoa com cabelos compridos se revelou em sua mente, e imaginou-se tendo um delírio. Escutou uma voz ao fundo, lembrava um sussurro daqueles usados para revelar segredos. O contorno de um rosto se desenhou entre os feixes de luz solar pintando uma névoa na claridade.

— Hazael? — arriscou, a voz parecia um sopro fino e agudo.

— Não — a voz de um homem ecoou de mansinho.

— Quem está aí? — questionou Vergara, apertando a vista.

Num súbito, seus olhos enxergaram uma montanha de pedras recortando o azul do horizonte atrás de um manto amarelo-cintilante. O homem surgiu cortando o sol, como um galho de árvore fabricando uma pequena sombra. Vergara enxergou as feições de um jovem usando turbante, com metade da face coberta por barbas negras e ralas. Lembrou-se da única fotografia que tinha do seu pai, guardada em sua carteira desde a infância. Um homem com semblante simpático, sorriso tímido e barbas que tapavam seus lábios. Uma saudade vazia invadiu seus olhos e algumas lágrimas desceram por seu rosto. Não foi fácil a vida com o pai distante, sua adolescência e juventude foram marcadas pela esperança de vê-lo ao menos mais uma vez, o que acabou por não se concretizar.

— Acorde! — Uma voz austera penetrou os ouvidos do psiquiatra afastando-o de seus recentes devaneios.

— Simão, é você?
— Não. Eu me chamo Judas.
— Quem?
— Judas.
— Eu sou...
— Sei muito bem quem você é.
— Sabe?
— Sim.
— Como?
— Meu pai falou sobre você.
— O que ele disse?
— Que um médico do futuro estava interessado em descobrir a verdade.
— Sobre?
— A morte de Cristo.
— Como eu vim parar aqui, Judas?
— Está desmaiado, doutor — respondeu ele. — Hazael aguarda auxílio para salvar sua vida. Como sua última lembrança foi a conversa que teve com meu pai, sua mente o trouxe até aqui.

— Judas, o que aconteceu?
— Você levou dois tiros e caiu de uma altura de quase três metros. Perdeu muito sangue e não está conseguindo respirar.

— Não me refiro a isso. Eu me lembro de tudo.
— Então, o quê?
— Quero saber a respeito de Jesus.
— Acredita em qual história, doutor?

— Na única que conheço.

— Claro — comentou ele, abrindo um sorriso. — A de que eu traí o Messias com um beijo no rosto em troca de 30 moedas de prata.

— Exato.

— Doutor, meu pai lhe contou que éramos ricos?

— Sim.

— Então por que eu entregaria o filho de Deus por dinheiro?

— Era o costume da época, Judas. Você sabe disso. As pessoas recebiam uma quantia em moedas, mesmo que simbólica, em troca de dizer a verdade.

— Eu o amava! — gritou Judas, caindo em prantos. — Nunca seria capaz... — Suas palavras morreram antes de deixar a garganta.

— Conte-me como tudo aconteceu — pediu Vergara, erguendo o tronco.

— Eu era obcecado pela chegada do Messias. Sempre acreditei que viria para libertar nossa terra do poder romano. Quando soube que um homem caminhava pelo deserto da Judeia discursando sobre amor e perdão, não hesitei em procurá-Lo. Entreguei a Ele meu coração. Desisti, inclusive, do meu casamento para segui-Lo.

— Como O encontrou?

— Não foi difícil. — Ele parou para respirar. — Um rabino chamado Gamaliel, amigo muito próximo da minha família, enviou-me até João Batista, um essênio famoso que vivia no deserto de Qumran.

— Primo de Cristo.

— Exato. Foi através dele que encontrei Jesus. — Judas fez uma breve pausa e olhou para trás. Viu Simão ao seu lado e conversou algo num idioma arrastado e estranho. Em seguida, voltou a encarar Vergara, mas seu semblante estava carregado e tenso.

— O que houve? — perguntou o psiquiatra, a voz amedrontada.

— Doutor, você precisa retornar. Urgente!

— Por quê?

— Se ficar mais tempo aqui, morrerá — explicou Judas.

Capítulo 29
Turquia, Istambul
Estreito de Bósforo
DESPERTO

Um sopro morno e doce invadiu a boca de Vergara, carregando seus pulmões de ar e sua mente de lembranças. Segundos depois, abriu os olhos. Não conseguiu enxergar mais do que uma densa neblina de alaranjados raios de um sol fervente à frente. Sua garganta tossiu e um jato de água salgada escapou numa esguichada lenta e azeda. O psiquiatra murmurou algo sem sentido, uma palavra de dor que ainda não havia sido inserida no dicionário. Sentiu um toque delicado em seus lábios e dois braços finos ao redor do seu peito. Arregalou os olhos o máximo que pode e descobriu traços preocupados decorando o rosto de Hazael. Deixou-se cair no riso. Sabia que havia retornado do mundo dos mortos, e não haveria melhor pessoa para recebê-lo de volta do que aquela misteriosa e encantadora jovem turca.

— Pensei que tivesse morrido! — suspirou ela, erguendo a cabeça.

Vergara tentou responder, mas o ardido no peito travou a corrida das palavras em sua própria mente. Pensou em lhe dizer o quanto já a amava, que o imenso pavor da possibilidade de nunca mais a ver feriu seu coração.

— Temos que procurar ajuda, doutor! Você consegue se mexer?

O psiquiatra balançou a cabeça de maneira afirmativa, mas sem certeza de que seus músculos obedeceriam aos comandos da sua vontade e do seu desejo de sobreviver. Uma ferroada quente formigou seu ombro ferido como uma corrente elétrica em pane assim que iniciou uma primeira tentativa de erguer o braço.

— Acho que não vou conseguir, Hazael — comentou Vergara, num sussurro desesperado.

— E agora? — perguntou ela, o rosto em pânico.

De repente, Vergara lembrou-se das palavras de Simão. Teve certeza, ao menos momentânea, de que os ensinamentos do pai de Judas se encaixavam ao cenário que se apresentava à frente dos seus olhos. Ele ergueu a cabeça com dificuldade e fitou a paisagem que se recortava atrás da jovem. Um riacho com água corrente passava às suas costas como um trem lotado e desgovernado em busca de uma estação. Um sorriso se desenhou em seus lábios e ele cerrou as pálpebras por um instante.

— A água — murmurou, seu rosto exibia um riso descontraído e confiante.

— O que disse, doutor?

— A água é a nossa salvação. Vamos nos jogar nela.

— Mas será que você aguenta? Esta correnteza é muito forte!

— Simão disse que sim.

Hazael ergueu as sobrancelhas, o cenho atônito e surpreso. Com rapidez retirou os sapatos dos pés de Vergara e os lançou para longe, atrás de um arbusto seco entre rochas esquecidas. Entrelaçou os dedos do psiquiatra nos seus e o ajudou a se levantar.

— Venha — disse ela. — Abrace-me como se estivéssemos numa motocicleta e deixe que o rio faça o resto.

Os braços de Vergara apertaram o corpo de Hazael com força, fome e doçura. Sentiu a água gelada martelar seus ossos e músculos, mas não se importou. Estava fraco demais para distribuir sua energia em vários focos. Preferiu prestar atenção ao perfume dos cabelos da jovem turca, que preenchia seu coração de luz e lhe devolvia a vontade de permanecer vivo. Chegou a adormecer, a cabeça apoiada nos ombros de Hazael, abrindo os olhos apenas quando escutou um apito surdo ecoar em seus ouvidos. Castelos medievais erguiam-se ao fundo de um enorme mar azul por onde pequenos barcos serpenteavam, todos repletos de turistas. Arfou com tranquilidade ao perceber o ambiente que agora lhe dava e a Hazael um abrigo momentâneo. Algumas lágrimas escaparam dos seus olhos no instante em que suas pupilas, ainda que cansadas, registraram a beleza do Estreito de Bósforo.

Capítulo 30

Minutos depois
NOVA BUSCA

As pernas do comandante seguiam em passos largos e ansiosos na direção da saída. A escuridão no interior da Cisterna da Basílica deixava os corredores e as escadarias todos iguais, o que de certa forma dificultava a escolha do melhor caminho. As mensagens do padre haviam roubado da consciência de Alex a certeza de ter cumprido pelo menos metade da sua missão. Em sua cabeça, aquele desgraçado do doutor Vergara havia caído no Inferno, nem Deus poderia impedi-lo de morrer. Restava apenas acabar com a vida da pobre garota, cujo destino milagroso e impiedoso estava prestes a terminar. Mas as palavras de Delgado não fugiam da sua mente, zumbiam em seus ouvidos como pernilongos noturnos numa madrugada quente: "*Vergara poderia mesmo estar vivo, como sugeriu o padre?*", dúvida esta que não deixava sua respiração ofegante em paz. Num súbito, Alex sentiu pena de Hazael, uma compaixão que há muito não tilintava em seu coração, emoção que o levou a um riso confuso, talvez irônico, mas incapaz de interromper sua corrida. Seus dedos buscaram a arma presa à cintura. O toque do ferro frio e poderoso em sua pele lhe devolveu o sentimento de raiva e desprezo. Sabia que algumas pessoas vinham à Terra viver uma vida mais curta que outras, e sentia-se útil em prestar esse pequeno favor a Deus. Alex sorriu, satisfeito. Tentou escoar os pensamentos que atacavam sua mente de modo desenfreado e fitou uma bifurcação à frente. À esquerda, um enorme clarão tingiu de laranja uma parte do piso. Suas pernas incansáveis o levaram exatamente àquele ponto. De maneira instintiva, como um garoto que olha diretamente para o sol, o comandante levou a palma da mão entre os olhos e a claridade, protegendo-o daquela explosão de luz e mantendo o trajeto desenhado sob seus pés. Um emaranhado de pessoas revelou-se do lado de fora da cisterna e recebeu o comandante aos tropeços assim que deixou a porta para trás. Seus ombros largos e pesados esbarraram nas costas de algumas mulheres e crianças que aguardavam numa pequena fila a abertura do monumento, e todos despencaram sobre o cimento fervente. Resmungos esparsos e distantes chegaram aos seus ouvidos, mas não se deteve, continuou movimentando-se na direção do riacho atrás da cisterna, local em que esperava ver o psiquiatra morto. Em seguida, mataria a garota e voltaria logo para casa. Contornou o prédio à direita e um abismo de pedras e folhas secas revelou-se aos seus olhos. Ao fundo, abaixo de um extenso vale de arbustos, as águas do riacho marchavam sem pestanejar.

— Que droga! — deixou escapar, fitando o difícil caminho até chegar ao ponto certo.

Alex apoiou as mãos sobre as pedras e iniciou a descida. A areia seca deixava o trajeto escorregadio, e o sol fervente acelerava seu coração. Pela primeira vez o comandante arfou, cansado, o ar que entrava em seus pulmões não parecia suficiente. Ele olhou novamente para baixo, qualquer descuido poderia ser fatal. Em seus piores pesadelos, aquele não era o ambiente adequado para se despedir da Terra. Afugentou os maus pensamentos com um chacoalhar de cabeça, como se espantasse uma abelha, e seguiu a passos trêmulos. Calculou mais ou menos o local onde imaginou que encontraria o idiota do Vergara morto e Hazael suplicando para se juntar a ele. Transformou seus pequenos e cuidadosos passos em saltos largos e desajeitados. Em segundos, viu-se lá embaixo, o ruído débil e intermitente do rio chiando em seus ouvidos como uma estação de rádio mal sintonizada. Fitou o horizonte em busca de um corpo imóvel e de outro tentando se mover. Uma pontada azeda formigou em seu estômago assim que decifrou o que se recortava diante dos seus olhos. Uma enorme poça de sangue manchava de vermelho a margem do outro lado rio. Ao fundo, atrás de um arbusto seco e tétrico, jaziam os dois sapatos do psiquiatra.

— Filhos da puta! Como conseguiram escapar? — esbaforiu o comandante, percebendo que Vergara e Hazael não estavam em seu campo de visão. Seus olhos encontraram o Estreito de Bósforo à esquerda reluzindo como um diamante azul, logo após um conjunto de telhas de casas esparramar-se pela paisagem como uma cordilheira. — Não pode ser!

CAPÍTULO 31
Itália, Roma
Vaticano
UMA ORDEM

A chuva cedera, alguns raios de sol podiam ser vistos invadindo o cômodo pelos vãos da janela, riscando as paredes de uma luz fosca. Um vento morno passeava pelo quarto do Padre Delgado num eco agudo, como uivos de um lobo solitário. Ao lado da cama, em pé como um soldado em posição de alerta, Alfredo certificava-se de que seu amigo estava em plena recuperação e de que todas aquelas evidências recentes não significaram nada além de uma pequena coincidência com o passado, um tempo em que o demônio os visitara.

— Padre, eu preciso ir — disse Alfredo, num sussurro sereno.
— Vá. — Delgado entreabriu os olhos com dificuldade.
— Mas...
— Eu ficarei bem, cardeal.
— Retornarei com seu almoço ao final da manhã, padre.

Os olhos de Delgado assentiram e acompanharam os passos do Cardeal Alfredo até a saída. O padre observou a silhueta do seu amigo desaparecer na penumbra do corredor e a porta bater às suas costas. Mesmo deitado sob as cobertas, um arrepio gelado atacou seus ossos assim que se viu sozinho. Um zumbido metálico iniciou sua cantoria na parede à frente do seu rosto como um inseto de ferro. Delgado estendeu sua visão até a parede e viu o crucifixo de cabeça para baixo novamente. Sentiu um ardor no peito e uma pontada no estômago. Tentou gritar por socorro, mas sua garganta apertou-se como se alguém ou alguma força poderosa a enforcasse. Com movimentos rápidos, o padre desvencilhou-se das cobertas e saltou da cama. Não conseguiu ficar em pé, sua saúde ainda estava muito debilitada, e caiu de joelhos. Tossiu com fervor até seu rosto se tingir de rubro e as veias do pescoço se eriçarem como nós de marinheiro. Engatinhou na direção da porta e a tateou à procura da maçaneta, provocando batidas ocas no interior do cômodo. Não a encontrou, mesmo após a segunda tentativa. Ergueu os olhos e os fechou logo em seguida, imaginando o que viria adiante. Não havia trinco nem tampouco maçaneta na porta do quarto, apenas a madeira colada à parede de concreto. Um estouro vindo da janela anunciou a chegada das trevas. Diferente de outrora, o vidro não saiu voando pelo quarto como pombos assustados, apenas se estilhaçou, dando lugar a um vento cortante e febril. Passos pontiagudos chegaram aos ouvidos de Delgado e ele girou o pescoço para trás. Observou o contorno de um homem vestido numa túnica negra, o rosto não passava de um círculo de sombras, e congelou seus movimentos.

— Estava com saudades de mim, padre? — disse o homem, a voz lembrava os latidos de um cão feroz.

— Samael?

— Que boa memória! — sorriu ele.

— Vá embora! Sou um homem de Deus.

— Cale a boca, padre! — gritou Samael. — Você sempre pertenceu a mim!

— Saia! Por favor! — Delgado caiu num choro fino e ansioso.

Suas narinas respiraram um ar pesado e fedorento, que lembrava a enxofre e urina. Samael flutuou pelo cômodo e mergulhou sobre o corpo imóvel do padre, como se nele vivesse um lago formado por cinzas. Ouviu-se um baque e depois o silêncio. Delgado abriu os olhos, eram grandes e verdes como os de um lagarto. Ele fitou as mãos de maneira repentina. Viu os dedos se entortarem e cobrirem-se de pelos. Em seguida, ergueu o corpo e colocou-se de pé. Havia energia em seus músculos, e uma força que julgou não pertencer a este mundo ocupou seu peito. Caminhou lentamente até o criado-mudo, disposto ao lado da sua cama, e acomodou a Bíblia Sagrada entre os dedos. Sorriu para ela de modo irônico, como se desprezasse seus ensinamentos. Com movimentos rápidos e ferozes, os dentes cerrados e à mostra, rasgou as folhas do livro, uma a uma. Arremessou-as ao alto e se banhou daqueles versículos partidos e destruídos como se estivesse em meio a uma nuvem de papel picado. Deu um salto na direção da parede e apanhou o crucifixo nas mãos.

— O que devo fazer agora? — Delgado perguntou a Samael.

Escutou uma voz forte e poderosa ecoando de dentro do seu próprio corpo e chegando aos seus ouvidos como uma ordem.

— Mate o Cardeal Alfredo! — Um sorriso largo se desenhou nos lábios do padre assim que sua mente codificou a mensagem. Delgado ergueu a cabeça e encarou a porta à sua frente, os olhos perdidos e envidraçados, e uma corrente de ódio pulsando em seu sangue.

Capítulo 32

Turquia, Istambul
Estreito de Bósforo
UM VELHO AMIGO

Golfadas de água invadiam a garganta de Vergara e o impediam de respirar. Seus braços se moviam de maneira mecânica pelo mar limpo e cristalino do Estreito de Bósforo, mas suas forças pareciam flertar com o fim. Ele podia sentir a fadiga comendo-lhe os ossos. Seus dedos agarraram os cabelos de Hazael e ele cerrou os olhos instintivamente. O pequeno filete de luz que ainda emanava dos seus olhos enxergou a jovem turca desaparecendo nas sombras do mar revolto. As ondas eram rápidas e rasteiras como uma serpente em fuga. Vergara deu um salto, talvez usando o pouco que lhe restava de força e coragem, e seguiu atrás da jovem turca. Tocou seus cabelos novamente, mas agora com a consciência de trazê-la de volta à superfície. Puxou seu corpo para cima, envolvendo-a num abraço apertado e generoso. Seus lábios quase se tocaram quando a água ficou para trás e o ar voltou a entrar em seus pulmões.

— Socorro! — gritou Hazael, a voz exausta e entrecortada.

Vergara sentiu uma mão firme agarrá-lo pelo pescoço e erguê-lo num tranco estalado. Seu corpo espatifou-se sobre um estrado de madeira úmido e fervente. Olhou para o alto e viu o sol figurando esbelto e pleno num céu azulado sem nuvens. Tentou dizer alguma palavra de agradecimento, mas sua garganta estava machucada demais para emanar qualquer ruído. Fitou a jovem turca ao seu lado, deitada como um tapete esquecido, e estendeu o braço. Os dedos de Hazael tocaram os seus e ela lhe ofereceu um sorriso débil. Doutor Vergara imaginou, ao menos por alguns segundos, que ela lhe daria um beijo para celebrar suas vidas salvas, mesmo sem a certeza de que dali a cinco minutos ainda estariam respirando. Mas o beijo não veio como desejara, apenas um afago nos cabelos e um toque quente da palma da sua mão sobre seu ombro ferido, que ainda sangrava como uma chuva de mercúrio. O psiquiatra ouviu uma voz grossa e conhecida resmungando algo com Hazael e ergueu ligeiramente a cabeça. Enxergou a silhueta de um homem de baixa estatura, pele morena, olhos esverdeados e cabeça raspada ao seu lado. Apertou os olhos e conseguiu identificar quem estava ali. O bigode saliente do homem chegou à mente de Vergara como um toque de mágica.

— Tarik, é você? — disse, num sopro.

— Doutor Vergara, o que aconteceu com o senhor?

Ele não conseguiu responder à pergunta do gerente do Glosbe Hotel, onde ainda estava registrado como hóspede, mas arfou de maneira tranquila e profunda. Sabia que aquele bom homem faria de tudo para ajudá-los. Então, deitou-se em posição fetal e permitiu que um sono sem sonhos calasse, por ora, o grito dos seus pensamentos.

Capítulo 33

Turquia, Istambul
Glosbe Hotel
VISITA DO PASSADO

Sem que Hazael e Vergara pudessem notar, já que haviam permanecido deitados durante todo o trajeto, o pequeno barco de Tarik atravessou o Estreito de Bósforo tão rápido que lembrou um animal faminto alimentando-se das ondas do mar. Aproveitou o cais de emergência, localizado em frente à Basílica de Santa Sofia, e atracou numa manobra arriscada. Bateu a lateral do barco contra as madeiras de proteção e acabou invadindo o jardim disposto entre o mar e as garagens atrás das árvores.

— Acorde, doutor! — disse Tarik, aplicando uma sequência de tapas no rosto do psiquiatra. — Por favor, homem! Acorde! — gritou.

Vergara abriu os olhos num salto, assustado e ansioso. Não conseguiu precisar onde se encontrava, tampouco o tempo que esteve abraçado a um sono pesado e ausente de imagens. A visão do psiquiatra alcançou Hazael, entregue a um descanso mais do que merecido, e seus lábios se curvaram num sorriso tímido.

— Onde estamos, Tarik? — perguntou Vergara num murmúrio, sem desviar suas pupilas da jovem turca.

— Em frente à Basílica de Santa Sofia — respondeu ele, a voz austera. — Acorde a moça, doutor!

Vergara encostou sua boca no rosto de Hazael num beijo delicado e singelo. Seu coração disparou assim que a viu abrindo os olhos de maneira desajeitada e amedrontada.

— Precisamos partir, Hazael.

— Quem é ele? — A jovem turca estreitou as sobrancelhas e apontou na direção de Tarik.

— Um amigo.

Enquanto Hazael e Vergara tentavam se levantar, Tarik saltou do barco de maneira veloz, uma mochila de pano pendia de suas costas. Ele abriu o zíper e mexeu dentro da bolsa. Apanhou uma blusa de manga comprida e atirou no colo do psiquiatra.

— Para que serve?

— Vista isto! Não quer sair por aí com o ombro sangrando, não é?

— Não. É claro que não! — respondeu Vergara, acompanhando em pensamento a preocupação de Tarik.

— Cadê seus sapatos?

— Perdi, Tarik. Sinto muito.

— Tudo bem — comentou ele, a voz baixa e reflexiva. — Meu carro não está muito longe daqui. Acho que passaremos despercebidos.

— Vamos! — disse Vergara, piscando para Hazael com um dos olhos.

Um arrepio fervente atacou o ombro ferido do psiquiatra no momento em que elevou o braço para vestir a blusa. A dor queimou seus ossos da cabeça aos pés, mas não o fez parar. A sede de se manter vivo e proteger Hazael transformou seus medos em coragem, e seus ardores em afagos. Vergara seguiu a passos trêmulos e incertos no encalço de Tarik, a mente vazia e os dedos entrelaçados na mão macia e doce de Hazael. Numa corrida trôpega, ladeou o jardim da Basílica de Santa Sofia, serpenteou por uma trilha de arbustos secos e amarelados e desembocou nos portões de um imenso estacionamento. Um formigueiro de carros desenhou-se à frente dos olhos de Vergara, que parou de se movimentar. Lembrou-se de quando era pequeno e costumava colocar seus carrinhos de ferro no quintal da sua casa parados como se estivessem no subsolo de um shopping center. Uma lágrima de saudade brincou ao redor de suas pálpebras.

— Doutor Vergara, o que houve? — A voz de Hazael alcançou os ouvidos do psiquiatra, arremessando para longe seus devaneios da infância.

— Estou indo — respondeu ele, voltando a caminhar.

Após mais alguns minutos andando descalço sobre o cimento fervente, a cabeça baixa e os pensamentos vazios, o Fiat Tipo azul-marinho de Tarik foi encontrado em meio a uma multidão de outros veículos. Vergara perguntou-se, subitamente, como havia memorizado aquela vaga, não havia números, placas, tampouco listras no chão. No fim, o psiquiatra deu de ombros e, mesmo sem saciar sua dúvida, sorriu aliviado. Vergara e Hazael se acomodaram no banco de trás do automóvel de Tarik, parado sob uma pequena árvore nos arredores da Basílica de Santa Sofia. Uma enxurrada de vendedores ambulantes se amontoou em volta do carro para lhes oferecer suas quinquilharias, de temperos até tapetes.

— *Ayrilmak*! — gritou Tarik. — *Bizi Yalniz birakin...* — completou.

— O que ele disse? — perguntou Vergara quase num sussurro.

— Saiam! — Hazael sorriu ao traduzir. — Ele pediu para irem embora e nos deixarem em paz. — A jovem turca recostou o rosto no ombro machucado do psiquiatra e estreitou os olhos.

Vergara sentiu os dedos de Hazael acariciando seus cabelos por um longo tempo, até o Fiat Tipo de Tarik parar num tranco e seu tronco ser arremessado à frente. Ele fitou o rosto assustado da jovem e sorriu.

— Doutor, pode parecer estranho o que vou lhe perguntar, mas o senhor precisa de um médico?

— Obrigado, Tarik. Não será necessário.

— Tem certeza, senhor?

— Tenho suprimentos na minha bolsa que darão cabo desses ferimentos.

— Tudo bem! Vou deixá-los aqui na portaria. Doutor Vergara, pegue a chave do seu quarto na recepção.

— Tem alguém lá?

— Não.

— Ok.

Vergara apanhou um pedaço de pano seco, um par de gazes, um rolo de esparadrapo e um spray antisséptico em sua mala e os ofereceu a Hazael. Retirou a roupa, passou pelo chuveiro e deitou-se sobre a cama. Uma bermuda escondia sua total nudez. A jovem turca limpou os ferimentos umedecendo o pano numa bacia com água e antisséptico e aguardou o sangue estancar. Em seguida, acomodou uma gaze acima de cada machucado, cortou com os dentes algumas tiras de esparadrapo e os grudou na pele do psiquiatra.

— Você tem visita, doutor — disse ela, colocando-se de pé.

— O quê? — perguntou Vergara, a voz assustada e o cenho surpreso.

— Simão Iscariotes está aqui e quer lhe contar algo — explicou ela. — Enquanto isso, vou tomar um banho. Aproveite!

— Está bem — respondeu ele, a voz entrecortada e a mente confusa. Ainda estava se acostumando com a ideia de viajar no tempo e encontrar pessoas do passado.

O psiquiatra cerrou a vista por um instante, tentou esvaziar seus pensamentos e se concentrar nas informações que receberia a seguir. Arfou com suavidade e aguardou em silêncio. Escutou a porta do banheiro sendo fechada e entreabriu os olhos de maneira preguiçosa. Viu a silhueta de um homem vestido num manto branco aproximar-se da cama em passos espaçados e pontiagudos. Parecia estar no mesmo ritmo do seu coração.

— Olá, doutor. Como vai? — Uma voz rouca e forte alcançou seus tímpanos.

— Bem — respondeu Vergara. — Simão?

— Sim.

— Hazael disse que o senhor tem algo importante a me dizer.

— Verdade.

— Sobre?

— Meu filho.

— Aham. — Vergara estreitou os olhos e encarou a figura a sua frente com a mente e os ouvidos bem abertos e a atenção em plenitude.

— O século I foi uma época de imensa tensão política e de previsões apocalípticas para os judeus da Palestina em função da ocupação romana. O povo sentia-se esmagado por tal domínio e se dividia em três esferas: os que já haviam encontrado maneiras de se submeter às ordens de Roma, sobrevivendo por meio de um comportamento cúmplice e corrupto; os que haviam perdido sua dignidade moral, passando a se sentir inferiores e amedrontados, vendo no trabalho servil a única forma de sobreviver, trocando seus afazeres por casa, água e comida; e, por fim, aqueles que não aceitavam ser usurpados da sua terra, crença e poder, buscando caminhos para organizar uma rebelião contra Roma a qualquer custo. Os inconformados constituíam um grupo extremamente variado, formado por lenhadores, religiosos, pescadores, homens afortunados e até alguns soldados. Aos poucos, foi-se criando um partido político revolucionário conhecido como Zelote. Meu filho não só fazia parte desse partido como se transformou em um de seus principais líderes. Afinal, era ele quem financiava suas ações. Judas perambulava por Jerusalém e suas cercanias em busca de possíveis adeptos da revolução. Em seu entendimento, aqueles que tinham pouco a perder não se incomodariam em se arriscar por uma causa maior. O fato é que as pessoas estavam imersas numa energia messiânica. Sentiam nas veias o desejo de libertar sua terra, mas tinham muito medo de sucumbir e jogar tudo por água abaixo. Isso explica a obstinação do povo por um Messias, alguém que os guiasse e garantisse que estavam no caminho certo. Na ânsia por uma liderança forte, surgiram muitos "falsos messias". Alguns são até citados no Novo Testamento, livro que você deve conhecer. O profeta Teudas, segundo o Livro de Atos, tinha 400 discípulos antes de Roma capturá-lo e lhe cortar a cabeça. Uma figura carismática e misteriosa conhecida apenas como "o Egípcio" levantou um exército de seguidores no deserto, e quase todos foram massacrados pelas tropas romanas. Outro aspirante messiânico, chamado simplesmente de "o Samaritano", foi crucificado por Pôncio Pilatos, embora não tivesse levantado nenhum exército e de maneira alguma tivesse desafiado Roma. Indicações de que as autoridades, sentindo a febre apocalíptica no ar, tinham se tornado extremamente sensíveis a qualquer sinal de sedição. Todos os candidatos messiânicos eram executados sem a menor cerimônia. Esse histórico de falsos Messias sendo assassinados fez crescer ainda mais na alma de Judas o desejo de ter um porta-voz. Foi então que apareceu...

— Jesus... — disse Vergara, num sussurro, interrompendo momentaneamente a história de Simão.

— Exato! Para ele, Cristo reunia a combinação perfeita: força e fé. Judas foi uma figura importante na trajetória de Jesus durante as pregações de Cristo na Galileia. Meu filho era o tesoureiro do grupo. Escolheu esse cargo justamente para ajudar financeiramente as viagens de Jesus e de seus discípulos, já que tinha livre acesso ao dinheiro da nossa família. Judas se tornou o braço direito de Jesus, comungava dos mesmos pensamentos de Cristo, com exceção de uma única ideia.

— Qual?

— Jesus almejava a paz, uma revolução com base no amor e no perdão. Queria trazer o Reino de Deus à Terra.

— E Judas?

— Meu filho queria guerra!

Capítulo 34

Turquia, Istambul
Estreito de Bósforo
UMA PISTA

Alex apanhou um barco-táxi e percorreu cada milímetro do Estreito de Bósforo em busca de Vergara e Hazael. Não encontrou nada além de peixes, turistas e outros tipos de embarcações. Pegou o celular no bolso e conferiu o aplicativo *FollowChip*. Os pontos luminosos, que até horas atrás exibiam o destino e o deslocamento dos seus alvos, agora não passavam de um sinal mostrando sua incompetência. O comandante apertou os dentes com raiva. Sempre que sentia o ódio tomar conta de seus batimentos cardíacos e o desejo de vingança abraçar-lhe o estômago era premiado com bons pensamentos e ideias interessantes. Levou os dedos até a arma e a acariciou como quem afaga os pelos de um animal de estimação. Lembrou-se de um episódio na infância... Estava para completar 11 anos quando disputou a prova final de natação nos *Jogos Regionais da Cidade de Roma*, promovido pela prefeitura anualmente. Estava liderando até os últimos 50 metros quando viu seu melhor amigo, Maurício Benavente, ultrapassá-lo e ganhar a medalha de ouro. Seus olhos se nutriram de tanto ódio que enforcou o menino com a corrente da própria medalha. A plateia ficou imóvel e perplexa, como se não acreditasse no que via, e um silêncio mórbido tomou o ginásio. Maurício só não faleceu porque foi salvo a tempo por seu pai, Fausto Benavente, que acompanhava de perto a cerimônia de premiação. Depois do ocorrido, Alex não voltou a procurar Maurício para tentar reatar a amizade, tampouco para pedir perdão. Pelo contrário, durante anos lamentou a falha e a falta de sorte, revivendo em sua mente a cena do enforcamento malsucedido. O comandante estreitou o cenho, deixando as lúgubres memórias para trás e arfou com ansiedade. Fitou novamente o aparelho telefônico acomodado entre seus dedos procurando pelos antigos destinos do psiquiatra.

— Aeroporto de Ataturk, Glosbe Hotel, Catedral de São Jorge... — ele repassou os nomes em voz alta, o olhar pensativo e as sobrancelhas arqueadas.

— O que disse, senhor? — perguntou o condutor, um jovem magricela, pele morena, cabelos encaracolados e penugem no rosto.

— A Catedral de São Jorge fica muito longe daqui?

— Não, senhor — respondeu o menino. — Quer que eu o deixe lá?

— Por favor. — Alex tentou ser o mais educado possível.

Enquanto o táxi marinho fazia a volta e flutuava em direção ao próximo destino, Alex tentou dar um rápido telefonema ao Padre Delgado. As chamadas caíram por três vezes na caixa postal. O comandante preferiu assim, deu de ombros e não enviou mensagem alguma. Estava certo de que cedo ou tarde mataria aquele idiota do psiquiatra e a jovem esquisita. Caiu na gargalhada ao imaginar o casal juntos.

— Vejo que o senhor está feliz hoje — comentou o condutor, após escutar o riso alto do comandante.

— Cale a boca, moleque! — rugiu Alex, a voz firme e ansiosa. — Quanto tempo falta para chegar até a porra da catedral? — cuspiu ele, sacando a arma.

— Por favor, senhor! Não atire!

— Pare logo esse barco!

— Mas a catedral fica do outro lado senhor — o menino tentou se explicar.

— Que se dane! Já estou cansado dessa aguaceira toda.

— Senhor, posso deixá-lo a poucos metros da Catedral de São Jorge. Não prefere aguardar mais alguns minutos?

— Qual das minhas palavras você não entendeu, moleque? Encoste essa porra na margem mais próxima.

— Está bem — concordou.

O jovem condutor dobrou à direita e encontrou o cais de emergência logo em frente. Aproveitou que seu barco era pequeno e conseguiu desviar de alguns estilhaços de madeira que se aglomeravam na margem adiante. Encostou seu táxi entre duas árvores e aguardou a saída de Alex.

— Houve um acidente aqui — disse o jovem, tentando ser cordial.
— Quando?
— Não sei, mas parece recente.
— Como você sabe?
— Passamos por aqui há alguns minutos e esse barco não estava aí.
— Obrigado pela informação, garoto — Alex agradeceu, virou-se de costas e partiu.

Algo lhe dizia que aqueles destroços eram do veículo que salvara Vergara e Hazael. O comandante caminhou por uma trilha de pedras entremeada por arbustos pálidos que a distância pareciam formar uma extensa ferrovia. Um sorriso largo estampava seu rosto. Sabia que havia encontrado uma boa pista.

Capítulo 35
Roma, Itália
Vaticano
ESCURIDÃO

Padre Delgado abriu a porta do quarto e deixou-se mergulhar no corredor escuro, uma estreita passagem afogada na penumbra. Sorriu ao ver-se engolido pelas sombras. Pequenas lâmpadas tentavam dar claridade ao ambiente, mas de longe não alcançavam êxito, serviam apenas para que silhuetas cinzentas dançassem sobre as paredes brancas do trajeto como se fossem espíritos perdidos ou espiões das trevas condenados àquela construção centenária. Passos firmes conduziam o corpo de Delgado na direção da sala de reuniões, atrás da Capela Sistina, local onde imaginava encontrar o novo candidato à morte: Cardeal Alfredo. Apertou os dedos contra a palma das mãos cerrando os punhos em fúria. Sentia-se forte e revigorado, parecia um jovem lutador em plena forma vestido na pele de um moribundo. Não conseguiu se lembrar de outro momento tão sublime e poderoso; talvez na adolescência, quando ainda era um estudante comum e um atleta semiprofissional de handebol. Ainda assim não tinha certeza. Padre Delgado apertou o cenho e seguiu firme seu caminho, um passo por vez. Desceu um lance de escadas aos pulos e cerrou os dentes, a fome lhe apertando o estômago. Não era de comida que desejava se alimentar, mas de sangue. E não era qualquer um, havia de ser puro, quente e santificado. Umedeceu os lábios e arregalou os olhos assim que o pátio entre o Museu do Vaticano e a Capela Sistina se precipitou à frente dos seus pés. Acelerou a marcha, ansioso por uma morte violenta e silenciosa. Escutou risos altos e longos alcançando sua mente e fitou o ambiente. Não havia ninguém ali. Fechou os olhos e sentiu uma vibração febril corroendo sua pele, os pelos eriçando-se numa excitação cruel. Estava certo de que aquelas risadas vinham de dentro dele, do espírito que agora o guiava, uma névoa escura como a noite e pesada feito ferro que atendia pelo nome de Samael. "*O mesmo demônio de outrora!*", reconheceu, num devaneio frio. A sensação de que ele nunca havia partido desabrochou em seu peito e voltou a abrir os olhos. Passava das onze da manhã, o céu revelava-se como uma cortina azul, e o sol um disco que reluzia feito uma medalha de cobre. Delgado respirou fundo, exalando o ar como o rosnar de um lobo selvagem, arqueou as costas e continuou sua trajetória. Atravessou os portões de vidro da entrada do museu e apertou o passo. Tesouros egípcios contemplaram seus movimentos trêmulos e pulsantes até que se perdesse nos primeiros degraus de uma escada que descia até um manto de névoa e sombras. Padre Delgado desembocou no andar de baixo e viu a porta de madeira da Capela Sistina ranger com a brisa gelada que pairava por todo o Vaticano. Seus pés ecoavam sobre o piso gelado da saleta que antecedia a capela principal como batidas de um coração acelerado. Preferiu não olhar para o teto e testemunhar a imagem de Deus tocando o homem, obra criada por Michelangelo entre os anos 1508 e 1512, concentrando-se apenas em colocar um pé à frente do outro para chegar ao seu destino. Ouviu uma voz rouca e conhecida soprando do outro lado do cômodo, às portas da sala de reuniões. Encheu-se de força e ódio e estreitou o cenho, sobrancelhas arqueadas, lábios apertados e dentes cerrados. Caminhou ainda mais depressa e viu a silhueta de um homem de baixa estatura e cabelos brancos e ralos parado logo à frente. Parecia sozinho, pensativo, comunicando-se com a sua fé particular. Delgado sentiu o cheiro da morte, o sangue salivando em sua boca, e estendeu as mãos. As unhas grandes e largas, que agora decoravam as pontas dos seus dedos, fariam o papel dos dez punhais do inferno.

— Olá — gritou ele, a voz parecendo um latido.

Não deu tempo para o cardeal girar o pescoço e mostrar-lhe o rosto. Como se seus dedos tivessem vida própria atacou ferozmente o santo homem, congelado à sua frente, na altura da nuca. Não precisou de muito tempo para vê-lo cair e implorar pela vida que se esvaía do seu corpo.

— Socorro! — Foi o que conseguiu ouvir, além dos jatos de sangue que tingiram de rubro o piso quadriculado da sala de reuniões.

Virou o corpo do morto com um dos pés e levou um susto. Não era quem esperava que fosse. Ainda assim, sorriu satisfeito. O Cardeal Lucas também era nutrido por seu ódio e merecia partir.

— Idiota! — rugiu Delgado antes de cuspir no rosto do homem morto. — Isso é o que acontece com quem insiste em estar no local e no momento errados.

Padre Delgado olhou para os lados, como quem está prestes a atravessar uma avenida movimentada, e arfou com tranquilidade. Estava sozinho. Virou-se de costas para Lucas e tomou o caminho de volta aos seus aposentos. Sabia que Alfredo estava prestes a levar o almoço ao seu quarto e fez uma promessa. Arrancaria o coração dele lá mesmo!

Capítulo 36

Turquia, Istambul
Glosbe Hotel
REVELAÇÃO

— O que aconteceu depois, Simão? — A pergunta ficou suspensa no ar como uma folha seca perdida ao vento. O pai de Judas Iscariotes já havia partido.

Vergara respirou fundo, os olhos voltados para o teto descascado do quarto do hotel, mas a mente bem longe daquele momento, trabalhando incessantemente na tentativa de juntar todas aquelas informações e tecer um único fio, uma única história. Seus olhos piscaram assim que o trinco da porta do banheiro rangeu alto e o vapor do banho quente invadiu o quarto. A silhueta nua de Hazael revelou-se em meio à névoa como um pássaro que atravessa a neblina ao amanhecer. O psiquiatra estreitou os olhos e enrijeceu os músculos sem saber o que fazer. Observou os próximos movimentos da jovem turca na defensiva e certo grau de timidez. Ela invadiu o quarto de maneira inocente, ou quase inofensiva, a toalha em volta do corpo úmido, as pernas à mostra e os cabelos molhados e encaracolados caindo sobre os ombros. Estava linda.

— Quer que eu saia para você se vestir, Hazael? — disse ele, a voz entrecortada.

— Claro que não! Pode ficar onde está. Sou rápida. — Sorriu a jovem, virando-se de costas.

Vergara estreitou os olhos, mas não os fechou completamente. Um filete de luz e magia penetrava por suas pupilas e eriçava os pelos do seu corpo, o coração aos pulos e a respiração quase suspensa. Observou a toalha de banho cair ao chão e revelar o corpo nu de Hazael. Suas pernas torneadas, os quadris arredondados e as costas com desenhos suaves viajaram ao interior da sua mente como o melhor dos sonhos. Vestiu-se com a mesma roupa, tal qual uma freira, pura, virgem, com os desejos voltados ao amor de Deus. Vergara afastou o olhar num rompante. Um sentimento de tristeza e impotência sugou parte de suas energias. Permitiu que uma gota de lágrima escorresse por seu rosto e umedecesse seus lábios. Não notou que Hazael já havia girado o corpo e o observava ao lado da cama.

— Por que está chorando, doutor?

— Por nada, Hazael. Não se preocupe.

— Tem a ver com o que Simão lhe revelou?

— Não.

— Então, o que é?

— Nada de mais. Ficarei bem.

— Você pode dividir o que quiser comigo. Sabe disso.

— Sim — respondeu ele, a mente movendo-se de maneira lentificada. — Posso lhe fazer uma pergunta?

— Claro que sim.

— Você é uma freira, Hazael?

— Oficialmente, não.

— Isso quer dizer que você é livre para...

— Amar um homem? — Ela completou a frase, adivinhando os pensamentos do psiquiatra.

— Exato.

— O que quer realmente saber, doutor Vergara?

— Se você está tão confusa quanto eu.

— Não entendi. Por que está confuso?

— Hazael? — Vergara levantou-se e se aproximou da jovem, os passos incertos e cautelosos. Por alguns segundos seus rostos ficaram quase colados. Era possível sentir a respiração ofegante de ambos. A jovem recuou alguns centímetros, mas não desviou o olhar.

— O que você quer, doutor Vergara? — sussurrou ela, num sobressalto.
— Beijá-la.
— Por quê?
— Perdoe-me, querida, mas estou completamente apaixonado por você.

Capítulo 37
Instantes depois

Três batidas na porta fizeram que os olhos do doutor Vergara se desviassem do rosto de Hazael num sobressalto. Uma corrente de preocupação arranhou o estômago do psiquiatra e umedeceu sua pele com um suor frio e arredio. Os batimentos no seu peito ganharam velocidade como um veículo desenfreado ao longo de uma descida, o coração querendo escapar pela garganta.

— Quem será, doutor? — A voz da jovem turca soou como um sussurro.

— Não tenho a menor ideia, Hazael.

— Por favor! — implorou ela. — Não atenda! — Suas mãos agarraram os braços de Vergara num movimento desesperado.

— Vai ficar tudo bem! — Ele tentou acalmá-la. — Se fosse alguém que nos quisesse fazer mal já teria arrombado a porta.

Vergara vestiu a camisa e aguardou por mais uma batida, que veio segundos depois, acompanhada de uma voz pacífica e conhecida.

— Doutor Vergara, há um homem no hall querendo falar com o senhor — anunciou Tarik, gerente do Glosbe Hotel.

— Diga que não estou. Por favor!

— Não há com o que se preocupar. É o Padre Ernesto quem o aguarda. Além do mais, já lhe disse que o senhor estava em seu quarto.

— Estarei lá em dez minutos — disse Vergara, voltando o olhar na direção de Hazael.

O psiquiatra ouviu os passos de Tarik se dissolverem pelo largo corredor. Respirou de maneira mais tranquila assim que o silêncio abraçou o quarto novamente. Ele se aproximou de Hazael numa caminhada incerta, o cenho triste e os olhos marejados. A jovem turca estava com as costas apoiadas na parede, mantendo a mesma posição de outrora, como se o tempo tivesse de alguma forma parado antes de Tarik bater à porta.

— Acho que ele veio buscá-la, Hazael.

— Quem?

— Padre Ernesto — respondeu Vergara. — Ele não é como um pai para você?

— Sim.

— Então... — Ele voltou o olhar para o chão, lágrimas podiam ser vistas escorrendo pela sua face corada.

Lá fora o sol começava a se esconder atrás dos minaretes das mesquitas sagradas abrindo espaço para a chegada da noite. Os últimos filetes pálidos de luz ainda invadiam o cômodo pelas frestas da janela mal fechada.

— Eu não vou deixá-lo sozinho, doutor.

— Por que, querida? Ficará mais segura com ele.

— Talvez — disse ela, a voz entrecortada e distante. Hazael o abraçou, tocou com os lábios delicadamente na pele do rosto do psiquiatra, como numa cócega. — Acho que não posso mais viver sem você, doutor Vergara.

— O que disse?

Capítulo 38

Turquia, Istambul
Catedral de São Jorge
MORTE

O sol havia se posto atrás dos minaretes da Basílica de Santa Sofia, algumas estrelas salpicavam um céu quase negro e a lua já dava sinais de aparição. Um vento morno passeava pela cidade de maneira preguiçosa, como um pássaro desinteressado e sem ambição. Alex seguia trotando a passos trôpegos e apertados, a Catedral de São Jorge figurando no interior de seus devaneios como seu próximo destino. Os traços estreitos em seu cenho rígido exibiam o cansaço e a raiva por horas de perseguição sem êxito. O único desejo que ainda respirava dentro do seu peito era o de assassinar o psiquiatra Vergara e a jovem Hazael.

Num súbito, enquanto atravessava os jardins de Sultanahmet, o comandante pensou na vida como algo pouco precioso e sorriu alto. Achou um despropósito doutor Vergara lutar tanto para não morrer. Em sua cabeça nebulosa havia chegado a hora de o psiquiatra do Vaticano partir desta para melhor, e ele deveria respeitar essa condição. O mesmo valia àquela garota esquisita; afinal, era Deus, o Todo-Poderoso, quem tomava esse tipo de decisão. A morte não selecionava os feios e poupava os belos, ou escolhia entre os mais altos, magros e de pouca instrução; ninguém estava impune aos seus caprichos e sua ânsia por igualdade. *Talvez esta seja a sua maior beleza*, pensou. Alex arregalou os olhos ao ver-se diante do trem gritando acima dos trilhos mais uma vez. Invadiu a estação pulando a catraca e aguardou, batendo os pés de maneira impaciente, as portas do metrô se abrirem. Sentou-se no primeiro banco, ao lado da entrada, e respirou fundo. Não fosse pela missão que a cada minuto jantava sua mente com dentes afiados, fecharia as pálpebras e dormiria ali mesmo, dentro daquela serpente de ferro, barulhenta e trepidante. Da janela o comandante acompanhava as montanhas da cidade de Istambul distanciarem-se em alta velocidade. Deixou o metrô às suas costas minutos depois e ganhou as ruas da Rua Taksim com as pernas ruindo de cansaço e dor. Cerrou alguns dentes contra outros e se alimentou do sentimento que mais conhecia: o ódio. Era com ele que Alex contava neste momento. A chance de observar litros de sangue esvair-se de um corpo sem vida o mantinha em movimento.

O comandante ergueu a cabeça e viu a Catedral de São Jorge, ao final da Avenida Yavuz Sultan Selim, com sua fachada tímida envolta num véu de sombras. Acelerou o passo e engoliu uma dose extra de energia. Acariciou a arma presa na cintura e deixou que a tensão partisse para bem longe dali; ela não seria útil nesse instante. Suas mãos encontraram os portões da igreja trancados, e a raiva lhe subiu à cabeça num rompante. Os trincos cederam ao primeiro chute, um golpe pesado e certeiro. Uma escuridão bruxuleante abraçou Alex logo na entrada, seus olhos flertando com uma fina camada de névoa cinzenta. Num súbito, movido pelo instinto, o comandante fez o sinal da cruz e flutuou pela nave principal da catedral. Bancos vazios assistiam em silêncio a sua caminhada robusta, batidas cruas e pontiagudas que ecoavam por toda a igreja. Ele chegou ao altar após alguns segundos, o olhar voltado para o rosto de Jesus.

— Se Você não sobreviveu à crucificação, nem sequer lutou contra a morte, quem é aquele idiota do Vergara para tentar fugir? — rugiu Alex, desviando os olhos da imagem de Cristo.

Uma porta ao lado do confessionário se apresentou ao comandante como um convite divino. Ele não duvidou de que realmente se tratava de um chamado de Deus e partiu.

Um corredor mergulhado no breu o recebeu sem lhe dar boas-vindas. Alex diminuiu a marcha, seus passos agora eram vazios e alongados, pareciam mover-se com a cautela dos animais selvagens à espera da presa. Ao fundo, como se pássaros cantassem a ruas de distância, a voz de uma mulher cantarolava quase que num sopro. Ele sorriu satisfeito ao imaginar a morte a poucos metros dos seus pés. Uma pequena porta de madeira revelou-se ao final do estreito corredor, logo abaixo de uma luz azulada, que de longe não era capaz de iluminar o ambiente. O comandante avançou mais alguns passos e colou os ouvidos no trinco da porta. O canto continuava baixo, mas teve a certeza de que vinha lá de dentro. Sua mão ansiosa e suada tentou girar a maçaneta. Ela não cedeu. Ele podia jurar que a porta estava aberta. Secou a palma da mão na calça e a levou novamente à maçaneta. Abriu a porta de maneira delicada e um quarto pequeno e escuro se apresentou aos seus olhos. Passeou os olhos pelo ambiente à procura de seus dois alvos. Havia uma mesa no centro do cômodo, uma estante miúda à esquerda, em frente a uma janela de vidro, de onde se via a lua prateada. O mesmo ruído melódico ressonava em seus ouvidos, mas agora com mais força. Lembrava uma prece. O rosto pálido e flácido de uma mulher revelou-se entre as cobertas. Alex arregalou as pálpebras e percebeu que aqueles traços não eram de Hazael, tampouco de Vergara. Eles correspondiam ao semblante de uma senhora beirando os 70 anos, seus lábios se moviam discretamente.

— Filhos de uma puta! — bufou Alex em voz alta.

Dois olhos cor de mel se abriram num movimento assustado. Um rosto de expressões mornas ergueu-se do travesseiro coberto por um véu milimetricamente esticado, o tecido negro encobria parte dos seus cabelos brancos.

— Quem é você? — murmurou a senhora.

— Sou um enviado de Deus! — respondeu o comandante sacando a arma, certo de que aquela mulher devota pagaria com sua vida o preço do engano.

— O que faz aqui? — A freira piscou forte e acendeu o abajur no lado direito da cama.

A luz forte ajudou Alex a analisar o alvo. Seus olhos encontraram uma fotografia pendurada na parede, logo acima da cabeceira da cama. O retrato em preto e branco trazia o rosto da freira, só que um pouco mais jovial, e nele estava escrito *Irmã Selena*.

— Eu vim buscá-la, irmã Selena — disse ele, esboçando um riso sarcástico. — Sinto muito!

— Não... — ela implorou num grito esticado e rouco.

Alex apertou o gatilho sem qualquer tipo de misericórdia. A voz da freira, que mal chegou a acariciar os ouvidos do comandante, foi engolida pelo eco do estalido raivoso do tiro certeiro.

CAPÍTULO 39
Roma, Itália
Vaticano
ÚNICA SAÍDA

PADRE DELGADO LEVOU AS MÃOS AO ROSTO, OS OLHOS ARREGALADOS, a mente vazia e amedrontada. Um arrepio azedo e gélido atacou seu estômago como numa ânsia. Embora tentasse se manter em pé, tateando as paredes laterais da sala com a palma das mãos, seus joelhos se dobraram de maneira instintiva, quase mecânica, e ele despencou no chão, a poucos centímetros do corpo sem vida do Cardeal Lucas.

— O que aconteceu? — perguntou-se aos prantos, lágrimas com sabor de dúvida tatuavam sua face e inundavam seus míseros pensamentos.

Subitamente o medo de que alguém o visse ali, naquele cenário mórbido e incriminador, lhe veio à tona e ele se ergueu com enorme dificuldade. Sentiu-se fraco, as pernas pesadas e trêmulas e a respiração entrecortada. Imagens desconexas preencheram sua mente vazia de cores sombrias e macabras. Uma martelada no peito o levou a se apoiar contra a parede novamente, gotas de sangue marcavam seus dedos. Padre Delgado levantou a cabeça e estreitou as sobrancelhas. Fitou a pintura de Jesus ao fundo, o corpo arqueado e a enorme cruz apoiada em suas costas. Os olhos amorosos de Cristo viajaram até sua mente confusa e a palavra martírio corroeu seu cérebro. Naquele instante tomou consciência de que suas mãos haviam dado fim à vida do Cardeal Lucas, mas não se recordava de ter deixado seus aposentos e caminhado até o auditório do Museu do Vaticano. Seus músculos se enrijeceram, mordidos pela indisposição, e estendeu o braço. Tocou com os dedos o rosto do homem caído ao seu lado e de alguma maneira o invejou. O semblante de Lucas transmitia paz, um sentimento que Padre Delgado não saboreava desde o exorcismo ocorrido décadas atrás, quando ainda era uma pessoa mergulhada em sonhos puros e destemidos e colecionava atitudes benevolentes e corajosas. Uma lágrima escorreu pela sua face e sua mente retornou ao presente. Ele precisava sumir com o corpo daquele homem a qualquer custo. Mas como?

Não reunia forças sequer para caminhar de volta aos seu próprio quarto. E, mesmo que juntasse energia suficiente para esconder o cardeal, para onde o levaria sem ser notado? Essas perguntas deixaram sua mente ainda mais impotente. Então, respirou fundo e se rendeu à única solução que atravessou seus devaneios de maneira sensata.

— Preciso de você, Samael — disse ele numa súplica ao demônio. Seus olhos desviaram-se da imagem de Jesus num movimento brusco. Padre Delgado sabia que aquele chamado poderia representar a última vez que se sentia tomado por si mesmo. Levou as mãos ao terço pendurado no pescoço, mas seus dedos tortos e repletos de pelos não obedeceram aos seus comandos. A escuridão já havia possuído seu corpo novamente.

Capítulo 40

Turquia, Istambul
Glosbe Hotel
SEPARAÇÃO

Vergara viu Hazael deixar o quarto às pressas e desaparecer pelo corredor escuro. Viajou nos seus próprios pensamentos, o cenho quase atônito e o coração aos saltos. Tentou digerir as últimas palavras da jovem turca, imaginando em qual conotação encaixá-las. *"Acho que não posso mais viver sem você, doutor Vergara"*, repassou a frase num devaneio reluzente sem conseguir decifrá-la. Um choro agudo atingiu os ouvidos do psiquiatra e o trouxe de volta ao presente. Vergara ergueu-se, as pernas rugindo de dor e o ombro ferido pulsando como uma nuvem carregada. Esvaziou a mente e se jogou no breu, encostando a porta do cômodo atrás de si. Um lençol de névoa o abraçou por toda a caminhada que o conduziu até o saguão principal do hotel, a ansiedade jantando seu estômago a ferroadas. Seus olhos arregalaram-se ao testemunhar o abraço de Hazael no Padre Ernesto. O corpo da sua amada tremia e parecia ainda mais miúdo entre os braços daquele homem envolto numa batina negra.

— Filha, o que aconteceu? — A voz de Ernesto era firme e poderosa. — Você sumiu!

— Estão querendo nos matar, Padre Ernesto.

— Como assim?

— O encontro na Catedral de São Jorge foi uma emboscada. O psiquiatra foi enviado para me dar um diagnóstico de esquizofrenia e o encaminhamento a uma clínica. Eles querem me calar.

— Eles quem? Do que você está falando?

— Eu não sei quem são, padre. — A jovem turca engoliu em seco. — Doutor Vergara os conhece, ele pode dar mais detalhes.

Padre Ernesto ergueu os olhos e se desvencilhou dos braços de Hazael. Fitou Vergara ao fundo, com o cotovelo apoiado no balcão vazio do saguão do hotel. Seu rosto enrijeceu-se de fúria enquanto seus pés o levavam até o psiquiatra.

— Conte-me o que sabe, doutor! — disse pausadamente.

— Vamos nos sentar — convidou Vergara e apontou para o sofá, disposto ao lado da única janela da fachada do Glosbe Hotel.

— É claro — concordou o padre.

Vergara acomodou-se ao lado de Hazael, entrelaçou seus dedos nos dela de maneira delicada e encarou o rosto do Padre Ernesto sentado à sua frente. Respirou fundo antes de se pôr a falar.

— Eu não vim em paz, padre.

— O que quer dizer?

— Fui enviado a Istambul para mandar Hazael a um hospício.

— Por quê?

— Por causa do que ela sabe sobre Judas.

— Você veio só?

— Sim. — Ele balançou a cabeça e fez uma pausa. — Mas, ao que tudo indica, mandaram um homem para me vigiar.

— Com que propósito?

— Verificar se não desistiria da missão.

— E você, naturalmente...

— Acreditei em Hazael. Por conta disso estou sendo procurado.

— O que houve com seu ombro?

— Levei um tiro de raspão.

— Meu Deus!

— Também me acertaram na perna, mas não passou de um susto.

— Você tem dinheiro, doutor Vergara?

— Apenas o cartão de crédito do Vaticano.
— Não! Se usá-lo, eles encontrarão você.
— Em que está pensando, Padre Ernesto?
— Pretendo mandá-lo a um esconderijo.
— E eu? — perguntou Hazael, a voz lembrando um sopro fino e agudo.
— Você ficará segura comigo, minha filha.
— Mas não posso deixar doutor Vergara sozinho — disse ela num rompante.
— Talvez seja a melhor solução, Hazael — comentou o psiquiatra, os olhos úmidos e marejados.

Vergara observou Ernesto levantar-se do sofá e caminhar na direção da porta do hotel. Seus olhos estavam voltados para a rua, mas miravam o vazio. Os pensamentos do padre deviam estar correndo a mil quilômetros por hora. O psiquiatra sentiu um aperto nos nós dos dedos e voltou o rosto para Hazael. Ela parecia querer unir suas mãos à força, como se seus ossos fossem feitos de areia molhada. Vergara fechou as pálpebras e desejou o mesmo.

— Mandarei alguém apanhá-lo, doutor! Não saia daqui em hipótese nenhuma! — Padre Ernesto virou o rosto e encarou o psiquiatra. — Hazael partirá comigo para a Catedral de São Jorge.

— Padre Ernesto, por favor! — suplicou ela caindo em prantos. — Eu não quero ficar sem ele.

— Mas ficará. Não admito ver você correndo risco de morte. Hoje mesmo ligarei para os conselheiros do Vaticano e denunciarei quem está por trás disso. — Padre Ernesto voltou a se sentar no sofá. Encarou Vergara novamente. — Doutor, quem o enviou a Istambul?

— Padre Delgado — respondeu Vergara.

— Mais alguém?

— Não. Que eu saiba, foi apenas ele.

— E o perseguidor, faz ideia de quem seja?

— Alex — respondeu Vergara de imediato. — Um ex-comandante do exército italiano. Atualmente trabalha como segurança do Vaticano.

— Obrigado! — Padre Ernesto agradeceu. Levantou-se num salto e puxou Hazael pelo braço. — Despeça-se do seu amigo, filha. Espero que esta seja a última vez que o veja pessoalmente — finalizou.

Capítulo 41

Instantes depois
PENSAMENTOS E LEMBRANÇAS

Vergara abaixou o rosto, mas seus olhos marejados permaneceram à frente observando o corpo curvado de Hazael se afastar, os braços ao redor do Padre Ernesto. Acompanhou a jovem até a neblina da noite engolir sua silhueta, do outro lado da avenida, e transformar seus últimos traços em uma dança de névoa. O psiquiatra tentou partir, ensaiou retornar ao quarto, mas suas pernas não lhe obedeceram. Por um longo tempo Vergara manteve-se em pé, imóvel, a mente repassando na memória as informações mais relevantes do caso. Lembrou-se dos presentes que Padre Delgado ofereceu a ele e a Hazael, gestos delicados de um homem ganancioso e mais preocupado com os conceitos da igreja do que com a verdade e o amor. Em seguida, dezenas de imagens da sua amada vieram à tona, como num álbum de fotografias; seu olhar penetrante, suas palavras doces, o sorriso tímido e o corpo inocente. Repentinamente sentiu um aperto no peito e um sentimento de saudade apunhalou suas vísceras. Doutor Vergara arqueou o tronco e deixou que lágrimas escapassem de maneira compulsiva. Pensou em como estaria neste momento se tivesse dado qualquer desculpa ao Padre Delgado e abdicado da missão. Não teria vindo a Istambul, tampouco levado dois tiros. *"Mas será que Hazael estaria viva?"*, perguntou-se num devaneio isolado. Ele duvidava. Descartou a possibilidade de nunca ter pisado na capital turca ao cerrar os olhos e sentir seu coração vibrar. Pela primeira vez em sua vida, o amor entorpecia seu peito com o pior dos venenos, aquele que coloca o amante em risco sem matá-lo. Um sorriso cauteloso desenhou-se na face pálida de Vergara, e conseguiu se mover. Foram gestos lentos, desengonçados, mas o levaram até o sofá. Respirou com dificuldade. O ar insistia em não penetrar seus pulmões e o ombro ferido latejava continuamente. Esperou seus pensamentos desconexos se aquietarem para retomar o encaixe das principais informações. Fitou o relógio do hotel, um enorme círculo pendurado na parede atrás do balcão da recepção como a lua cheia presa no céu escuro. Faltavam 10 minutos para as 23 horas. Vergara imaginou que ninguém viria apanhá-lo a essa hora, duvidou até que Padre Ernesto cumpriria o trato e mandaria uma alma salvadora para carregá-lo dali. Não foi capaz de compreender as últimas palavras proferidas pelo padre a Hazael antes de levá-la do hotel. *"Espero que esta seja a última vez que o veja pessoalmente"*, reviveu a frase em pensamento. Será que a companhia do doutor Vergara significava perigo à pessoa que via Hazael como filha? Não soube responder. Esvaziou a mente até Alex, seu antigo amigo, ocupar suas lembranças. Não fosse a intervenção do espírito de Simão, pai de Judas Iscariotes, ele e Hazael conheceriam a morte, já no primeiro encontro, na caverna da Catedral de São Jorge. A sorte também lhes havia oferecido uma mãozinha durante as incontáveis fugas pelo cemitério de trilhos, nas estações de metrô e, por último, no Estreito de Bósforo. Tentou precisar onde Alex estaria nesse exato momento. *"Por perto"*, pensou num rompante, como se respondesse a uma pergunta fácil. Vergara ergueu-se e ensaiou uma retirada. Fitou o corredor mergulhado na penumbra e estancou o início do que parecia uma caminhada para o descanso. Uma lágrima voltou a umedecer sua face, e ele deixou que suas pálpebras se colassem. Escutou passos pontiagudos e ansiosos chegando às suas costas junto com um perfume de suor e pólvora. Engoliu uma saliva distante, seca e azeda, e manteve os olhos fechados. Respirou fundo e elevou os braços acima da cabeça num ato de rendição.

— Acabe logo com isso! — disse num sussurro alto.

A imagem de Hazael pousou em sua mente de maneira delicada e gentil, como uma abelha aconchega-se sobre um néctar. Um sorriso compassivo esticou seus lábios. Como se tivesse direito a um último pedido, Vergara desejou um beijo. Gostaria de sentir o sabor da boca de Hazael ao menos uma única vez, e então estaria pronto para partir.

Capítulo 42
O tempo estaciona

Pela primeira vez Vergara viu uma porta ao lado esquerdo da entrada do corredor que levava aos quartos, lembrando-lhe o caminho para um porão ou algo do gênero. Imaginou, enquanto não ouvia o gatilho do revólver de Alex estourar, que ali ficava a cozinha, a lavanderia, se naquela espelunca tivesse uma, e a casa de Tarik, o dono e talvez o único empregado do Glosbe Hotel. Seus ouvidos escutaram novos passos, agora mais fortes e a uma distância bem curta. Esperou o momento em que sentiria o bafo asqueroso do comandante soprando-lhe palavras duras de ódio antes de matá-lo. Apenas para torturá-lo, como uma vingança ao tempo que o fez adiar o prazer de enviá-lo ao mundo dos mortos. Arfou com pavor, as pernas trêmulas e o corpo tomado por um arrepio espinhoso e azedo. Algumas lágrimas arriscaram-se a cair e riscaram de água e sal a pele seca do psiquiatra. Mais passos, pontiagudos e espaçados. De tão próximo, Vergara pôde sentir os tacos do piso estreitando-se num rangido oco e expandindo-se novamente.

— Vire-se — uma voz rouca ordenou sem pigarrear.

Vergara obedeceu ao chamado, mas não viu ninguém. Apertou os olhos e espiou à frente. Apenas uma luz azulada circundando o que parecia ser um corpo preenchido por um punhado de névoa se desenhou a alguns centímetros de distância do seu rosto.

— Simão? — perguntou o psiquiatra.

— Sim.

— Como veio parar aqui?

— Hazael me pediu que viesse.

— Mas você deve protegê-la, Simão. Eu não conheço a verdadeira história de Judas.

— Por isso ela me mandou.

— Não compreendo, Simão.

— Ela quer que eu lhe conte tudo.

— Agora?

— Sim.

— Não tenho muito tempo. — Vergara fez uma pausa. — Alex deve estar vindo para me matar.

— Ele realmente está vindo.

— Então, Simão. Eu tenho que fugir — gritou o psiquiatra a plenos pulmões.

— Não é necessário. Enquanto eu estiver por perto o tempo não gira.

— O que quer dizer?

— Olhe para o relógio, doutor Vergara!

O psiquiatra girou o pescoço para trás. Encontrou o balcão do hotel vazio e ainda mais escuro. Ao fundo, os ponteiros do relógio preso à parede dormiam como anjos aos sons de uma harpa. Ainda marcavam 10 minutos para as 23 horas. *"Como era possível?"*, perguntou-se em pensamento.

— Ainda duvida de milagres, doutor Vergara?

— Eu não consigo me acostumar. É só isso.

— Vamos ao que interessa — comentou Simão. — Prefere se sentar?

— Sim. — Vergara acomodou-se no sofá, ao lado da janela de onde enxergava traços da noite turca. Respirou fundo e olhou à frente, tentando fixar-se no que acreditou ser o rosto do pai de Judas.

— Judas esteve com João Batista um dia antes da chegada de Jesus. Batista era cercado por uma legião de essênios que o adoravam.

— Simão, de quem você acabou de falar?

— Não sabe quem foram os essênios?

O psiquiatra apenas negou, balançando a cabeça.

— Eles foram uma espécie de seita formada a partir do judaísmo tradicional. Com origem em Essen, cordilheira próxima ao rio Jordão, os essênios eram um grupo político-religioso que viveu a maior parte do tempo numa região conhecida como Qumran, no deserto da Judeia, entre os anos 150 a.C. a cerca de 70 d.C., sumindo após serem perseguidos durante a Dinastia Hosmonea. Ficaram conhecidos como terapeutas e hospitaleiros porque com frequência curavam as pessoas com o poder de suas mãos nos Bethsaida, abrigos que anteciparam, em séculos, os hospitais, e como precursores do Cristianismo, já que sua principal missão era preparar a vinda de um messias à Terra. João Batista está entre os mais importantes essênios da história.

— Jesus viveu com eles?

— Sim. Jesus reuniu muito de seus ensinamentos de cura, amor e ética nos anos em que ficou por lá até retornar a Jerusalém como Cristo.

— Prossiga, Simão. Por favor!

— De início, os essênios custaram a acreditar que João Batista não era realmente o Messias previsto em suas escrituras e profecias. Afinal, ele operava milagres às margens do Rio Jordão e batizava as pessoas que o procuravam o tempo todo. Batista era enfático em dizer que viera a este mundo como um instrumento de Deus para anunciar a chegada do Salvador, negando qualquer rótulo messiânico. Judas foi então à sua procura. Mesmo nunca o tendo visto antes, João Batista o chamou pelo nome e afirmou que ele desempenharia uma importante missão junto ao Mestre. *"Deus o escolheu para uma importante e difícil tarefa. Tu ajudarás o Salvador a cumprir seu destino"*, ele afirmou. Judas ficou em êxtase. Imaginou-se liderando um exército, ao lado do Messias, para derrubar o poder de Roma e libertar Israel da opressão. Então, pediu a João Batista que o batizasse nas águas do Rio Jordão. *"Teu batismo será realizado através do sangue e do fogo pelas mãos do Filho de Deus"*, respondeu ele. As palavras do Batista só fizeram cristalizar na alma inquieta e ambiciosa de Judas a imagem de um Jesus combativo que derrotaria o inimigo pelas armas de ferro forjadas no fogo. Judas teve muita dificuldade em aceitar a natureza amorosa de Jesus.

— Sim. Ele queria guerra! Você já havia me contado isso.

— Após conhecer Jesus, antes de realmente se tornar um dos seus discípulos, meu filho participou de uma reunião com o Sinédrio, uma assembleia composta de pessoas de posse, o que explica a presença de Judas e membros da nossa família, sacerdotes e juízes judeus, na qual eram determinadas as leis e as punições na antiga Israel. Concordou em partir com Jesus para Canaã, aceitando o convite feito pelo próprio Mestre, com a intenção de espioná-lo para os sacerdotes. Na verdade, Judas acreditava de fato que Jesus era o Messias, não tinha nenhuma dúvida, e estava profundamente encantado pela sua autoridade. Ao mesmo tempo, precisava fingir que não se incomodava com sua pureza e fala amorosa, ainda mais com a sugestão de "*dar a outra face ao inimigo*". Com relação aos sacerdotes e outros membros do Templo, Judas os desprezava; achava-os um bando de hipócritas. Mas procurava fechar os olhos e ignorar tais diferenças. Era como lançar-se a uma nova paixão, mas, por achá-la demasiado arriscada, não queria romper com o antigo amor caso precisasse retornar se tudo desse errado. Tinha personalidade fraca, dificuldade para assumir posições e facilidade em delegar aos outros a culpa por seus atos. Depois da reunião com o Sinédrio, na qual se propôs a espionar Jesus, Judas decidiu que seguiria o Mestre até onde fosse necessário. E, para isso, teria de romper o noivado com Raquel. Judas tinha 30 anos, Raquel, 18. Então, meu filho foi para casa decidido a comunicar sua decisão a sua noiva. No entanto, como sempre fazia, Judas fez uso de meias palavras e deixou Raquel interpretar que partiria numa missão importante para o Templo e teriam de apressar o casamento. Raquel e Judas acabaram fazendo amor naquela noite. A menina estava exultante, acreditando que, como apressariam o casamento, não havia feito nada de errado ao se entregar a seu futuro marido. Foi então que Judas afirmou que Raquel o havia seduzido e enganado. Negou-se a se casar com ela, mesmo sabendo que perante a sociedade, de acordo com as leis e os costumes da época, Raquel havia se tornado uma perdida por ter entregado sua virgindade antes do casamento. A conversa entre Judas e sua mãe foi muito dura e difícil, eu mesmo tive que intervir a fim de acalmá-los, embora concordasse com minha esposa nesse caso. Meu filho desistiu oficialmente do noivado e partiu para Canaã. Sua mãe rompeu com ele definitivamente, dizendo que Judas não era mais digno de ser seu filho. E nesse estado de espírito Judas foi se encontrar com Jesus, enganando o Sinédrio, com laços familiares rompidos, sendo desonesto com o Mestre e consigo mesmo. Só havia uma coisa clara em sua cabeça e em seu coração: a vida de Roma na sua visão estava por um fio.

— O que aconteceu depois, Simão?

— Judas se apaixonou verdadeiramente pela figura de Jesus e tornou-se seu discípulo mais próximo.

— Mas... — Num rompante as palavras fugiram dos lábios do psiquiatra.

— O que foi, doutor Vergara?

— Não faz sentido seu filho ter entregado Jesus. Concorda?

— Sim. Mas você está se esquecendo de um ponto importante.

— Qual?

— Sempre que voltava para casa, Judas era mordido por sua real ambição.

— Não era dinheiro.

— Absolutamente — inquiriu Simão. — Ele se esquecia da paz de Jesus e se lembrava de que precisava lutar contra o poder romano.

Capítulo 43

Turquia, Istambul
Hamidiye Hotel
UMA FELIZ SUGESTÃO

Alex flutuou pelos corredores escuros da Catedral de São Jorge com a destreza de um morcego, encontrando no seu próprio cansaço o maior obstáculo para sua fuga. Seus olhos eram treinados para encontrar caminhos, seu olfato sentiu de longe o perfume da saída. Saltou de uma pequena janela, disposta ao lado do quarto da morta Irmã Selena, e caiu atrás da igreja com as costas sobre um bolsão de palha entremeado por dezenas de arbustos.

— Que droga! — esbaforiu, enquanto cuspia farpas da boca.

Ganhou as ruas a passos trôpegos, a exaustão agora martelava seus ossos sem piedade, e tudo o que ele desejava era uma boa cama para descansar. Quem sabe até, se a ânsia por sangue lhe desse uma trégua, o comandante sonharia com uma bela praia. Não se lembrava da última vez que estivera em uma, talvez quando jovem, tempos em que viajava para Sardenha, na praia da Pelosa, e namorava Samira, a única mulher que amou na vida. Após o fim do relacionamento seus olhos nunca mais viram as ondas do mar quebrando sobre a areia branca. Um barulho agudo assustou Alex e o trouxe novamente ao presente. Um rato cinzento atravessou seu caminho enquanto atravessava a avenida Yavuz Sultan Selim e via a fachada do *Hamidiye Hotel* precipitar-se na frente das suas pálpebras.

— Saia daqui, animal estúpido! — gritou ele. Se estivesse investido de sua real energia e força, teria chutado aquele camundongo sujo para longe. No entanto, as luzes amarelas da entrada do hotel onde estava hospedado chamaram mais sua atenção do que seu ódio.

Penetrou o saguão com as pernas quase bambas, movendo-se de maneira mecânica e instintiva. Encontrou uma moça de pele morena, olhos amendoados e os cabelos cobertos por um *hijab* negro. Um sorriso decorava sua face.

— Olá — disse ela.

— Quero a chave do meu quarto.

— O senhor já é hóspede?

— Sim.

— Qual o número do seu quarto, senhor?

— Eu não me lembro. Perdoe-me!

— Não há problema — respondeu ela, educadamente. — Seu nome?

— Alex Fuzetto.

— Sinto muito, senhor. Nosso sistema diz que sua reserva expirou hoje ao meio-dia.

— O que disse?

— O senhor terá que pagar uma nova diária se quiser passar a noite aqui.

— Mas não tenho dinheiro suficiente para pagar o que vocês pedem.

— Sinto muito, senhor — repetiu ela, estreitando os lábios. — Melhor procurar um hotel mais barato perto daqui.

Pela sua vontade, Alex apanharia a arma na cintura e furaria os olhos daquela moça imprestável e autoritária. Detestava gente assim. Certa vez, quando ainda servia o exército italiano, bateu às portas da casa do general Felipo Guantaro, chefe do seu batalhão e a quem prestava segurança naquela semana, para lhe pedir um prato de comida. Ouviu do seu superior que mergulhasse no mato para apanhar qualquer bicho para matar a fome e que o deixasse em paz. Foi exatamente o que ele fez. Pegou Felipo pela goela e o levou a um matagal próximo a sua casa. Matou o general com dois tiros à queima-roupa no peito. Desejou-lhe paz e lançou o revólver ao rio Tibre. Todavia, o desejo por uma noite de descanso o fez afogar seu ódio, e sobretudo suas lembranças. Respirou fundo e voltou a olhar o rosto da moça.

— Qual você pode me indicar?

— O Glosbe Hotel — respondeu ela, de imediato. — Fica bem perto daqui.

Os olhos de Alex se abriram e um sorriso de alegria tatuou sua face, exausta e suada.

— Eu conheço. Um amigo de longa data está hospedado lá.

— Que bom! — disse ela.

— Obrigado! — agradeceu Alex, os dentes cerrados e a mente transbordando de entusiasmo. — Você não poderia ter me dado uma sugestão melhor.

CAPÍTULO 44
Roma, Itália
Auditório do Vaticano
OBRA DO DEMÔNIO

O piso de mármore branco do auditório do Vaticano não favorecia uma limpeza rápida, poças de sangue corriam pelo chão como serpentes derretidas tingidas de vermelho. Padre Delgado sentiu-se forte novamente, a mente borbulhando ódio e os músculos rugindo a presença do espírito das Trevas. Enquanto seus olhos injetados fitavam o corpo do Cardeal Lucas caído aos seus pés e a ansiedade lhe jantava os ossos, uma ideia iluminou o interior da sua mente feito uma labareda de fogo numa caverna abandonada.

— Obra do demônio — sussurrou Delgado para si mesmo, os lábios curvando-se num sorriso malicioso.

Ele apoiou a palma da mão em seu próprio peito numa tentativa desesperada para se acalmar, sua respiração curta e ofegante, embora cada segundo fosse extremamente valioso. Não seria capaz de colocar seu plano em prática, com a atenção que a situação merecia, se as batidas do seu coração permanecessem com a velocidade de um carro de corrida. Encheu os pulmões de oxigênio e expirou bem lentamente. Repetiu o gesto por mais duas vezes até perceber o ar penetrando suas narinas com mais tranquilidade. Delgado dobrou os joelhos e se colocou ao lado do homem morto. Seus movimentos eram bruscos e desajeitados, ainda se adaptando ao novo residente. Apanhou as mãos do Cardeal Lucas e mergulhou seus dedos frios numa das dezenas de poças de sangue espalhadas pelo piso. Desenhou riscos aleatórios na parede branca, como se as palmas do defunto fossem pincéis de cinco pontas, tomando cuidado para não deixar suas digitais à mostra. Finalizou sua obra de arte escrevendo uma única palavra. Na verdade, representava a assinatura do autor: *Samael*. Em seguida, arrastou Lucas pelo chão até acomodá-lo sobre o altar. Jesus crucificado o fitava como única testemunha. Virou-se de costas e partiu em disparada, os passos lembrando saltos de um animal feroz. Abriu a porta do auditório, limpou a maçaneta com a própria batina e colocou-se no trilho de volta aos seus aposentos. Atravessou a Capela Sistina e ziguezagueou por entre os monumentos do Museu do Vaticano, flutuando por suas galerias labirínticas, os nervos quase congelando seus movimentos. Avistou o túnel que levava aos quartos no final de um extenso corredor e suspirou aliviado. Estreitou as sobrancelhas ao deparar com a porta aberta e suspendeu a caminhada por alguns segundos. Estreitou os passos e seguiu marchando calmamente, os olhos arregalados e os ouvidos atentos ao menor ruído. Subiu os degraus de uma pequena escadaria em espiral, no vértice da estreita passarela, e avistou a silhueta de um homem embrulhado em uma batina branca com o rosto colado à porta do seu quarto.

— A sua hora chegará em breve, Cardeal Alfredo! — Delgado lambeu os beiços ao descobrir quem estava ali, imóvel, com o corpo amarrado a um lençol de sombras. Permaneceu onde estava, quieto, até aquele intrometido tomar o rumo do seu próprio cômodo e deixá-lo em paz.

Parte 3
Unidos

"Eu neles e tu em mim. Que eles sejam levados à plena unidade para que o mundo saiba que tu me enviaste e os amaste como igualmente me amaste."

(João 17:23)

Capítulo 45

Turquia, Istambul
Glosbe Hotel
MARTELADAS NO ESTÔMAGO

— Simão? — perguntou Vergara, observando a luz azulada a sua frente esvair-se como uma fumaça dissipada ao vento. — Simão, você ainda está aí? — tentou chamar o pai de Judas mais uma vez.

O psiquiatra do Vaticano permaneceu alguns minutos em total quietude, sentado no sofá do hall do hotel, acompanhado apenas por sua própria memória; necessitava absorver as últimas informações que havia recebido a respeito da época de Jesus, e sobretudo encaixá-las. Imaginou os conflitos que martelaram o estômago de Judas durante o período em que seguiu Cristo, a esperança de guerrear contra os romanos caindo por terra a cada palavra de amor que ouvia do Messias. Pensou num discípulo dividido em fragmentos distintos e distantes, o coração apaixonando-se por Jesus, o ódio pelos romanos comendo suas veias, a mente confusa e inquieta servindo ao Sinédrio. De repente Vergara se levantou e caminhou preguiçosamente até a porta do hotel. Avistou uma noite estrelada, com poucas nuvens, e uma lua discretamente brilhante. O peito vazio, assim como como a rua se desenhava aos seus olhos, suplicava por Hazael. Uma gota de lágrima encharcou suas pálpebras e escorregou por sua face até umedecer os lábios secos. Um latido isolado ouviu-se ao fundo, num eco longínquo, o resto era silêncio. Então, Vergara lembrou-se da sua casa, abaixou a cabeça e apertou os olhos. Tivera uma infância difícil, abandonado pelos pais ainda muito pequeno. Pulsava em suas tristes recordações a promessa que sua mãe, Amália Vergara, e seu pai, Gualberto Vergara, lhe fizeram. Segundo suas palavras, vazias ao que agora lhe parecia, voltariam para buscá-lo assim que se estabelecessem no novo emprego, num importante banco de Lisboa. Os telefonemas diários acariciavam ao menos uma parte do seu coração, mas abriam um buraco de saudade em suas vísceras que nunca foi preenchido, como a miragem de um oásis no deserto que está longe de matar a sede do caminhante. Algumas cartas com paisagens de Portugal chegavam às mãos do pequeno Vergara de tempos em tempos. As ligações já eram raras nessa época. O menino pedia a sua avó, com quem viveu a infância e a juventude, que o levasse a Lisboa no dia em que comemorava seu aniversário, 17 de julho, mas a fraqueza de Yolanda após a descoberta de uma leucemia a colocou na mesma posição de Vergara, esperar ansiosamente pela volta de Amália e Gualberto, o que nunca aconteceu. Até que o Natal de 2000 trouxe a Vergara a última carta do seu pai, depois de anos de um hiato febril e silencioso, descrevendo em detalhes a morte da sua mãe. Um acidente de automóvel na rodovia que liga Lisboa a Sevilla. Será que ele ainda se lembrava do nome da estrada? Claro que sim.

— E, zero, um — disse ele, num murmúrio pausado, o olhar perdido em seus devaneios. Doutor Vergara recuou alguns passos procurando pelo sofá. Sentou-se novamente, enquanto aguardava sua memória romper mais gavetas empoeiradas da sua infância lúgubre.

Os relatos seguintes de Gualberto contavam os meses em que Amália passou desacordada, deitada no leito de um hospital, com os olhos apagados e os incontáveis aparelhos de última geração respirando por ela. Para terminar, a desistência do coração da sua mãe em continuar pulsando e a saída do seu pai do banco. Fim. Vergara chegou a pensar que Gualberto voltaria para casa, que enfrentaria o luto em seus braços e dividiria as lágrimas com ele. Mas tudo não passou de uma ilusão, uma esperança vazia que talvez nem Deus consiga explicar. Vergara encontrou nos estudos seu único alicerce, principalmente após o falecimento de Yolanda, sua avó. Passou a enxergar o amor como algo afastado, que não nascera para ele, feito uma cordilheira estendida ao fundo de uma cidade. Por anos perguntou-se sobre o paradeiro do seu pai, mas nunca encontrou uma resposta que o satisfizesse. Durante as longas madrugadas em que dormia sem sonhar, Vergara orava para que seu pai simplesmente surgisse do nada assim que abrisse os olhos na manhã seguinte. Um pequeno milagre a um coração solitário. Por que não? Mas ele nunca apareceu. Seus olhos se cansaram de testemunhar a chegada de uma nova manhã trazendo nas mãos um completo vazio. Uma questão ainda o perturbava, não sempre como outrora, mas, quando se sentia só, exatamente como essa noite: "Gualberto ainda estaria vivo?".

— Sim — ele ouviu a voz de Hazael sussurrar em seus ouvidos. De alguma forma, mesmo distantes, eles continuavam conectados. O psiquiatra caiu em prantos, apertando os olhos com a ponta dos dedos. Não percebeu um homem de terno invadindo o hotel pela porta da frente.

— Então, por que ele nunca apareceu? — perguntou num sopro, a cabeça voltada ao chão.

— Doutor Vergara? — A voz que o atingiu pelas costas não era a de Hazael.

— Alex? — Os ossos do psiquiatra se retesaram com o susto.

Capítulo 46

Instantes depois
NÃO IREI SEM ELA

Vergara estreitou os olhos e girou o rosto, munido de uma coragem que ainda não conhecia. Se tivesse que morrer, seria de frente. Arfou aliviado quando se viu na presença de Tarik, o rosto untado de suor e as chaves do carro girando no dedo indicador.

— Não sou quem você disse, doutor!
— Perdoe-me, meu amigo.
— Temos que nos apressar. Vá apanhar suas coisas.
— Preciso lhe pagar, Tarik.
— Depois acertamos isso.
— Está bem. — O psiquiatra avançou alguns passos na direção do corredor que levava ao seu quarto imaginando o que teria feito de bom para merecer a sorte de escapar da morte novamente. Antes que pudesse desaparecer no umbral que se abria a sua frente, fitou o gerente do hotel mais uma vez.
— Quem lhe enviou aqui, Tarik?
— Padre Ernesto — respondeu, sem pestanejar. — Somos muito amigos.
— Onde ele está?
— Na Catedral de São Jorge, tentando se recompor da tragédia. Estou voltando de lá.

— Aconteceu algo com Hazael? — Vergara adiantou-se, os olhos arregalados e o rosto tomado pelo susto.

— Não, doutor. A menina passa bem.

— O que houve?

— Irmã Selena foi morta com um tiro. Sabemos que foi o homem que procura por você.

— Meu Deus! — disse Vergara num sussurro. Uma gota de lágrima umedeceu seus olhos antes de continuar a falar. — Tarik, não há nada no quarto que eu precise pegar. Vamos embora daqui!

— Venha comigo!

Vergara entrou no Fiat Tipo azul-marinho e se acomodou no banco, o pensamento e o coração voltados a Hazael. Aguardou de maneira mecânica, quase impaciente, o gerente do Glosbe Hotel tentar por três vezes encaixar a chave do carro na ignição, mas sem sucesso.

— Não consigo enxergar essa espelunca no breu. Que merda! — bufou ele.

— Deixe-me tentar. — Vergara tomou a chave da mão de Tarik e ligou o motor do carro para o motorista.

— Isso que é trabalho em equipe! — brincou Tarik.

— Para onde vamos, meu amigo? — o psiquiatra perguntou assim que ouviu os pneus gritarem no asfalto escuro.

— Capadócia.

— E Hazael?

— Não sei da menina, doutor. Mas acho que ficará por aqui, com o Padre Ernesto.

— Pare o carro — disse Vergara, puxando o trinco da porta. — Agora! — gritou por fim.

— O que está fazendo? — Tarik pisou no freio. O carro dançou para o lado direito e quase se chocou com um poste de luz com a lâmpada piscando, em vias de sucumbir.

— Eu não irei sem ela! — exclamou o psiquiatra, colocando um dos pés sobre o asfalto. Ele apoiou as mãos na carroceria enferrujada do Fiat e ergueu-se num impulso.

— Volte, doutor Vergara! Por favor!

— Dê-me uma boa razão para isso, Tarik!

— Olhe para trás. — A voz do gerente do Glosbe Hotel estava fraca, lembrava um sussurro ao telefone. — O homem que matou Irmã Selena está vindo na nossa direção com um revólver apontado para sua cabeça.

— Santo Deus! — exclamou Vergara encolhendo o corpo. Seu grito foi abafado pelo estouro agudo do tiro.

Capítulo 47
Mesmo momento

O disparo deixou os ouvidos de Alex ensurdecidos por alguns segundos, todavia, o perfume de pólvora que escapava do cano do seu revólver lhe devolvia o prazer de superar o cansaço que se abatia sobre seus ossos. As pernas não obedeciam integralmente a seus comandos, caminhando de maneira veloz em vez de correr. Não importava! O comandante continuava perto de atingir seu principal objetivo, matar o teimoso Vergara. Estava gostando de fazê-lo sofrer. O estouro atingiu o pneu de trás do Fiat e rebaixou a carroceria do carro. Seus olhos enxergaram o psiquiatra retornando para dentro do veículo com movimentos desengonçados e trêmulos.

— Pobrezinho. — Alex caiu no riso. — O bebê está com medo!

Alex mirou então no outro pneu e atirou. Um novo eco agudo e estalado cortou o silêncio da noite e riscou de fogo a escuridão. Dessa vez, o para-choque despencou sobre o asfalto como se fosse uma árvore decepada. O Fiat tentou avançar, mas os pneus furados não permitiam que o veículo se movesse em linha reta; a carroceria dançava como um lagarto de um lado a outro. O comandante decidiu que era hora de acabar com a brincadeira. Fincou os pés no chão e cessou os movimentos. Fechou um dos olhos e estendeu o braço à frente. Sentiu o suor umedecer o ferro gelado do seu revólver e respirou fundo. Alex era um bom atirador, costumava acertar seus alvos com facilidade, mas seus maiores resultados haviam sido conseguidos enquanto seu corpo não se movia. Para ele era difícil atirar e correr.

Seu dedo indicador aguardou o momento exato para puxar o gatilho. A arma apontava para a cabeça do motorista, que seria o primeiro a morrer, uma morte rápida e sem sofrimento, ao contrário do que planejava fazer com Vergara, o idiota padeceria em suas mãos, sobretudo suplicaria pela vida até o último suspiro. Alex tentou afastar os pensamentos da sua mente e se concentrar no próximo tiro. Apoiou os joelhos no piso e deixou que o dedo indicador fizesse o resto. Apertou o gatilho e aguardou.

Como se o tempo girasse numa velocidade inferior ao habitual, Alex parecia acompanhar a viagem da bala até o vidro de trás do Fiat, que permanecia sambando da direita para a esquerda e se movia adiante em baixíssima velocidade. O comandante escutou dois barulhos agudos, ambos vinham dos vidros do carro estilhaçando-se em milhões de cacos. Uma cascata translúcida se precipitou à frente dos seus olhos, como pássaros espelhados subindo ao céu, então tapou os olhos com a palma da mão. Alex viu o Fiat derrapar e morrer de modo definitivo ao se chocar com uma amoreira ao final da rua, após um eco rotundo seguido de um silêncio mórbido. Um latido distante chamou a atenção do comandante e ele girou o rosto, o corpo permanecia com os joelhos apoiados no asfalto, os olhos arregalados e em vigília. Luzes se acenderam ao longo da avenida. Portas se abriram, revelando rostos assustados e curiosos.

— Merda! — bufou Alex, guardando a arma.

Preferiu não se mexer. Ficou ali, parado, os músculos com os movimentos suspensos, a respiração entrecortada, tentando ver se o motorista e o infeliz do doutor Vergara saltavam do carro. Eles não saíram. "Será que estavam mortos ou apenas machucados?", um devaneio isolado rasgou sua mente num rompante. Ele não respondeu à dúvida que pairava dentro da sua cabeça, apenas curvou os lábios num sorriso malicioso. Qualquer uma das alternativas agradava ao comandante.

Capítulo 48

Turquia, Istambul
Catedral de São Jorge
TODOS DEVEM MORRER

Padre Ernesto apanhou o telefone entre os dedos. Suas mãos suavam, quase não conseguiam mantê-lo parado para discar. Estava visivelmente nervoso, tentava entender em que momento toda essa história havia se desviado do que para ele era uma simples entrevista, uma reportagem curiosa para uma coluna médica da *Notizie Del Concilio*, revista que a Santa Sé publicava mensalmente.

Ele deveria ter desconfiado, tinha habilidades intuitivas para decifrar armadilhas, mas justamente quando mais precisou de suas visões elas não vieram. "*Por quê?*", perguntou-se num pensamento isolado e fora do contexto. Arfou com ansiedade, exalando o ar aos tropeços. Ao menos viu-se com a mente novamente no presente, sobretudo no que necessitava fazer. Sabia o número do Vaticano de cabeça, mas não se recordava de algum dia ter ligado para Padre Delgado. Queria uma conversa sem intermediários, pegá-lo de surpresa para arrancar o máximo de informações que fosse capaz.

Escutou um sussurro ao lado e girou o rosto. Hazael permanecia deitada sobre a cama, os olhos fechados e os lábios grudados. Sua voz soou novamente, mas sua boca não se moveu. Disse uma sequência de números, algo que Ernesto não compreendeu imediatamente. A voz de Hazael parecia voar diretamente da sua consciência para os ouvidos do padre. Acreditava em milagres... Mas aquilo!

— Querida — disse ele, sacudindo os ombros da jovem —, está tudo bem?

Ao contrário do que pensava estar provocando, a menina não abriu os olhos, tampouco moveu os lábios ou alguma parte do corpo. Parecia catatônica, desacordada ou em coma, o que o assustou por alguns segundos. Não demorou muito até escutá-la de novo.

— Estou bem, padre! Este é o telefone de Delgado, anote! — Sua voz agora era austera, lembrava a bronca de uma mãe ou de uma professora em sala de aula.

— Como você sabe?

— Às vezes, eu apenas sei — respondeu ela.

— Fale de novo, Hazael, por favor! — balbuciou Ernesto, os lábios trêmulos e amedrontados.

— 3906 — disse ela e esperou.

— Sim. Esses são os prefixos da Itália e de Roma. Continue querida.

— 335142666.

— O que disse? — perguntou Padre Ernesto, a voz assustada e descrente. Esperou alguns segundos a ansiedade que mordia seu peito diminuir, mas Hazael não repetiu a fala. Lembrava-se do que ela havia dito. Como não memorizar se a soma dos números era sempre seis? O padre fez o sinal da cruz com a mão direita antes de iniciar a discagem. Uma voz rouca atendeu ao primeiro toque.

— Alô?

— Padre Delgado?

— Sim. É ele.

— Aqui é Ernesto, de Istambul. Como vai você?

— Ocupado. O que deseja?

— Saber por que deseja matar Hazael e o médico.

— Ora, ora. Temos um herói na linha! — Sua voz havia mudado de repente.

— Padre Delgado, vou denunciá-lo por tentativa de assassinato — cuspiu Ernesto a plenos pulmões.

— Quanta inocência a sua, reverendo. Não à toa passará a vida numa igrejinha menor do que um banheiro público. Ao menos o que ainda resta dela.
— Padre Delgado, você é um demo... — Suas palavras morreram dentro da garganta como um líquido engolido.
— Como adivinhou assim tão rápido?
— Você não presta! Tem que morrer! — gritou Ernesto, as mãos quase amassando o telefone.
— Não vejo problema nisso, reverendo. Afinal... — Delgado fez uma breve pausa. Um riso trêmulo chacoalhou a ligação.
— Afinal o quê?
— Não se preocupe, Padre Ernesto. Anote o que vou lhe dizer agora!
— Seja claro, seu monstro!
— Todos devem morrer.

Capítulo 49

Turquia, Istambul
Distrito de Fener
RECITANDO YOLANDA

Um filete de sangue escorria da cabeça de Vergara, o suficiente para deixá-lo grogue e com sono, mas não o bastante para fazê-lo fechar os olhos definitivamente. Ele levou as mãos às têmporas, umedeceu as pontas dos dedos com o líquido quente e vermelho, que pintava de rubro o lado direito da sua face, e arfou com serenidade. Lembrou-se de ter estado fora do Fiat, de Tarik tê-lo convencido a retornar ao carro e de tiros. Três ou quatro, pela contagem que fez. Isso não estava muito claro em sua cabeça, embora sua memória parecesse fresca e robusta. Olhou para o lado e um arrepio arranhou sua pele, assustando-se. Tarik tinha a cabeça caída, apoiada ao volante, a boca aberta e as pálpebras cerradas. Imaginou que o gerente do Glosbe Hotel não gozasse da mesma sorte que a dele e que para seu amigo o acidente tivesse sido fatal. De repente o rosto da sua avó pousou em sua mente, como um pássaro que descansa num pequeno tronco de árvore entre um voo e outro. Um sussurro pareceu soprar as últimas palavras de Yolanda no exato instante em que deixou este mundo e se juntou ao outro lado da vida.

"Meu filho, a vida é uma sequência de experiências que te trazem a esta aqui, a hora da partida. Sou grata por ter tido a chance de amá-lo como avó e como mãe. E por ter a honra de ser você a última pessoa que vou ver na Terra."

Vergara piscou por duas vezes até que seus olhos pudessem reconhecer o presente novamente. Fitou o homem ao seu lado, em quietude, a respiração aparentemente suspensa, e repetiu as palavras da sua avó, mas agora em voz alta.

— Tarik, a vida é uma sequência de experiências que te trazem a esta aqui, a hora da partida. — Sua voz era trêmula, incerta e generosa. — Sou grato por sua amizade. Obrigado por ter salvado a minha vida.

— O que disse? — Um murmúrio clareou seus ouvidos como a luz de uma lanterna na floresta vazia.

— Estava me despedindo, Tarik.

— Aonde pensa que vai?

— Não é isso.

— O que é então, doutor Vergara?

— Eu estou confuso.

— Bem-vindo ao clube, meu amigo. Também estou.

— Pensei que você estivesse morto. Perdoe-me.

— Mas... — Tarik ergueu a cabeça, seu nariz parecia uma cascata avermelhada, totalmente esmagado, como se não houvesse osso. — O que aconteceu?

— Fomos perseguidos por um assassino. Tentamos fugir, mas o carro não suportou os tiros. Acabamos chocando com essa árvore.

— E o que são essas luzes piscando, doutor? Será que morremos mesmo?

— Ainda não — Vergara falou, olhando para trás. Avistou uma multidão de gente ao redor do carro, olhos curiosos e assustados, antes de responder. — É a polícia, Tarik. Já passou da hora de as autoridades conhecerem essa história.

Vergara tentou enumerar aos policiais, dois homens altos e magros embrulhados num uniforme marrom, os diversos perigos pelos quais passara desde que chegara à capital turca, omitindo apenas o nome de Hazael e seus poderes paranormais. Contou a respeito dos tiros, o primeiro na perna, o segundo no ombro, e os mais recentes, que por obra da sorte atingiram o carro e sua têmpora apenas de raspão. Revelou, inclusive, a identidade de Alex Fuzetto, sublinhando sua capacidade de matar e armar emboscadas. As autoridades disseram que infelizmente tais eventos estavam se tornando fatos cada vez mais corriqueiros em Istambul, que havia muitos assaltos à mão armada na cidade, brigas entre gangues, além de um número elevado de mortes estúpidas, sem qualquer explicação, e que não podiam fazer muita coisa a não ser levá-los a um bom hospital e orientá-los a ficar longe de novos perigos. Vergara lamentou a posição das autoridades, mas agradeceu o fato de ainda estar vivo. Cerrou os olhos e imaginou que alguém muito poderoso estava intervindo a favor dele. Quem? Por quê? Obviamente o psiquiatra não tinha essas respostas.

Capítulo 50
Turquia, Istambul
Hospital Acibadem
HORAS DEPOIS

Alguns filetes de sol queimaram a pele do rosto de Vergara e anunciaram a chegada de uma nova manhã. Mesmo deitado sobre um leito de hospital, o psiquiatra do Vaticano olhou na direção do céu, através do vidro da janela, e agradeceu o desfecho da noite anterior, um passado pouco distante que, de tão intenso e assustador, lhe pareceu um tempo lúgubre e interminável. Vergara virou seus olhos para o lado. Próximo à porta, com o corpo largado sobre uma cama bem arrumada, Tarik descansava em algum lugar reservado apenas a si mesmo, um esconderijo dentro das suas pálpebras fechadas. Sua respiração era fanhosa e marcante, parecia comandar os segundos do relógio pendurado na parede à sua frente. Um cilindro transparente, espetado em seu braço por um fio longo e flexível, enviava lentamente soro e analgésicos para sua veia, uma gota de cada vez. Vergara virou o rosto novamente e fitou o mundo do lado de fora da janela. Nuvens robustas cobriam as pontas dos minaretes de um monumento turco, que não conseguiu identificar, como dedos gigantes espetados em algodões.

Passos pontiagudos chegaram aos seus ouvidos na forma de ecos distantes e agudos. Fechou os olhos num rompante. Fingiu estar dormindo quando escutou o ranger da porta do quarto se abrindo. Por alguns instantes, imaginou sua amada Hazael invadindo o cômodo, trazendo no peito seu amor por ele, e nas mãos a luz do Paraíso. Ela apoiava a cabeça em seu ombro nu e lhe soprava palavras de afeto em sussurros de paixão. Seus lábios se aproximavam numa mistura de zelo e desejo. Conseguia sentir o vento quente do seu hálito roçar sua pele de maneira muito delicada, quase numa cócega. "*Não se mexa, doutor Vergara*", era o que ela dizia. Suas bocas se encontravam num beijo quente e doce. E não mais se desgrudavam. A alma de Hazael era o seu recanto, seu local secreto e intocável.

Um belisco no braço o retirou de seu sítio particular e o devolveu ao quarto do Hospital Acibadem. Seus olhos se entreabriram, as sobrancelhas curvadas, provocadas pela dor forte e nauseante.

— O que está fazendo? — Vergara perguntou a uma mulher vestida inteiramente de branco. Não fosse pelo líquido ardido que fervia em suas veias, podia jurar que estava diante dos portões da morte acompanhado por um anjo de Deus.

— Fique quieto, senhor. Por favor! — respondeu a enfermeira. Em seu crachá figurava uma linda palavra: Aylla. Ele sabia seu significado. Conheceu uma garota nos tempos de colégio com o mesmo nome.

— Luar — Vergara conseguiu dizer, movendo preguiçosamente os lábios.

— O que disse?

— É o que seu nome significa. — Tentou erguer o braço e apontar para o crachá, mas uma martelada no braço o fez desistir.

— Sim. Minha mãe adorava a lua.

— Há quanto tempo estou aqui?

— Por volta de oito horas — disse Aylla, arrumando as cobertas do paciente. — Uma pessoa quer vê-lo, senhor Vergara. Está no corredor. Peço para entrar?

— Como ele está vestido? — Vergara arregalou os olhos, imaginando o pior dos cenários. A enfermeira saindo do quarto, deixando às suas costas uma porta escancarada e um doente vulnerável. O brilho metálico de um revólver fitando seu peito, exalando fome e ódio, e um sorriso de prazer desenhado nos lábios do comandante Alex.

— É ela, não ele — corrigiu a enfermeira com sua voz indiferente.

O coração de Vergara preencheu-se de conforto em um piscar de olhos. Umedeceu os lábios e sorriu abertamente. Arfou com ansiedade e nervosismo. Naquele momento, trocaria todo seu dinheiro por um espelho, um pente, sabão, água e perfume. Sabia que seu aspecto não estava dos melhores e seu cheiro lembrava um bueiro aberto após uma terrível enchente. Se pudesse, brecaria a passagem do tempo e tomaria um banho renovador, daqueles que cura o cansaço e extrai as bolsas roxas abaixo dos olhos. O pai de Judas faria isso se estivesse por perto. Mas como conectá-lo? Sem resposta, o psiquiatra apenas engoliu em seco e estreitou a vista.

— Senhor Vergara, posso mandá-la entrar?

— Sim. — Sua voz soou como uma tosse. — É claro que sim.

Ele virou o rosto, observou a enfermeira desaparecer no corredor escuro e aguardou a visita de sua amada, Hazael.

Capítulo 51

Turquia, Istambul
Emporion Hotel
MADRUGADA PASSADA EM BRANCO

O canto estridente das sirenes policiais chegou aos ouvidos do comandante como uma martelada no peito. As pernas fracas e exaustas colocaram-se em movimento a muito contragosto. Uma corrida ansiosa, desengonçada e trêmula; parecia um bebê em seus primeiros passos contando os segundos para o tombo certo. Alex escolheu os arbustos mal iluminados ao final da rua como trilha de fuga. Sabia que estaria bem longe quando as informações que poderiam incriminá-lo chegassem às autoridades. Era exatamente essa a ideia. Ele havia sido visto por uma dezena de pessoas, curiosos que não tinham nada melhor para fazer do que bisbilhotar a vida dos outros.

— Bando de miseráveis! — gritou, em fúria, os olhos focando as folhas secas estalando abaixo de seus pés.

A escuridão o ajudou a costurar os arbustos sem ser notado. O início da madrugada também teve seu protagonismo, ruas tomadas pela quietude e calçadas solitárias e desertas. Seus olhos ergueram-se e avistaram a Ponte de Gálata, alguns metros adiante, fulgurando no alto como um farol de uma ilha distante. Arfou com tranquilidade e desacelerou a caminhada, passaria a ser visto como um trabalhador caminhando de volta a sua casa. O fim da tensão o fez transpirar, gotas de suor lambiam sua pele, das mãos ao pescoço. Alex retirou o paletó e o segurou entre os dedos. Imaginou que aquela peça de roupa fosse a nuca do doutor Vergara e a apertou com extrema fúria.

— Como se sentiria se o enforcasse dessa maneira, seu monte de merda? — a voz do comandante soou entrecortada e fanha.

Não se deu conta de que já havia contornado a torre, atravessado a estação de bonde Tophane e entrado na rua Istiklal, margeada por seus altos edifícios, de aspecto antiquado, mas muito bem-conservados, que desemboca no coração da praça Taksim. Alex preferiu caminhar na direção oposta, fugindo de um possível encontro com outras pessoas, a impaciência mordia seu peito com dentadas afiadas e doloridas e poderia se tornar um alimento para uma nova confusão. Algo que nesse momento não deveria se dar ao luxo. Seguiu a passos trôpegos, quase incertos, rumo a um enorme prédio repleto de pequenas sacadas, o teto encoberto por uma fina camada de névoa. Letras garrafais e piscantes destacavam as palavras *Emporion Hotel* logo abaixo do primeiro andar, entre a varanda e a grande porta de vidro da entrada.

— Graças a De... — A garganta de Alex travou sem que a frase fosse completada. De início achou aquilo muito estranho, sobretudo porque até aquele exato instante viu-se como um funcionário do Pai, alguém que era considerado como um missionário, o homem que levava os recém-chamados ao céu.

Deu de ombros com um movimento débil e pigarreou, numa tentativa de transferir a culpa para suas cordas vocais. Marchou até transpor os pequenos degraus de uma escadaria simples e estancou os passos. Cerrou os olhos por alguns poucos segundos, agradecendo a quem quer que lhe tivesse oferecido a possibilidade de descansar e se esconder ao mesmo tempo. Uma explosão de luzes surpreendeu sua visão assim que atravessou a porta do hotel e penetrou o salão principal. Demorou um minuto ou dois até se acostumar com aquele imenso galpão de mármore mergulhado numa claridade febril. Correu o ambiente com as pálpebras entreabertas, e um ligeiro sorriso curvou seus lábios. As paredes eram decoradas por espelhos gigantescos, entremeados por quadros de arte. Identificou o Estreito de Bósforo em um deles e a Ponte de Gálata em outro. Alguns sofás, dispostos uns de frente aos outros, formavam pequenas saletas ao aberto, tapetes coloridos demarcando um quadrado no chão. Um homem baixo, embrulhado num terno negro, revelava-se em pé e imóvel como um boneco de cera a poucos metros da recepção. Não fosse pelo singelo cumprimento com um balanceio de cabeça, Alex poderia jurar que aquele sujeito representava uma estátua em tamanho real de um Hobbit vindo diretamente das histórias do grandioso Tolkien. Levou a mão à boca para disfarçar o riso até apoiar os cotovelos no balcão. Uma mulher de olhos grandes, amendoados e arredondados o fitou de esguelha. Ela mexia os dedos rapidamente em uma sequência de papéis, os antebraços acomodados nas laterais de uma gaveta aberta.

— Um minuto — disse ela. Apanhou uma ficha e girou o corpo. — Pois não? — ela sorriu, apresentando dentes brancos e bem alinhados.

— Quero um quarto.

— Nós temos... — A mulher abriu uma pequena pasta e a estendeu a Alex.

— O mais barato que você tiver.

— Como quiser. — Ela recuou e a palma da sua mão abraçou o mouse disposto ao seu lado direito, em frente a um pequeno monitor. — Passaporte, por favor!

Alex apalpou a carteira no bolso. Antes de apanhá-la e colocá-la sobre o balcão, ainda pôde sentir o ferro gelado da sua arma roçar-lhe os dedos. Para ele, tocar em seu revólver funcionava como uma prece. Era seu amuleto da sorte. Retirou o documento e o entregou à moça. Enquanto ela seguia seus ritos, os olhos do comandante tentaram decifrar em silêncio o nome da bela mulher que o atendia. *"Ilayda Huliyah. Seria isso?"*, perguntou-se em pensamento.

— Aqui está, senhor Alex — disse a mulher, colocando o passaporte no balcão junto a um cartão magnético. — Quarto 143. Primeiro andar.

— Obrigado, Ilayda.

— De nada. — Os lábios da moça se curvaram num sorriso tímido, o rosto ficou tingido de rubro.

Alex entrou no elevador, a respiração curta e ansiosa e o pensamento bem longe. Daria tudo para retornar a sua casa e dormir em sua cama ao menos por uma noite. Hoje teria que se contentar com um quarto de hotel, o que àquela altura parecia bastante justo. Todavia, ao contrário do que sua previsão imaginava e do que o cansaço de seus ossos suplicava, passou a madrugada em branco, sem pregar os olhos por um minuto sequer.

Capítulo 52

Roma, Itália
Vaticano
SUSSURROS VIOLENTOS

Delgado encerrou a ligação com o Padre Ernesto bufando de ódio. Teve que descer alguns degraus da longa escadaria, distanciando-se momentaneamente do seu quarto para que o Cardeal Alfredo não ouvisse sua voz ao telefone. Seria muito difícil dar-lhe uma explicação convincente, afinal, ele estava doente e não deveria ter deixado o leito, tampouco o cômodo. O anonimato era a melhor escolha, sem dúvida. Passos leves conduziram o Padre Delgado ao seu posto anterior, o topo da escada que dá acesso à porta de seu pequeno dormitório no Vaticano. Um cansaço febril correu por suas veias num rompante, deixando seus ossos e músculos pesados como concreto. Ele fitou os dedos de esguelha. Havia enormes pelos e unhas pontiagudas decorando suas mãos, mas não tão evidentes como há alguns minutos. Sabia que a manifestação de Samael iria e viria conforme a necessidade e o desejo das trevas. Enterrou as mãos nos bolsos e inclinou a visão na direção do seu quarto novamente. Como se o mundo não tivesse girado e o tempo estacionado de alguma forma, Cardeal Alfredo ainda estava ali, uma bandeja nas mãos, os olhos voltados para a porta.

— Padre Delgado! — Sua voz era abafada, parecia estar vindo de dentro de uma garrafa. — Eu trouxe comida. Abra!

Por alguns segundos, Delgado imaginou seus olhos sendo tingidos de rubro e suas mãos se transformando em garras de um animal selvagem, suas pernas movendo-se com rapidez e transpondo a distância entre ele e o Cardeal num piscar de olhos. As unhas afiadas cerrando o pescoço de Alfredo, como se fossem punhais ou adagas, o sangue escapando pelas paredes feito aranhas vermelhas em fuga. Um eco agudo e distante penetrou os ouvidos de Delgado e o retirou de seus devaneios sombrios. Achava-se potencialmente mais fraco, suas mãos retornavam a um modelo humano e o cansaço já desafiava todos os seus movimentos. A madeira da porta do seu aposento sacudia contra os nós dos dedos do cardeal à medida que ficava preocupado e impaciente.

— Padre! — Alfredo gritou com mais força. — Abra essa porta!

Rapidamente Delgado se ergueu com dificuldade, os músculos secos e cansados gritando por descanso, e desceu as escadas novamente, mergulhando num corredor perdido nas sombras. A escuridão abraçou o corpo do padre, e ele sorriu. Arregalou os olhos e retirou o celular do bolso. Discou o número do cardeal, os dedos contorcendo-se.

— Alô? — Alfredo atendeu ao segundo toque.

— Cardeal?

— Delgado?

— Sim.

— Abra a porta, por favor! A comida vai esfriar.

— Estou tonto — disse ele, num improviso. — Acho que não vou conseguir me levantar. Deixe o almoço aí que apanho depois.

— Tudo bem, padre. Como quiser — consentiu Alfredo, acomodando a bandeja numa mesinha em frente à porta do quarto.

— Obrigado, cardeal.

Um silêncio tomou conta da ligação durante alguns segundos, tempo que Delgado não foi capaz de prever ou compreender. A voz de Alfredo se resumiu a um resmungo ao fundo, como um chuvisco no alto da serra. Era outro som que sussurrava nos ouvidos de Delgado, sugerindo-lhe ações violentas e fervorosas. "*Mate-o!*", dizia Samael em sua cabeça. Manteve-se com os dedos abraçados ao aparelho celular, mas notou que seus movimentos já não lhe pertenciam. Suas pernas deixaram a escuridão e se encaminharam de volta à escada. Uma gota de lágrima escorreu de um de seus olhos e umedeceu a mão que ainda mantinha o telefone encostado ao seu ouvido. Um misto de sentimentos apertou o coração de Delgado, e ele cerrou as pálpebras num rompante. Tentou desafiar o demônio e estancar os passos, mas não foi forte o suficiente para afugentar o visitante. Entregou-se à escuridão e seguiu as instruções que vinham do inferno. Os pés firmes o levaram até a porta do seu quarto. O aroma doce do molho de macarrão assaltou suas narinas e atacou seu estômago vazio. Delgado lambeu os beiços, mas sua tensão já havia deixado a comida para trás. O perfume da morte roía suas narinas como ratos devorando pedaços de queijo. Ele virou o pescoço para o lado. Avistou as costas do Cardeal Alfredo perdendo-se pelo corredor escuro, seus cabelos brancos encobertos por uma fina película de névoa. Com um golpe certeiro e brusco, Delgado lançou a bandeja de comida ao chão. Um barulho surdo e agudo tilintou pelo ambiente, lembrando o grito débil de um morcego. Os olhos do padre testemunharam o cardeal estancar os passos e um sorriso de regozijo se desenhou em seus lábios. Por alguns segundos conseguiu ler os pensamentos de Alfredo, era como se estivesse dentro dele. Podia sentir o medo encurtando sua respiração ao mesmo tempo que escutava, em alto e bom som, uma voz saindo da sua própria boca dando-lhe uma ordem.

— Mate-o!

Capítulo 53

Turquia, Istambul
Hospital Acibadem
UNIDOS NOVAMENTE

Os olhos de Vergara encharcaram-se de lágrimas ao avistar os pés de Hazael caminhando pelo piso brilhante do quarto do hospital. Ela estava descalça, o que fez seus lábios se esticarem num sorriso de espanto e alegria. Um manto branco e cheirando a limpeza cobria seu corpo, os cabelos soltos dançavam com a leve brisa que chegava da janela entreaberta. Hazael arregalou os olhos e sorriu ao se aproximar do leito.

— Doutor Vergara! — disse a jovem turca, a voz abafada pelo choro engolido. — Que saudade! — Ela o abraçou, puxando a cabeça do psiquiatra para junto do seu peito.

— É muito bom vê-la, Hazael. — Ele engoliu em seco e sorriu. — Por que está descalça?

— O piso da Catedral de São Jorge é barulhento demais. — Hazael caiu no riso e entrelaçou seus dedos nos dele.

— Obrigado por vir — Vergara inclinou o corpo à frente —, mas como soube que eu estava aqui?

— Algumas vezes eu apenas sei. Não quero falar sobre isso, doutor.

— Posso lhe pedir um favor, Hazael?

— Todos que quiser.

— Não me chame mais assim.
— De doutor?
— Aham.
— Está bem, doutor Vergara. — Hazael soltou uma gargalhada leve e solta.
— Engraçadinha.
— Brincadeira.
— Hazael? — A voz de Vergara soou como um sussurro.
— O que foi?
— Por que está aqui?
— Queria saber se você passava bem — respondeu ela, desviando o rosto.
— Diga-me a verdade, querida! Por favor!
— Que diferença faz?
— Não sei por quanto tempo sobreviverei à caçada desse lunático. Uma hora pode ser que ele realmente me mate...
— Não diga isso! Nunca mais! — Os olhos de Hazael umedeceram-se de imediato.
— Calma — Vergara deu uma breve pausa —, não terminei meu raciocínio.
— Perdoe-me, querido. Continue.
— Acho que lidar com a verdade me ajudará a conviver com tudo o que está acontecendo de uma maneira mais digna. Por isso lhe pedi o motivo que realmente a trouxe até aqui.
— Porque acabei me apaixonando por você, Vergara. — Ela girou o corpo e apoiou o quadril na cama, colocando-se de costas para o psiquiatra.
— Hazael?
— Sim.
— Vire-se.
— Por quê?
— Chegou a hora do beijo — disse ele, abrindo um enorme sorriso.
— Perdoe-me, querido. Mas não sei como fazer.
— Olhe para mim, Hazael — pediu ele.
— Pronto. — Ela se virou, colocando-se de frente para Vergara. Seus olhos revelaram-se vermelhos e bem úmidos. — O que devo fazer agora? — perguntou ela, a voz entrecortada e a respiração ofegante, quase suspensa.
— Feche os olhos e deixe que seu corpo lhe diga o resto.

Hazael cerrou as pálpebras, confiando nas palavras de Vergara. Seus movimentos eram delicados e angelicais, tal como um pincel passeando sobre uma tela virgem. Seu peito subia e descia feito um balão de ar, o nervosismo e a ansiedade enraizavam seus pés trêmulos. Vergara acariciou os cabelos da sua amada antes de abraçá-la e posicioná-la na frente do seu rosto. Conseguiu sentir a respiração de Hazael aquecendo sua boca e sorriu de felicidade. Mesmo sabendo que aquele momento não afugentaria o perigo que ainda corria, sentiu-se completo, íntegro, como uma linha que encontra a si mesma e desenha um círculo perfeito. Seus lábios se tocaram com imensa ternura, num beijo doce e gentil. E não mais se desgrudaram até uma linda borboleta azul invadir o quarto pela janela entreaberta.

Capítulo 54
Turquia, Istambul
Santa Sofia
CONFIANDO NA BORBOLETA AZUL

— Vamos embora! — gritou Hazael, erguendo-se num salto.

Vergara apanhou um bloco de notas sobre a estreita mesinha entre os dois leitos, rasgou uma folha e escreveu um pequeno bilhete, os dedos desajeitados e trêmulos abraçados a uma caneta esferográfica de tinta negra. Deixou o pequeno papel dobrado no bolso da camisa de Tarik, apagado na cama ao lado. Vestiu rapidamente suas roupas, jogadas sobre uma cadeira disposta à frente da janela, e seguiu Hazael pelo corredor bem iluminado do hospital. Um perfume de detergente assaltou suas narinas assim que deixou a porta do cômodo às suas costas e mergulhou com os pés num caminho de fuga. De início uma forte sensação de pavor e ansiedade amoleceu os músculos das suas pernas, como se as amarrasse, e acompanhar a jovem turca acabou por se tornar uma tarefa das mais árduas. Por vezes precisou parar, abrir a boca e suplicar por mais oxigênio aos seus pulmões exaustos, o tronco curvado e as mãos apoiadas nos joelhos. Cada vez que estancava os movimentos, arregalava os olhos numa tentativa desesperada de gravar o caminho que sua amada trilhava acima do solo brilhante do Hospital Acibadem. Se deixasse a cabo dos seus instintos de sobrevivência e sua coragem, retornaria ao quarto e dormiria por dias a fio. Tentaria se esquecer da viagem, da sua missão controversa e errônea, do seu emprego no Vaticano e, por fim, dos momentos em que esteve para morrer. Mas, para isso, teria que apagar da sua memória e arrancar do seu coração a pessoa que deu sentido e graça à sua insignificante existência. E esse preço Vergara não estava disposto a pagar. Morreria, sim, mas com a certeza de que o fizera por uma razão verdadeira; algo que lhe permitiria encontrar a paz. Se não na Terra, em algum lugar fora dela. Subitamente a voz fina e aguda de Hazael chegou aos seus ouvidos e o tirou de seus devaneios.

— Por que está demorando? — As palavras tilintaram no interior da sua mente. — As escadas! — Seus tímpanos vibraram mais uma vez.

O psiquiatra lançou os pensamentos para bem longe e ergueu o cenho. Não conseguiu enxergar sua amada, mas avistou ao fundo, quase esquecida entre camas vazias e cestos de roupas descansando a esmo pelo corredor, uma pequena sequência de degraus que se perdia atrás da luz branca e cintilante que perfurava a janela. Correu de maneira desajeitada na direção da escadaria e derrubou um dos cestos ao chão. Uma muda de roupas sujas abraçou seus pés, num rompante, como se uma família de tarântulas venenosas encontrassem alimento em suas pernas cansadas. Vergara perdeu o equilíbrio imediatamente. Tentou se estabilizar, mas seus olhos foram traídos pela luz forte que se lançava do teto por uma lâmpada comprida, e seu corpo foi jogado para o lado esquerdo. Chocou-se contra a parede com o ombro ferido, a dor espetando-o em fortes explosões, e encontrou o piso brilhante do corredor do hospital com as mãos à frente e o coração aos pulos, querendo escapar por sua garganta seca.

— O que está tentando fazer, senhor? — Uma enfermeira de rosto sardento e cabelos presos num coque aproximou-se dele, dobrando os joelhos. — Ei, eu me lembro de você... — disse a mulher, o rosto confuso e o olhar penetrante.

— Com licença. — Vergara desvencilhou-se da enfermeira, projetando o corpo à frente, as mãos apoiadas nos próprios joelhos. — Preciso ir.

— Mas você não recebeu alta. — Ela respirou antes de se arriscar. — Federico Vergara, estou certa?

— Não. A senhora está me confundindo com outra pessoa.

As pernas de Vergara ainda se encontravam bambas quando se colocou de pé e se locomoveu como pôde na direção dos degraus da escadaria. Ainda foi capaz de ouvir a voz da enfermeira ecoando às suas costas como a buzina de um carro distante.

— Volte aqui, Federico Vergara!

O psiquiatra arregalou as pálpebras e olhou para baixo, seus passos transpondo os primeiros degraus. Não viu sinal de Hazael, apenas um abismo perdido atrás de um nevoeiro límpido e cristalino revelou-se diante dos seus olhos. Entretanto, algo que a ele surgiu como um milagre o fez prosseguir. A borboleta azul, que minutos atrás invadira seu quarto e interrompera seu beijo em Hazael, balançava suas asas como se o chamasse.

— Mostre-me o caminho — disse ele num lapso encantado. — Por favor!

Por alguns segundos, a borboleta não se moveu, pareceu não se importar com a presença de Vergara. Estava ali por outras razões, que o psiquiatra não conhecia. Ele engoliu em seco e piscou os olhos de maneira forte, tentando apenas se certificar de que aquilo não fazia parte de um sonho fantástico. Seria mais fácil de acreditar. O beijo em Hazael e uma borboleta azul lhe desenhando um caminho para a fuga? De modo instintivo, como que obedecendo à brisa morna que flutuava pelo corredor do hospital, o rosto de Vergara se voltou para trás. Encontrou o tempo estacionado, não havia qualquer ensaio de movimento ou ruído, como se as pessoas e os objetos presentes naquele cômodo comprido não passassem de maquetes de gesso. Tudo se apresentava perfeitamente calmo. Até as luzes piscantes do teto eram agora firmes como os raios solares do meio-dia. Vergara retornou o olhar e o foco na direção da escada. Arfou com tranquilidade ao imaginar que os perigos que corria provavelmente se revelavam de maneira congelada.

Passos pontiagudos ressoaram em seus ouvidos feito batidas em um edifício em construção. A silhueta de uma mulher de estatura baixa surgiu à frente da janela, ofuscando temporariamente a claridade. Miraculosamente a luz atravessou seu corpo como se ela fosse criada a partir de cristais. Pontos cintilantes se desenharam em sua pele, primeiro nos braços, logo atingindo o pescoço e o rosto.

— Por que está demorando tanto? — Ela olhou para Vergara com certa arrogância.

— Hazael?

— Claro que sim — respondeu ela, estendendo o dedo indicador na direção da borboleta. O pequeno inseto caminhou lentamente sobre o corrimão até alcançar o punho da jovem turca.

— Como você fez isso?

— A pergunta não é essa, Vergara.

— E qual é?

— Como ninguém mais consegue fazer?

— Por quê?

— As borboletas nos amam. São anjos que nos procuram para multiplicar a paz.

— O que ela está fazendo aqui? — Vergara encarou a borboleta ainda incrédulo.

— Guiando-nos...

— Para? — O psiquiatra a interrompeu, a voz carregada de ansiedade.

— Longe do perigo. — Hazael virou-se de costas e seguiu escada abaixo. Sumiu diante do manto escuro que ocupava o final da escadaria. Os pés de Vergara moveram-se de modo vagaroso, parecendo anestesiados e confusos. Ainda assim se mantiveram no encalço de Hazael até que alcançassem a calçada. Um sol febril recebeu Vergara do lado de fora do hospital. O psiquiatra observou-se de maneira positiva, sentia-se revigorado e com as energias totalmente repostas. Não havia tomado o desejado banho, mas tinha comido com dignidade e justiça, e a dor nos ombros era agora uma lembrança longínqua, uma pontada que o espetava em períodos bem espaçados. Vergara olhou à frente. Hazael estava diante dele, o rosto claro, brilhante, e o sorriso aberto. Parecia explodir numa felicidade inimaginável.

— Venha! — disse ela, estendendo-lhe uma das mãos.

O psiquiatra encaixou seus dedos entre os dela e caminhou pelas ruelas ferventes de Istambul como se estivesse num passeio romântico, uma viagem turística. Seu rosto curvou-se num tenro sorriso e, por alguns minutos, esqueceu em que situação se encontrava. Num súbito, a borboleta azul bateu asas, rodopiou ao redor da cabeça de Hazael por uma dezena de vezes e se foi.

— Para onde ela está indo, Hazael?

— Para casa.

— Pensei que iríamos segui-la.
— Não há mais necessidade.
— Estamos longe do perigo? — Vergara abriu um sorriso, arqueando as sobrancelhas.
— Não. Ela já me disse qual caminho devemos escolher.
— Ela lhe disse? — perguntou ele, a voz trêmula e ausente de fé.
— Aham.
— Mas como...
— Vergara — Hazael o interrompeu —, se conseguir sair um pouco do seu mundo particular, chegará a testemunhar um milagre a cada esquina.
— Prometo que vou tentar — balbuciou ele, a mente confusa. — Afinal, nós vamos para onde?
— Ao local da minha promessa.
— Santa Sofia? — arriscou Vergara, lembrando-se do dia em que se conheceram.
— Que boa memória! — Hazael estancou a caminhada aos risos e abraçou o amado. Tocou com os lábios a boca do psiquiatra num beijo doce e faminto. — Será apenas uma passagem.

Capítulo 55

Turquia, Istambul
Hospital Acibadem
O AMIGO DO PACIENTE

Os olhos abertos e arroxeados de Alex cerraram-se ao sentir o fervor dos primeiros raios do sol rubro que se erguia atrás das montanhas de Istambul. Seu rosto girou para o lado, na direção de uma escrivaninha pregada à parede, próximo a uma pequena varanda, por onde a claridade da manhã iniciava sua invasão. O comandante avistou sua arma dividindo o espaço do móvel com o telefone e um bloco de notas; algumas moedas ainda salpicavam o cômodo como lascas de pimenta num prato exótico. Um ruído ardido e azedo chegou aos ouvidos de Alex e fez que se erguesse e se sentasse. Certificou-se de que o som vinha dos seus dentes roçando uns nos outros e apertou os dedos contra a palma da mão. Um sentimento de fúria acomodou-se em seu estômago, enganando temporariamente seu jejum. Alex colocou-se em pé num gesto brusco e desengonçado. O cansaço alfinetava seus músculos, lembrava sua mente inquieta da noite passada em branco. Passos trôpegos o levaram ao banheiro. A claridade era tanta que não foi necessário acender a luz. "*Melhor assim*", pensou num ímpeto. Não desejava enxergar a real situação do seu rosto ao deparar com o espelho. Sentiria raiva, ódio; pensamentos suicidas ocupariam sua cabeça e o fariam tomar atitudes violentas. Geralmente quebrava objetos, dezenas deles, ou a cara do primeiro idiota que cruzasse seu caminho. Mas tudo de que precisava agora era fugir de confusão, tinha que continuar sua missão, mas de maneira cirúrgica, quase imperceptível. Como um fantasma, ou um demônio, que ataca suas vítimas sem ser visto. Seria a brisa que apagaria a última vela acesa. Sorriu ao imaginá-lo na situação e ergueu os olhos.

— Que porra é essa? — perguntou a sua própria imagem ao reparar as olheiras barrigudas tomando conta do seu rosto. — Nasceram tetas em meus olhos! — rugiu, dando um soco no vidro. Por sorte o espelho trepidou, mas não trincou.

Alex retirou a roupa e se enfiou debaixo do chuveiro. Ele sabia que um banho gelado seria benéfico nesse momento delicado. Deixou que a água fria corresse por seus ossos e reavivasse seus músculos dormentes e doloridos, e esvaziou a mente, ao menos por alguns poucos minutos. Apanhou o sabonete fino e pequeno entre os dedos e esfregou o corpo. Chegou ao pênis, sua maior decepção em todos os anos de vida adulta, e uma lágrima dura e amarga se juntou ao banho. Lembrou-se de quando era adolescente, das revistas de mulheres nuas que escondia sob o colchão e que lhe proporcionavam noites de excitação e prazer. No entanto, algum componente dentro de seus cromossomos o transformou em uma pessoa assexuada. Alex não queria isso, foi difícil digerir no início. Chegou a sair com uma ou outra garota, mas tinha vergonha de tirar a roupa e mostrar a elas seu pênis morto. Arrumava sempre uma desculpa para ir embora, dizia que estava com pressa e que ligaria no dia seguinte, o que obviamente não acontecia. Durante os primeiros anos militares, pensou na possibilidade de ser gay, havia vários homossexuais no seu batalhão, mas a ausência de desejo ao vê-los sem roupa também o afastou dos homens. Acabou engolindo sua condição, imaginando-se como um santo, um ser humano enviado por Deus para missões mais duras do que sair por aí transando e procriando. E, como não era capaz de trazer bebês ao mundo, agarrou-se à tarefa divina de levar pessoas de volta ao céu, de onde todos devem ter vindo segundo sua própria fé. A imagem de Vergara assaltou sua mente e atravessou seus lúgubres pensamentos. Uma fúria incontrolável corroeu suas veias, e apertou os olhos com um gesto fervoroso. Fechou o registro do chuveiro, sem perceber que suas orelhas ainda estavam ensaboadas, e deixou o banheiro com a energia refeita. Vestiu-se com uma calça, a única que tinha, e uma camisa branca. Óculos escuros cobriram seus olhos rubros. Apanhou a carteira e a arma e saiu do quarto com a garganta jantando ódio.

— Você me paga, Vergara! — Cuspiu contra o carpete do corredor como se o psiquiatra do Vaticano estivesse ali, com o corpo sem vida estirado sobre o piso.

Ganhou o saguão principal do hotel em poucos segundos, seus passos acelerados e certeiros, e seus dedos acariciando a arma presa à cintura.

— Bom dia, senhor. — Uma voz doce e conhecida alcançou seus ouvidos, e Alex deu um salto antes de estancar os movimentos.

— Bom dia! — O comandante forçou um sorriso. Tentou se recordar do nome da mulher que o atendera na noite anterior, mas nenhuma palavra tilintou em seu cérebro.

— Não vai desfrutar o nosso café da manhã? — perguntou ela, apontando na direção de uma escada.

— Eu — gaguejou dando uma pausa — estou com pressa. Talvez mais tarde — completou, olhando o relógio.

Os ponteiros apontavam para as sete da manhã. Gostaria de ter dito à atendente que, se tudo corresse bem, se conseguisse matar um psiquiatra imbecil e uma jovem petulante e esquisita, voltaria ao hotel e comeria à vontade. Escapou dos olhos da mulher, virou-se de costas e saiu. Um vento fresco passeava pelas ruas vazias de Istambul e pareceu reativar seus neurônios.

— Ilayda Huliyah... — sussurrou para si mesmo numa voz abafada e envergonhada. — É isso! — comemorou com um sorriso largo ao se lembrar do nome da atendente do Emporion Hotel.

Enquanto caminhava a esmo pelas ruelas da capital turca, Alex pegou o celular no bolso na esperança de encontrar um indício ou uma pequena pista de onde Vergara poderia estar. Imaginou, após o acidente, que o psiquiatra do Vaticano estivesse num hospital. Mas em qual? Certamente havia centenas em toda a cidade, e ele não poderia visitar todos ainda que desfrutasse outras vidas. Repassou o último local em que se encontrou com Vergara, próximo ao Glosbe Hotel, nas cercanias do Distrito de Fener, e clicou no aplicativo de busca. Estava com sorte. Caiu para quatro o número de hospitais localizados na região. Ainda assim eram bem distantes um do outro, demandaria tempo e energia até chegar ao destino exato. Jogou o número do cartão de crédito de Vergara em seu *FollowChip* e aguardou o rastreador. Mordeu os lábios enquanto esperava o resultado, a ansiedade triplicava seus batimentos cardíacos e os olhos não conseguiam focar em ponto algum. Um sinal agudo e uma luz vermelha chamaram sua atenção novamente na direção do telefone. "*Abençoado*", pensou, ao enxergar seu estado de espírito. O idiota do psiquiatra havia utilizado o cartão de crédito do Vaticano uma única vez durante o tempo em que esteve em Istambul. Justamente na noite anterior, como garantia do atendimento no Hospital Acibadem.

— Obrigado, senhor! — agradeceu a Deus pela graça alcançada e seguiu a passos ligeiros e poderosos rumo ao novo alvo. — Hoje você morre, doutor Vergara! — rugiu, a voz entre os dentes cerrados.

Chegou ao saguão do hospital em meia hora, uma caminhada fria e calculista, mesmo diante de um sol quase febril. Apresentou-se como amigo do paciente, apanhou um crachá de visitante e subiu as escadarias do belo edifício. Encontrou a porta do quarto 2012 aberta e um movimento ameaçador ocupando o ambiente. Bateu no umbral da porta de madeira com o nó dos dedos, oferecendo às duas enfermeiras presentes no quarto seu melhor sorriso.

— Quem é você? — perguntou uma delas. Sardas gordas salpicavam seu rosto pálido. Um quepe tentava sem sucesso cobrir seus cabelos ruivos presos num coque. Olhos azuis harmonizavam sua face.

— Amigo do paciente — respondeu ele, entrando no quarto.

Num pequeno lapso de tempo, Alex viu uma das camas vazias e desejou que não fosse a de Vergara. Seria muito azar, uma peça de mau gosto oferecida por seu bom e único Deus. Fitou o leito escondido entre os troncos curvados das duas enfermeiras e um rosto moreno veio em direção aos seus olhos.

— Que droga! — desabafou, o corpo trêmulo e o olhar vazio.

— Sim, senhor! — aquiesceu a enfermeira, imaginando que Alex estivesse ali preocupado com o quadro de Tarik. — Seu amigo teve um traumatismo muito sério e está desacordado desde que chegou.

— Meu Deus! — sussurrou o comandante, sem saber o que dizer. Queria matar o inútil com um tiro no meio do peito. Em seguida, arremessaria as duas mulheres pela janela apenas como um pedido de vingança.

— Qual é o seu nome, senhor?
— Alex.
— Poderia nos ajudar por alguns minutos?
— O que devo fazer?
— Apenas segurar essa seringa até buscarmos um novo frasco com soro.
— Claro que sim — respondeu ele, seus lábios desenhando um enorme sorriso.

Aguardou as enfermeiras deixarem o quarto, o coração batendo na garganta, e fitou o homem deitado sobre o leito consumido pelo ódio. Seus olhos pareciam semicerrados, encaravam uma escuridão que Alex não fazia ideia se existia ou não. Avistou um pedaço de papel saindo do bolso da camisa do paciente e o apanhou.

Tarik, meu caro amigo. Estou indo a Capadócia com a mulher da minha vida. Espero que sua saúde se restabeleça o mais rápido possível. Deixei seu atendimento pago, já que não consegui arcar com os custos da minha estadia em seu hotel. Mando notícias. Vergara.

— Obrigado pelas informações seu estúpido! — rosnou Alex, lambendo os beiços. Aproveitou que a seringa descansava entre seus dedos e enfiou a agulha na jugular de Tarik. Por alguns segundos, o comandante contentou-se em assistir ao jato de sangue que fugia do corpo estendido à sua frente, levando na bagagem a vida de Tarik.

— Durma para sempre, covarde! — murmurou ele, a voz presa entre os lábios. O comandante virou-se de costas, o coração satisfeito e preenchido, e deixou o quarto com um sorriso estampado no rosto. Em sua mente inquieta figurava apenas uma palavra: Capadócia.

CAPÍTULO 56
Roma, Itália
Vaticano
ÁGUA BENTA

Os estilhaços de porcelana espalharam-se por todo o corredor, provocando o som de uma mistura de rangidos agudos e finos. Padre Delgado não se incomodou em olhar na direção da sopa que corria ao redor de seus pés feito uma serpente líquida. Seu rosto estava inclinado à frente, encarava o Cardeal Alfredo, imóvel e ainda de costas, uma fina película de névoa entre os dois, como um riacho separando bairros vizinhos.

Um sorriso de satisfação se desenhou nos lábios de Delgado ao avistar o homem do outro lado do corredor girar o corpo e erguer os olhos. Sua visão parecia trêmula e amedrontada, mas repleta de fé. Padre Delgado viu-se confuso. Ficou tentado a estender as mãos ao Cardeal e pedir-lhe socorro. Mas como? Seus dedos pareciam os de um lobo selvagem, sua mente obedecia aos sussurros de um morador do inferno. "*O que fazer?*", perguntou-se, num rompante, cerrando os olhos. O desejo de orar preencheu seu coração por milésimos de um segundo solitário, mas as palavras não vieram. Uma gargalhada maliciosa e debochada tilintou no interior de seus ouvidos e fez que seu tronco se arqueasse. Embora se sentisse forte fisicamente, suas mãos procuraram os joelhos de maneira instintiva, quase mecânica. Um sentimento de derrota atravessou seus olhos e uma lágrima despontou nos seus olhos.

— Entregue sua alma a Deus, padre! — A voz de Alfredo acalentou os tímpanos de Delgado como uma coberta no inverno.

— Não consigo — respondeu Delgado, caindo no choro.

Avistou uma porção de lágrimas desabando de suas pálpebras e chocando-se com a água da sopa que tomava conta do chão, em volta de seus pés.

— Seja humilde. — Ouviu novamente a voz de Alfredo chegar, mas dessa vez as palavras do cardeal flecharam o centro do seu coração. Deixou o corpo dobrar e caiu no piso de joelhos, como se pedisse perdão pela fraqueza. Sentiu a pele queimar ao tocar nos restos de sopa, sobretudo sobre a água quente. Então, como se seus olhos ficassem claros e límpidos, entendeu o que o Cardeal pretendia. Aquele líquido que umedecia seus ossos não era comum, era bento. Trazia um pequeno suspiro de Deus.

— Venha a nós o vosso reino... — disse Delgado num sussurro apertado.

Repentinamente sentiu um arranhão metálico desenhar uma cruz com a ponta para baixo em sua testa. Lembrava uma facada, mas tratava-se de uma unhada das trevas, uma rachadura com gosto de ódio. Sua mente agora duelava contra os poderes de sedução de Samael.

— Beba desta água, Delgado! — gritou Alfredo, o corpo estático do outro lado do corredor.

As mãos em concha desceram até a altura do piso e apanharam uma porção daquele líquido abençoado. A primeira tentativa não obteve êxito, seus dedos ainda revelavam pelos longos e unhas enormes. As gotas de água esvaíram-se por entre os vãos de suas mãos trêmulas, mas fizeram que os traços humanos da sua pele retornassem. Padre Delgado retomou os movimentos e apanhou líquido suficiente para chegar até os lábios. Fitou sua própria imagem dançando sobre o punhado de água que se aproximava. Havia sangue escorrendo através do ferimento recente, bem acima das suas sobrancelhas, suas pupilas estavam dilatadas e alaranjadas, como as de uma coruja na madrugada. Respirou com dificuldade, o ar parecia ter esquecido o caminho até os pulmões, e fechou os olhos. Tocou a boca na água benta com sede de perdão e arrependimento. Sentiu o demônio afastar-se do seu corpo num voo incerto e desengonçado. Uma sombra negra tombando pelas paredes do Vaticano. Mas aquele momento não significava uma vitória definitiva e o fim da guerra contra o inferno. Samael certamente voltaria, e com mais raiva ainda.

CAPÍTULO 57

Turquia, Istambul
Santa Sofia
NOVAS REVELAÇÕES

Os portões de Santa Sofia se apresentavam descascados, pareciam desabar a um mínimo sopro, mas o monumento era realmente encantador aos olhos de Vergara. Ele se locomoveu por dentro da nave principal da mesquita como uma criança num parque de diversões. Fitou o caminho com esmero e delicadeza, como se cuidasse do local ou não quisesse acordar o enorme bicho que dormia embaixo dos seus pés. Uma lágrima desafiou suas pálpebras, despontando sem timidez, assim que se viu abaixo do grande domo e em frente aos afrescos em mosaico que remontavam a vida da Virgem Maria. Lembrou-se da infância de Hazael e da intervenção da mãe de Jesus no dia em que ela poderia ter se despedido da Terra. Arfou com tranquilidade e inclinou o olhar à frente. Raios de sol invadiam as imensas janelas de vidro, que decoravam as laterais da mesquita e tocavam o chão numa espécie de elo entre o céu e o nosso mundo. Avistou sua amada entrar num corredor estreito e escuro ao fundo do altar principal, logo após uma enorme pilastra. Seus passos a seguiram de maneira involuntária, quase mecânica. Um perfume de barro assaltou suas narinas exatamente no instante em que seus pés desciam uma escadaria perdida entre as sombras.

— Para onde vamos, Hazael? — Vergara perguntou em meio à escuridão. Suas mãos tateavam as paredes em busca de equilíbrio.

— Há um pequeno quarto no andar de baixo. Cheguei a morar aqui durante alguns anos.

— Queria ter a sua coragem. A sua experiência de vida.

— E eu ter tido uma infância comum, a mais normal possível.

— O que veio fazer, Hazael?

— Preciso lhe contar uma história antes de seguirmos para Capadócia.

— Sobre?

— Judas.

— Simão está por perto?

— Desta vez, não. Ele me pediu para fazer isso já faz algum tempo.

— Está bem — concordou o psiquiatra num sussurro.

— O que você vai ouvir de mim é o que sei sobre os dias que antecederam a crucificação de Cristo.

— Obrigado pela confiança — disse Vergara.

— Cuidado! — orientou Hazael, a voz austera. — Dobre à esquerda após o último degrau.

Uma pequena cavidade se apresentou à frente dos olhos de Vergara, lembrando-lhe um buraco aos pés de uma montanha. Tochas bruxuleantes iluminavam uma espécie de caverna dividida em dois cômodos. Hazael atravessou o primeiro, às pressas, que levava a uma sala de estar, mas não havia móveis convencionais. Apenas um tronco de árvore, usado como assento, e uma tábua de madeira cumprindo o papel de uma mesa. *"Talvez fosse o local onde ela se alimentava"*, pensou Vergara num rompante. A luz alaranjada e dançante que vinha do fogo deixava o segundo quarto parecido com um barco em alto-mar pendendo de um lado a outro. Uma coberta estirada sobre o piso de terra batida era tudo o que havia ali. Hazael sentou-se, as costas apoiadas na parede, um sorriso estampado em seu rosto.

— Bem-vindo, Vergara! Esta é uma das minhas casas.

— É linda — sussurrou ele.

— Sente-se, querido.

— Onde?

— Ao meu lado. Quero ficar enroscada em você. Pode ser?

— Claro.

— Feche os olhos.

— Pra quê?

— Para viajar dois mil anos no passado — respondeu Hazael. — Está pronto?

— Sim.

— Os últimos dias em que Judas esteve peregrinando com Jesus foram semeados por grandes revelações. Em Tiberíades, ao norte do Mar da Galileia, uma multidão ouvia o que Cristo pregava. Homens famintos de amor e pão. As palavras do Mestre estancaram as feridas do coração daquele povo perdido e arrasado, mas o estômago ainda os machucava. Era uma época delicada, muitos morriam de fome em toda a Judeia. Jesus apanhou os cinco pães que um agricultor havia trazido e os colocou num cesto. O mesmo fez com o pouco do vinho que ainda tinham. Em seguida, começou a repartir os alimentos. Judas olhou a cena com desconfiança, achava que a comida não daria para mais de dez pessoas. Caiu de joelhos ao testemunhar o último dos quase 5.000 homens presentes no monte alimentando-se com abundância. Olhou para Jesus com a certeza de que Ele era o filho de Deus.

— Por que está me contando isso, Hazael?

— Você vai ligar uma coisa à outra, Vergara. Tenha um pouco de calma.

— Perdoe-me, querida — desculpou-se e respirou fundo.

— No caminho de volta, quando Jesus chegava com os discípulos a Jericó, antes de cada um tomar o rumo de casa pela última vez, um homem extremamente rico, conhecido como Timeu, chamou pelo Cristo na entrada da cidade. Jesus caminhou calmamente até o homem. Judas estava atrás do Mestre, como um protetor ou uma espécie de segurança. Ele conhecia aquele tipo de gente, com posses, que se aproveitava da sua riqueza para zombar das palavras de Jesus. Mas não foi o que ele fez. Timeu disse a Jesus que seu filho, o cego Bartimeu, vivia enclausurado entre quatro paredes. Pediu ao Mestre que ajudasse seu filho a enxergar. Jesus chamou o jovem cego e perguntou o que ele desejava. *Visão*, respondeu Bartimeu, curvando o tronco diante de Cristo. *Vai, a tua fé te curou*. Essas foram as palavras do Mestre. No mesmo instante, os olhos de Bartimeu se abriram e ele fitou o mundo ao redor. Era um lugar novo, ausente de dor e escuridão. O homem curado lançou seus joelhos ao chão e pediu a Jesus para segui-lo. Mais adiante, uma mulher chamada Marta mandou chamar Jesus. O Mestre pediu aos discípulos que fossem com ele até a pequena cidade de Betânia, onde ela vivia com o irmão Lázaro. De início, os discípulos acharam perigoso, já que a região era cercada por soldados romanos devido a sua proximidade com os muros de Jerusalém. Judas animou-se com a nova empreitada e votou a favor de prosseguirem. Esteve ao lado de Cristo quando Marta os recebeu em sua casa, o rosto inchado de tanta tristeza. A mulher disse a Jesus que Lázaro estava morto há quatro dias e que poderia ter sobrevivido se o Mestre tivesse chegado antes. Jesus perguntou a Marta se acreditava que Lázaro poderia voltar a viver. A mulher hesitou, mas respondeu que sim, afinal, ela sabia que estava diante do filho de Deus. Jesus pediu que removessem a enorme rocha à frente do sepulcro de Lázaro. Em seguida, disse a ele que saísse da caverna. Ouviu-se um ruído arrastado vindo de lá de dentro, parecia o caminhar de um homem. E Lázaro apareceu diante deles, recém-chegado da morte.

— Ainda não consegui fazer a conexão com Judas, Hazael.
— Mais um pouco de calma. Por favor!
— Continue, querida.
— Depois desse feito, os discípulos se separaram. Voltaram para suas casas, um período que ficou conhecido como a *Semana da Renovação*. Jesus ficaria a sós, orando e meditando, sobretudo se preparando para o martírio que viria a seguir. Eles voltariam a se encontrar em Jerusalém, após o término desse pequeno descanso, aos pés do Jardim de Getsemani.

Judas chegou à cidade de Kerioth cabisbaixo e pensativo. Sabia que Jesus não atenderia suas expectativas, nunca colocaria as mãos numa espada e lutaria como um guerreiro, mas o que ele tinha visto nos últimos dias em que esteve diante do Mestre poderia, sim, trazer a liberdade ao povo de Israel. Imaginou que, se Jesus estivesse sob pressão, comandaria uma revolução vinda do céu através de suas mãos milagrosas. Foi a primeira vez que passou pela cabeça de Judas a possibilidade de entregar Jesus.

— Então foi mesmo ele?
— Não. Judas afastou tais pensamentos no mesmo instante.
— Como? — Vergara mostrou-se perdido. — Está tudo aí, as peças encaixam-se perfeitamente.

— Eu sei. Mas o fato de ele ventilar isso não faz dele o protagonista do ato.
— O que aconteceu?
— Nesse mesmo dia, assim que chegou às portas de casa, um homem vestido num manto negro como a noite o interpelou. Judas pensou tratar-se de um anjo, seu rosto era liso e pálido, os olhos cinzentos.
— Quem era, Hazael?
— Ele se apresentou como Samael.

Capítulo 58

Turquia
Estrada do Lago Salgado
A CAMINHO DA CAPADÓCIA

O ônibus já percorria a estrada do Lago Salgado havia quase duas horas. Vergara fitava a paisagem através da janela, os olhos semicerrados e a mente inquieta. O céu era de um azul bem claro, algumas nuvens se juntavam acima das montanhas, dispostas ao fundo de um enorme campo de terra batida. Pedras enormes e pontiagudas margeavam o asfalto cor de chumbo, estendendo-se como uma cerca pré-histórica na direção do horizonte. Hazael seguia dormindo, a cabeça apoiada nos ombros do psiquiatra e a respiração pausada e tranquila. Vergara inclinou a visão na direção da sua amada. Sentiu uma pontada quente na altura do peito e sorriu. Não conseguia se recordar de um momento tão especial em toda sua vida, o coração arrebatado por uma paixão avassaladora, anunciada a sua amada quando ainda era uma criança, as palavras ditas pela mãe de Jesus. Num súbito, na boca de Vergara formigou uma vontade fervente de tocar os lábios de Hazael, imaginou um beijo de amor puro e virgem. Por alguns poucos segundos, preferiu cerrar os olhos e desviar a atenção para o corredor do ônibus, antes de sua alma solitária e sedenta insistir para que voltasse a encará-la. A maioria dos assentos permanecia vazio, exceção feita a um casal de cabelos brancos roncando três cadeiras à frente. Embora o desejo pela boca de Hazael consumisse toda sua energia, não passava por sua cabeça retirá-la do seu justo descanso. Até que escutou uma voz.

— Pode me beijar, Vergara. Não tenha medo! — O psiquiatra retesou os músculos imediatamente. As palavras tinham o tom da sua amada, mas ela não havia movido os lábios. "*Como pode ter dito aquilo? Do que ela era capaz?*", as perguntas teceram linhas confusas em sua consciência sem qualquer indício de resposta.

— O que disse? — sussurrou Vergara, o coração querendo sair pela garganta.

— Dê-me o seu beijo! — Nenhum movimento outra vez, apenas aquela voz conhecida chegando misteriosamente ao interior da sua cabeça. Vergara deslocou o rosto de Hazael com cuidado, suas mãos eram gentis, mas a respiração revelava-se ansiosa e curta; ele parecia flertar com a ansiedade e a tensão. Como se não controlasse seus próximos gestos, os lábios de Vergara se aproximaram da boca de Hazael e quase a tocaram. Conseguiu sentir o hálito da sua amada aquecendo um lado do seu rosto. O psiquiatra tentou arfar de maneira profunda, mas seus pulmões não se abriram, talvez envolvidos com a cena, cruzando os dedos por um final feliz. As mãos de Hazael se moveram com firmeza e se entrelaçaram aos cabelos de Vergara. Suas bocas se roçaram primeiro, como numa cócega.

— Eu te amo — Vergara tentou dizer em voz alta, mas suas palavras foram abafadas pelo beijo apertado e pelas lágrimas adocicadas, que insistiram em despencar dos seus olhos até a noite cair e a imensa cordilheira de chaminés, em forma de capuz, anunciar a chegada à Capadócia.

Capítulo 59

Roma, Itália
Vaticano
PRESTANDO AUXÍLIO

— Meu Deus! O que está acontecendo aqui? — Cardeal Alfredo dirigiu-se até o corpo caído e imóvel do Padre Delgado, um frio espetando seu estômago, as pernas trêmulas e as mãos molhadas de tanto suor.

Seu plano havia dado certo, de uma maneira não convencional é verdade, mas, ao menos por algumas horas, o demônio se afugentara do seu pobre amigo. A água benta havia sido colocada como principal ingrediente do jantar exatamente para ser ingerida e digerida pelo fígado de Delgado. No entanto, o simples toque da pele do padre naquele líquido abençoado e sua imersão em cada pequeno orifício do tecido epitelial garantiria momentaneamente a Delgado e ao Vaticano um pouco de paz. A não ser que Samael tenha previsto a armadilha. Talvez o vapor exalado pela sopa fervente tenha ardido em seus olhos rubros e instigado o padre a lançar o jantar aos ares. Ele só não contava que Delgado se colocaria de joelhos sobre a poça de água benta, fato que reservou ao padre uma boa porção da sua serenidade e autonomia. Ou será que o ser das trevas havia previsto tudo isso? Um princípio de derrota para retornar ainda mais forte?

Cardeal Alfredo preferiu deixar suas indagações para outro momento e posicionou o ouvido direito sobre o peito de seu amigo. Ouviu os batimentos cardíacos de Delgado numa velocidade alta e preocupante, mas estavam ali, presentes, insistindo na vida que Deus lhe havia proporcionado. Agradeceu ao céu fechando os olhos e abraçando com os dedos o crucifixo pendurado em seu colar. Mesmo cansado, os ombros pesando toneladas e os músculos moles como areia molhada, o cardeal apanhou o amigo pelos braços e o arrastou pelo corredor escuro à frente do quarto. Girou a maçaneta uma vez, a porta não cedeu. Tentou uma segunda vez. Nada. Teve certeza de que Delgado não estava em seu aposento quando chegou com o jantar nas mãos. Mas, afinal, por onde ele andara? Em que lugar Samael o fizera ir? O que havia feito durante o tempo em que esteve ausente?

O Cardeal Alfredo fez o sinal da cruz arrastando o polegar na testa e, em seguida, fitou os olhos do padre. Eles se moviam com dificuldade, tremiam numa tentativa desesperada de se colocar abertos.

— Delgado, preciso da chave para abrir a porta de seu quarto — disse Alfredo, a voz carregada de generosidade.

— Está no meu bolso, cardeal. Não estou conseguindo me mexer direito.

As mãos do cardeal tatearam os bolsos da batina de Delgado com enorme receio, os olhos arregalados e atentos ao menor sinal de movimento. Um vento frio percorreu o corredor do Vaticano e sacudiu os finos cabelos de Alfredo. De repente imaginou a boca de Delgado se abrindo num grito agudo, um uivo selvagem com perfume de enxofre, sangue escorrendo por suas pálpebras, os músculos de seus braços ganhando vida e uma força bruta, com fome de morte, atacando-o. Sentiu seu pescoço sendo agarrado e sufocado até o suspiro final. Uma tosse áspera e seca trouxe Alfredo de volta ao presente e afugentou seus lúgubres devaneios. Seus dedos apanharam a chave e a colocaram na fechadura. Um gesto rápido e certeiro destravou a porta, e, enfim, cedeu. Os lábios do cardeal moviam-se lentamente, sussurravam o Pai Nosso com extrema fé, até conseguir acomodar o corpo de Delgado sobre a cama e lhe dar um beijo no rosto.

— Fique com Deus! — disse ele, virando o corpo na direção da saída. A porta bateu com força, como se um vento forte a tivesse empurrado ou alguém estivesse ali, evitando que Alfredo deixasse o quarto. Ele respirou fundo e cerrou os olhos. Tentou encontrar as palavras da oração que acabara de fazer, mas pareciam longe, distantes e desconexas entre si. Um tremor na perna, seguido de uma canção estridente, levou o Cardeal a congelar os passos. Imaginou o pior. Viu Delgado dormindo, a boca aberta num sorriso irônico, o cenho enrugado e cheio de vergões esverdeados. "Quem está me ligando a essa hora?", perguntou o cardeal com um pensamento pessimista e repentino. Engoliu em seco e apanhou o celular no bolso.

— Alô? — Sua voz era trêmula, pavorosa. Arfou com tranquilidade ao perceber que do outro lado da linha quem falava era o Bispo Germano, um amigo de longa data.

— Cardeal — disse Germano, de maneira pausada —, você precisa descer rápido até o auditório do museu.

— O que aconteceu?

— Prefiro que veja com seus próprios olhos.

— Por favor, Germano! Diga-me o que houve!

— Lucas está morto!

— Quem?

— O Cardeal Lucas.

— Como assim? — Alfredo gritou ao telefone, os olhos sendo consumidos pelas lágrimas.

— Acho que ele cometeu suicídio ou alguém o matou. — Germano tentou ser o mais direto possível.

— Eu... — Sua voz emudeceu num rompante de tristeza. — Já estou indo — completou, desligando o celular. Fitou Delgado novamente. Aquela curvatura nos lábios permanecia em seu rosto como uma máscara sem traços. Cardeal Alfredo sabia que os problemas com o inferno estavam bem longe do fim.

Capítulo 60
Turquia
Estrada do Lago Salgado
COMENDO AREIA

O Ford Taurus que Alex roubara no estacionamento de uma farmácia, escondida atrás da Ponte de Gálata, renderia ao comandante uma viagem muito mais veloz e confortável até a cidade de Capadócia. E foi exatamente isso que pensou ao destravar a porta do carro, enfiando um arame através do vão entre a lataria e o vidro, no instante em que avistou a dona do veículo parada na fila do caixa, uma senhora aparentando 70 anos que caminhava puxando a perna direita, carregando uma pesada sacola entre os dedos. Não levou mais do que dois ou três minutos para Alex se acomodar no banco do motorista, quebrar o painel com um soco feroz e dar vida ao motor do Taurus, unindo os fios por meio de uma ligação direta. Ele não era um homem que vivia mergulhado numa banheira de luxo, mas detestava ônibus. E sempre que possível os evitava. Aqueles bancos que trituravam as costas e o deixavam com o pescoço rígido como um bloco de tijolo, o cheiro de motor assado que subia até o corredor e transformava os assentos numa caldeira em brasa que lhe causava uma ânsia quase insuportável. Uma crosta de suor lambeu a testa do comandante ao imaginar a situação pelo qual passaria não tivesse tomado posse do carro. Inclinou o olhar na direção da farmácia num lapso de segundo. A senhora ainda estava na fila, a visão perdida numa pequena prateleira de medicamentos. Alex apanhou um lenço no bolso da calça e secou o rosto. Arfou com tranquilidade e pisou fundo no acelerador, um sorriso de satisfação desalinhando seus lábios. Em contrapartida, o calor do sol atravessava os vidros crus da janela do automóvel recém-adquirido de modo febril e impiedoso. Alex sentiu seu braço esquerdo qucimar e parte da sua face começou a ferver, o que o irritou profundamente. De imediato o velocímetro do Taurus disparou, sobretudo pela intolerância do comandante aos raios solares e à nuvem de poeira, que lhe lembrava uma bolha cinzenta abraçada ao carro. Ao menos a estrada era boa, os pneus deslizavam pelo asfalto, novo e brilhoso, de maneira segura e convincente. Alex observou a hora no que restou do painel do carro. Era quase meio-dia, seu estômago reclamava a falta de comida em marteladas bruscas e repentinas. Uma cólica totalmente fora do contexto. Imaginou-se perambulando pelas ruelas de Trastevere, ao sul de Roma, sentando-se em um dos charmosos restaurantes da região, em frente à Praça de Santa Maria, e saboreando um delicioso talharim ao molho branco, prato da culinária italiana de que mais gostava. Uma taça de vinho e o jornal de esportes sobre a mesa. Um novo golpe no estômago trouxe o comandante novamente ao mundo real. Alex acalmou seus devaneios e voltou a focar sua atenção ao volante. Não havia carros à frente. Fitou o retrovisor e respirou calmamente ao se dar conta de que estava sozinho. A polícia era o fruto de suas preocupações. Se as autoridades o pegassem com aquele carro roubado e uma arma fria na cintura, certamente isso representaria o seu fim. E o pior! O idiota do Vergara o venceria, e essa derrota seria infinitamente pior do que passar o resto da vida atrás das grades. Tentou ligar o ar-condicionado, mas desistiu em questão de segundos. O soco que dera contra o painel teria danificado o resfriamento do ar? A julgar pela nuvem de poeira quente que o motor do carro tossiu na direção do rosto do comandante a resposta era sim, sem qualquer sinal de dúvida. Os olhos de Alex escureceram e lacrimejaram. Reduziu a marcha, um sentimento de raiva pulsando nas veias.

— Vergara, seu imundo! — gritou a plenos pulmões. — Você me paga! — concluiu, o dorso da mão coçando as pálpebras de maneira alternada.

Seus pés voltaram a pressionar o acelerador. O velocímetro bateu na base oposta, marcando 260 quilômetros por hora. O comandante sorriu e semicerrou os olhos. Por pouco não avistou a placa que indicava a cidade da Capadócia à direita. Brecou de maneira brusca e conseguiu entrar na via expressa a tempo. Agradeceu a Deus por estar sozinho na estrada. À medida que avançava com o carro, um enorme paredão de cavernas, construído à base de areia e pedras, parecia agigantar-se e mergulhar à frente dos seus olhos. Havia chegado a Capadócia. Estacionou o carro na entrada da cidade, uma vaga estreita e solitária na boca da rodoviária. Saltou do Taurus a passos apertados e seguiu até uma pequena mercearia, onde pretendia acabar com seu desastroso jejum. No entanto, um casal descendo de um ônibus parado no imenso corredor do pátio central lhe sugeriu mudar de ideia.

— Obrigado, senhor! — disse Alex, a voz tomada de sarcasmo e um riso malicioso no rosto. Avistou Vergara de mãos dadas com a jovem turca caminhando pela calçada como um casal apaixonado.

Parte Final
Salvação

"Que o teu amor alcance-me, Senhor, e a tua salvação, segundo a tua promessa."

(Salmos 119:41)

Capítulo 61
Turquia, Capadócia
SIMÃO DETECTA MAIS UM PERIGO

— Por que nos trouxe à Capadócia, Hazael?

— Alguns documentos importantes sobre a última semana de Jesus estão guardados dentro de um vaso numa dessas dezenas de milhares de cavernas.

— Meu Deus! — exclamou Vergara com espanto. — Você sabe em qual?

— Aham. — Hazael meneou a cabeça. — Não muito longe — concluiu ela, a voz doce e tranquila.

— Simão nos conduziu até aqui?

— Há muito tempo ele me pediu que viesse e encontrasse tais escrituras. São páginas e mais páginas que haviam se perdido do Testamento de Judas, um texto apócrifo, que não entrou na Bíblia por motivos extremamente óbvios.

— Sim. Isso eu posso entender — disse Vergara, os olhos à frente, a mente tentando juntar as peças como num jogo de encaixe. Imaginou os escribas babilônios e os sacerdotes hebreus tomando conhecimento dessa passagem da história, capítulo que viria a se tornar o mais importante de toda a existência humana na Terra. Observando em tais palavras os ideais de Judas confrontando-se com os de Jesus; o primeiro querendo guerra e o segundo pregando que a vida eterna é conquistada com amor. Um respirando vingança e o outro oferecendo a outra face para ensinar a grandeza do perdão e da compreensão. "*É tanta disparidade caminhando lado a lado*", pensou num lampejo silencioso. Seus devaneios estavam longe do fim. Continuou buscando em seu cérebro alguma ligação com o final desse episódio mergulhado em mistério. Para ele estava claro que os pensamentos distintos e divididos fizeram Judas entregar Jesus. Mas não é o que Hazael diz. Talvez o documento perdido preencha esse hiato, o vácuo entre o óbvio e o que realmente aconteceu. A voz da sua amada, enfim, o sacudiu, trazendo-o volta ao presente.

— Desta vez eu o trouxe a Capadócia por livre e espontânea vontade. Quero que tenha conhecimento sobre essas escrituras e me ajude a publicá-las.

— Por quê?

— Porque o mundo precisa conhecer como tudo aconteceu.

— Entendo. Mas acho que enfrentaremos muitos problemas para editar este texto.

— Mais do que já estamos enfrentando, Vergara? Podemos morrer a qualquer momento!

— Tem razão. Eu só queria fazer mais uma pergunta, Hazael.

— Faça.

— Quem escreveu o tal documento?

— Espere um pouco. — A jovem turca estancou os passos e desistiu da resposta. No instante seguinte seus dedos ficaram secos, como galhos de outono, e os olhos abertos e distantes.

— O que houve?

— Simão está tentando se comunicar — disse ela, estreitando as sobrancelhas. — Mas sua voz parece fraca, não consigo entender.

— Diga a ele para escrever na areia — arriscou Vergara, de maneira impaciente.

— Ótima ideia! — murmurou Hazael, virando o rosto na direção das montanhas. Uma pequena mancha azul flutuava a alguns metros de distância. Até Vergara podia ver a silhueta do pai de Judas. — Por favor, Simão. Escreva o que deseja — completou ela, a voz decidida.

Após alguns segundos, flocos de areia começaram a se mover a poucos centímetros dos pés de Vergara. O psiquiatra arregalou os olhos como se não acreditasse. Não havia vento algum, nem uma brisa que explicasse aquele fenômeno de maneira racional. E o pior! A ideia havia partido dele. Riscos se desenharam no solo, mas ainda sem qualquer formato. Eram tortos, como se uma criança ainda em processo de alfabetização os tivesse feito. Aos poucos uma palavra começou a tomar corpo.

— *Cuidado* — Hazael leu em voz alta.

— Com o quê, Simão? — gritou Vergara, interrompendo uma possível fala de sua amada.

Novos traços na areia escreveram um nome: *Alex*.

— Santo Deus! — rugiu o psiquiatra, os movimentos suspensos pela tensão.

— Venha comigo, querido. — Hazael envolveu o amado num abraço apertado e o conduziu para fora da rodoviária. Imaginou Alex observando-os de longe, a arma em riste e uma vontade louca de apertar o gatilho e matá-los. A cena veio à mente da jovem turca de maneira tão nítida e lúcida que era capaz até de sentir o cheiro do suor seco e azedo do assassino. Hazael embrulhou a mão de Vergara na sua e o levou até metade do caminho de uma montanha íngreme, formada por areia fofa e pedras arredondadas. No alto, o vento agitava as folhas das árvores, que se espalhavam pelo monte e escondiam a entrada de uma sequência interminável de cavernas.

— Ele está nos seguindo — disse Vergara, num sussurro, ao olhar para trás e testemunhar Alex a passos apertados escalando o monte.

— Tenha calma! Conheço bem a região, ele não vai nos encontrar.

— Espero que tenha razão, Hazael.

— Entre aqui. — A jovem turca praticamente o empurrou para dentro da boca de uma gruta perdida numa escuridão fervorosa. — Faça o máximo de silêncio, por favor! O eco pode nos expor.

Vergara engoliu em seco, piscou algumas vezes na tentativa desesperada de recuperar a visão ou fazê-la se acostumar com a penumbra o mais depressa possível. Suas mãos trêmulas tatearam o rosto da amada e percorreram seus lábios com delicadeza.

— Eu não quero morrer antes de fazer amor com você, Hazael. — A voz do psiquiatra era fina, um sussurro baixo, como a brisa que flutuava e assobiava no interior do recente abrigo.

— Teremos chance, Vergara. Eu também quero me entregar a você — respondeu ela, dando-lhe um beijo rápido. — Preciso que faça algo antes disso.

— Tudo bem.
— Tire os sapatos.
— Agora?
— Sim.
— Por quê?
— Se quisermos sobreviver, teremos que ir para outra caverna, um local de difícil acesso. Descalços não faremos barulho.

Os olhos do psiquiatra começavam a se acostumar com o breu, e agora enxergavam alguns contornos entre as pedras, a fina camada de areia sob seus pés e alguns galhos à frente da entrada do esconderijo. Ele retirou os sapatos com enorme cuidado, temendo que sua respiração exalasse ruídos indesejados. Acomodou-os com delicadeza no canto da caverna. Em seguida, prendeu o ar nos pulmões e se livrou das meias. Seus ouvidos captaram passos estalando do lado de fora, seu coração subiu até a garganta.

— E agora? — perguntou ele num sussurro.
— Alex não sabe em qual das cavernas entramos — Hazael deu uma pausa —, mas vai descobrir se ficarmos aqui parados. Está vendo aquela pedra, Vergara?
— Qual? — Seus olhos não conseguiam diferenciar um formato do outro, tudo parecia um grande borrão escuro.
— Do lado esquerdo da entrada.
— Sim — disse ele, num cochicho. — Estou vendo.
— Corra até lá. Há uma pequena escada atrás da rocha que desemboca num enorme bolsão de areia. Um esconderijo milenar. Desça e me espere.
— Não demore, Hazael.
— Estarei bem atrás de você. Corra!

Passos trêmulos e apertados levaram Vergara até uma pequena sequência de degraus perdidos em meio à escuridão. Sentiu o ar rarefeito, como se o pouco oxigênio presente na gruta não soubesse o caminho dos seus pulmões. Tentou evitar, mas acabou tossindo alto e perdendo momentaneamente o equilíbrio. Seus pés pisaram em falso e um suor frio untou sua pele.

— A escada acabou, Hazael. E agora?
— Salte, Vergara. É um buraco.

Vergara lançou-se no abismo com a sensação de que estava pulando no inferno. Caiu sobre a areia fofa e direcionou seus olhos para o alto, à espera de Hazael. Temeu que o eco da sua tosse e a demora em descer a escada pudessem ter levado Alex a descobrir sua amada. Aguardou alguns segundos em silêncio, o pavor de perder Hazael vibrando em seu coração como uma serenata triste.

Capítulo 62
Turquia, Capadócia
ISOLADO

O coração de Vergara batia acelerado, soturno, a cada segundo que permanecia sozinho e esquecido no interior daquela densa escuridão, sem que Hazael surgisse do buraco da caverna superior. Um gosto amargo tomou sua boca seca, e lágrimas de desespero despencaram dos seus olhos, escorregando pela face exausta. O psiquiatra caiu de joelhos e uniu as palmas das mãos. Tentou orar, mas nenhuma palavra conseguiu chegar a sua mente, tampouco aos seus lábios. Deixou que o corpo se deitasse sobre a areia fofa e fria do novo esconderijo e fechou os olhos, como alguém que se submete a um sono profundo, ou, no seu caso, à morte. Não foi capaz de precisar por quanto tempo ficou ali, estirado sobre o chão da gruta, entregue a um descanso com imagens e sonhos distorcidos. Um sussurro distante e familiar chegou aos seus ouvidos de modo repentino, um tom baixo e aveludado como o rugido de uma porta no buraco ao lado.

— Acorde...

Vergara tentou mover o corpo, mas seus músculos não obedeceram aos comandos do seu cérebro. Entreabriu as pálpebras e correu o interior da caverna com os olhos, o pescoço rígido reclamando numa dor surda e nauseante. A penumbra ainda escondia a altura e a largura do local, mas havia algo de diferente ali. Uma luz azulada, com formato de um homem, podia ser identificada. Perguntou-se, num rompante, se não estava sofrendo de alucinações ou algum delírio esquizofrênico. Uma onda de choque atacou sua espinha ao tentar estender o braço. O gesto apresentou-se trêmulo e descontrolado. No entanto, chegou ao destino final. Vergara mergulhou os dedos na luz azul que flutuava ao seu lado e tranquilizou o peito. Sentiu a textura fina do manto que vestia o pai de Judas roçar-lhe a palma da mão e um leve sorriso se desenhou em seus lábios.

— Simão?
— Sim.
— Eu estou morto?
— Não, meu amigo. Está vivo.
— E Hazael?
— Também.
— Onde ela está?
— A jovem chegará em breve, Vergara. Foi apanhar o documento do meu filho.
— Não consegui vê-la descer, fiquei desesperado, com medo de nunca mais vê-la.
— Você perdeu os sentidos assim que caiu. Tudo o que viu e sentiu até este exato momento foi um punhado de imagens dançantes e sem sentido.
— Entendo... — Vergara meneou a cabeça. — O que há de tão valioso nesse testamento?
— A semana mais importante da vida de Judas. Os dias que mudaram para sempre o rumo da história mais incrível que a humanidade já conheceu.
— O que aconteceu com ele, Simão? Seu filho acreditava que Jesus era o Messias, principalmente após testemunhar os milagres de Cristo.
— Exato. Foi com essa certeza que chegou em casa naquela semana de renovação. A verdade o fez fraquejar, Vergara.
— Como assim?
— Meu filho passou a não duvidar dos poderes de Jesus. Pelo contrário, sabia que o Mestre era capaz de usá-los a qualquer momento dependendo da necessidade.
— Havia um homem aguardando-o na frente dos portões da sua casa.

— Sim. Ele vestia um manto negro com capuz, escondia sua pele pálida e escamosa, como a de uma serpente venenosa.
— Samael, não é?
— Exato. Um *Dybbuk*.
— Um o quê?
— Você não sabe o que é, Vergara?
— Não. — O psiquiatra dobrou o corpo e se sentou, as costas apoiadas contra a parede da caverna. A luz de Simão o ajudava a enxergar melhor. — Hazael ainda não me contou.
— Acho que ela quer que você leia isso no documento.
— Está bem.
— Tenho que ir agora, Vergara. Hazael não vai demorar. Na verdade, ela já está a caminho.
— Até breve, Simão.
— Até.

A luz azulada que formava a silhueta do corpo do pai de Judas foi se dissolvendo como uma névoa fina e turva, devolvendo a escuridão ao interior da caverna. Vergara apoiou os braços sobre a areia, fincou os dedos no chão e ergueu o corpo numa espécie de alavanca. Abriu as mãos e percorreu as laterais do esconderijo tateando as paredes. Pedras lisas e lamacentas escorregaram por sua pele. As formas irregulares que encontrou lembravam as plataformas de escalada, que costumava frequentar na adolescência, nas academias especializadas em esportes radicais de Roma. Um sorriso tímido estendeu seus lábios e acalentou momentaneamente seus batimentos cardíacos.

O psiquiatra seguiu contornando a gruta, os pés deslocando-se lateralmente em ritmo leve, os braços estendidos e apoiados nas paredes. Deparou com uma enorme cavidade mergulhada nas sombras e estancou os movimentos. "*Uma porta?*", perguntou-se num pensamento repentino. Ficou tentado a caminhar em frente e descobrir o que havia além daquele buraco negro. Escutou um ruído chegando às suas costas e suou frio. Girou o pescoço, os olhos fechados e a mente vazia. Engoliu em seco e ergueu as pálpebras. Um borrão escuro revelou-se adiante, vindo em sua direção.

— Meu Deus! — disse num sussurro. — Quem está aí?

CAPÍTULO 63
Roma, Itália
Vaticano
RETOMANDO O CONTROLE DA MISSÃO

Padre Delgado abriu os olhos de maneira preguiçosa, quase indiferente. Suas têmporas ardiam, pulsando como o corpo de uma água-viva. Tentou se mover, mas seus músculos se apresentavam rígidos, pareciam congelados. Um vento frio e robusto uivava do lado de fora do quarto, fazendo as janelas sacudirem com tremidos rápidos e frenéticos. Delgado arfou com certa tranquilidade. Mesmo com as dores sentia-se bem. Fitou as mãos por um segundo e não viu sinal de pelos nem unhas não humanos. Esboçou um leve sorriso e voltou os olhos na direção da parede a sua frente. O crucifixo permanecia intacto, a cruz voltada para cima. Havia apenas alguns riscos na parede, sinais de que outrora o maior símbolo do catolicismo fora arrastado e convidado a mudar de posição. O padre encorajou-se a saltar da cama. Girou o corpo para o lado, apoiou o antebraço sobre o colchão e empurrou o tronco para cima. Utilizou as mãos para finalizar a tarefa e acomodou os pés no chão. O piso gelado quase o fez desistir. No entanto, a curiosidade de saber como andava a missão na Turquia e a vontade de retomar as rédeas do caso "Judas" o manteve em ação.

Delgado caminhou até a cômoda com dificuldade, as pernas trêmulas, os pés incertos e a mente confusa. Uma espécie de tontura se apossou dos seus pensamentos e sua visão passou a se confrontar com um borrão escuro e nebuloso. Obrigou-se a estancar os passos por diversas vezes, apoiando a palma das mãos contra a parede para se reequilibrar. Conseguiu chegar ao seu destino após muito sacrifício, o coração satisfeito e um ligeiro sorriso no cenho franzido. Apanhou o telefone celular e discou o número de Alex. A primeira tentativa não foi completada. Uma expressão de preocupação atingiu o rosto de Delgado imediatamente. Suas sobrancelhas arquearam, desenhando traços e rugas ao redor dos olhos de forma bem evidente. Seu estômago se resfriou como se estivesse exposto ao vento que passeava pelas ruelas da cidade em mais uma noite gelada. Esvaziou a mente e respirou profundamente. Sentiu uma alfinetada nos pulmões, mas deu de ombros. Eles não eram sua prioridade no momento. Digitou novamente o telefone do comandante e aguardou.

— Alô? — Alex atendeu ao terceiro toque.
— Onde você está?
— Na Capadócia, Delgado.
— Você não está sendo pago para conhecer as cidades turcas, não sei se sabe disso.
— Padre, o casalzinho viajou para cá. Estou no encalço deles. Não há como escaparem dessa vez.
— Acho bom — disse Delgado, a voz demonstrando cansaço.
— Mais alguma orientação, padre?
— Não. Só queria saber como as coisas estão indo.
— Sei que a missão demorou mais do que o previsto, mas está perto de um final feliz. Vou desligar, Delgado. Preciso descobrir em qual das cavernas eles se esconderam.
— Seja rápido, Alex. Por favor!
— Está bem. Até logo.
— Essa demora está acabando comigo — desabafou Delgado desligando o telefone.

Um estouro metálico escancarou as janelas do quarto e um vento congelante e robusto golpeou em cheio o peito do padre, derrubando-o ao chão. Delgado abriu os olhos e tentou se recompor. Não reuniu forças para se levantar, acabou arrastando-se pelo piso frio até tatear com a ponta dos dedos o colchão de espumas sobre sua cama. Ouviu um arranhão estridente vindo da parede e girou o pescoço. Uma lágrima escapou dos seus olhos ao observar o crucifixo virando sozinho de ponta-cabeça. Uma nova rajada de vento atingiu seu rosto como um tapa. Ele estava certo de que aquela brisa feroz não se tratava de um fenômeno natural da Terra. Parecia uma mancha escura, um vulto com perfume de enxofre e veneno de serpente. Sabia exatamente quem havia retornado.

— Samael — sussurrou ele, a voz entre os dentes cerrados.

Capítulo 64
Turquia, Capadócia
RUÍDOS

O comandante guardou o telefone no bolso e seguiu a passos lentos e certeiros na direção do alto da montanha. Um vento frio e cortante sacudiu alguns fios dos seus cabelos e secou as gotas de suor que passeavam sobre a pele do seu rosto. Alex arfou com ansiedade e arregalou os olhos. Conseguiu enxergar os cabelos longos da jovem turca por detrás de um enorme arbusto. Apertou os movimentos ao mesmo tempo tocando sua arma com os dedos. Sacou o revólver e ameaçou atirar. Desistiu ao perceber que seu alvo havia sumido na penumbra. Contornou uma sequência de pedras pontiagudas e apoiou uma das mãos no galho seco de uma pequena árvore. Tossiu diante da poeira de terra que subiu à sua frente como um fantasma enferrujado e cintilante. Alex paralisou os passos e correu os olhos pela paisagem que se agigantava ao esticar de um braço. Um conjunto de cavidades disformes revelou-se num rompante. Alex percebeu-se perdido e penetrou a caverna mais próxima, os gestos apressados e estabanados. Não conseguiu enxergar nada além de uma imensidão negra, e a escuridão o abraçou como se estivesse reencontrando um velho amigo. O comandante levou o dorso das mãos até as pálpebras e as apertou com força e fúria numa tentativa desesperada de recuperar a visão. Ainda assim um sorriso de prazer moldava seus lábios. Um ruído fino atacou seus ouvidos como uma brisa preguiçosa e constante. Mas não era o único som que preenchia aquela caverna escura. Havia um murmúrio agudo flutuando pelos poucos folículos de ar presentes no ambiente que lembrava o sussurro de um chiado. Ele girou o pescoço para o lado esquerdo. Arrependeu-se por não ter uma lanterna. Alex sacou a arma, mas o calor era tamanho que escorregou por entre seus dedos molhados de suor e caiu sobre a areia fofa, desviando momentaneamente sua atenção.

— Merda! — esbaforiu ele, agachando-se para apanhar o revólver.

Retomou a concentração, os olhos abertos, os ouvidos apurados e a arma em punho. Pressentiu estar na caverna correta. Lembrou-se de Deus e suplicou por um mísero filete de luz para que pudesse voltar a enxergar. Caiu numa gargalhada muda e débil ao apanhar o celular no bolso e deslizar o dedo sobre a tela. Um raio de claridade atingiu o teto da caverna como se fosse um farol.

— Obrigado, Senhor! — agradeceu Alex, imaginando em sua mente deturpada que aquela ideia tivesse vindo do céu.

Apontou a claridade em todas as direções e aparentemente não observou nada além de areia. Fitou com mais atenção e viu passos moldando o piso ao redor de pés.

— Malditos! — gritou alto, fazendo o eco sobrevoar a caverna como um latido.

Seguiu as pegadas e chegou a uma pedra enorme e pontiaguda. Uma pequena sequência de degraus, que descia até um abismo de sombras, saltou sobre seus olhos. Alex escutou ruídos atrás de si e girou o corpo num movimento brusco. Apontou a arma, o coração aos pulos e a respiração entrecortada. Inclinou a luz do seu celular na direção da saída da gruta e viu um par de sapatos entremeado pelos galhos do arbusto seco. Então, caminhou a passos lentos na direção dos galhos. A luz do sol atingiu suas pupilas assim que deixou a escuridão para trás. Apanhou um dos pés do sapato nas mãos e o atirou para longe, na base da montanha. Olhou para o lado esquerdo e viu um par de meias jogado a esmo sobre a areia fofa. Afastou-se um pouco da entrada da primeira caverna e seguiu o que para ele representava uma pista. "*Ou seria uma armadilha?*", perguntou-se, num pensamento cruel. Seus dentes cerraram-se, dando um sorriso malicioso. Tinha experiência em farejar emboscadas e parou sua marcha. Virou o pescoço para trás e testemunhou a jovem turca entrando na caverna anterior. Girou o corpo e atirou. O eco surdo da arma gritou de maneira estridente ao atingir uma rocha e ecoou por dentro de inúmeras grutas. Alex sorriu satisfeito e correu de volta à primeira gruta. Sua visão foi novamente assaltada por um manto de escuridão e sombras. A luz do seu celular havia se apagado e ele perdeu alguns segundos preciosos até a claridade voltar a ganhar vida. O comandante examinou a caverna com a luz a todo vapor e não encontrou uma vivalma. Apertou o passo e seguiu até a pequena escada atrás do enorme pedregulho. Apoiou as mãos na rocha e iniciou uma descida cautelosa, o medo de se perder para sempre pulando em sua mente como uma pulga mecânica. Colocou os pés no último degrau, cerrou os olhos e se atirou no abismo.

CAPÍTULO 65
Turquia, Capadócia
O BURACO DO FANTASMA

As pernas de Vergara estavam paralisadas, trêmulas e em estado de choque. Os batimentos do seu coração acelerados e ansiosos, parecendo querer escalar a garganta e fugir pela boca como uma aranha assustada. Uma voz conhecida e amorosa chegou aos seus ouvidos em uma única palavra, ecoando num tom distante e de maneira lenta, quase preguiçosa.

— Venha...

Inesperadamente seus olhos se arregalaram e o rosto de Hazael surgiu à sua frente, desafiando a falta de luz que enegrecia o interior da caverna. Ele arfou com tranquilidade e estendeu a mão na direção da sua amada. Mas, de repente, a imagem de Hazael sumiu e um manto de sombras agigantou-se diante de suas pupilas feito um véu escuro. Uma gota de suor frio percorreu a pele da sua face deixando um rastro de medo e pavor no cenho de Vergara; olhos semicerrados, lábios secos e sobrancelhas arqueadas. O psiquiatra sentiu um toque suave e carinhoso sobre seus ombros. O corpo quente da sua amada encaixou-se ao seu tal qual uma coberta num dia de inverno.

— Graças a Deus! — disse ele, num sussurro fanhoso. — Achei que tivesse perdido você para sempre!

— Nunca nos perderemos, Vergara — disse Hazael num murmúrio. — Vamos embora, querido! Há uma gruta próxima daqui, conhecida como *O buraco do fantasma*... Ficaremos seguros quando chegarmos lá.

— Está bem! Mas — Vergara deu uma pausa breve para respirar — prometa-me uma coisa antes.

— O que você quiser!

— Não suma novamente, por favor! Foram os piores minutos da minha vida! — Sua voz era morosa, lembrava o choro de uma criança.

— Prometo! Mas trago-lhe boas novidades.

— Quais?

— Deixei Alex confuso e tive tempo para apanhar isto! — Hazael colocou um maço de papéis grossos no colo de Vergara, agarrou sua camisa entre os dedos e o puxou na direção do fundo da caverna.

— É o testamento de Judas?

— Exato — respondeu ela. — Faça silêncio agora, querido! Alex deve estar vindo atrás de nós.

Eles se afastaram da caverna subterrânea a passadas largas e silenciosas, a cautela oferecendo o tom da marcha. Uma das mãos de Vergara estava preocupada com as folhas soltas que Hazael lhe entregara, a outra permanecia agarrada ao braço da amada, que o conduzia naquela trilha afogada nas sombras. Um estalo duro chegou aos ouvidos do psiquiatra num eco distante e vibrante.

— Deve ser ele! Alex nos descobriu aqui, Hazael. — Uma gota de suor escorreu por sua face e umedeceu seus lábios rachados.

— Tenha calma, querido! Acredite em mim. Ele não nos encontrará no buraco do fantasma.

Vergara cerrou os olhos por um instante, mas sem perder a passada. Imaginou Simão chegando com sua luz azulada e uma espada em riste. Sua claridade amorosa e cristalina não permitindo que Alex os alcançasse, colocando-se entre eles como uma barreira intransponível. Em seguida, o pai de Judas erguia a espada e cortava a cabeça do assassino.

— Simão não faria isso, Vergara — disse Hazael, a voz soava como um murmúrio.

— Do que está falando?

— Dos seus pensamentos. O pai de Judas é amor puro, nunca colocaria as mãos numa espada.

— Você... — Vergara mostrou-se atônito.

— Sim. Eu li seus devaneios.

— Mas... Como?

— Agora não é a hora mais adequada para falarmos sobre isso, Vergara. Ajude-me a empurrar essa pedra. — Hazael apontou para uma rocha apoiada à parede.

— Mas, querida, essa rocha faz parte da coluna lateral da gruta. Ela não se moverá.

— Acredite em mim e empurre.

As mãos de Vergara apoiaram-se na saliência entre a rocha e a viga, as pernas arqueadas para garantir maior potência. Ele estendeu os braços e ouviu o atrito da pedra rosnar contra o piso de areia assim que a rocha se mexeu. Repetiu o gesto e um pequeno buraco na parede se apresentou aos seus olhos.

— Falta pouco — gritou ele, o tom de voz demonstrava empolgação.

— Fale baixo, querido. Mais um empurrão e poderemos entrar.

Novamente os braços de Vergara estenderam-se o máximo que puderam. Seus pés escorregaram na areia fofa e ele caiu de joelhos. A queda não impediu que a rocha andasse mais um pouco e abrisse uma espécie de portal para um novo esconderijo. Hazael atravessou a cavidade e sumiu na penumbra.

— Está tudo bem?

— Sim. Venha, Vergara! É a sua vez.

Vergara dobrou o tronco e caminhou a passos curtos até o outro lado da caverna. Em seguida, girou o corpo e recolocou a rocha no seu lugar. Ainda restou um pequeno filete entre a parede e a abertura do buraco do fantasma. Um milimétrico hiato que poderia vir a denunciá-los.

E certamente o fez.

Capítulo 66
Turquia, Capadócia
TESTAMENTO DE JUDAS

— Que lugar é este, Hazael? — perguntou Vergara ao fitar o ambiente.

— Um esconderijo que os cristãos utilizaram para escapar dos árabes na guerra que antecedeu as Cruzadas. Isso foi há muito tempo.

— E funcionou?

— Sim. Eles viveram nessas cavernas por mais de 30 anos. Nos momentos mais difíceis mandavam as mulheres e as crianças para esta aqui, onde estamos agora.

— O buraco do fantasma — completou ele.

— Exatamente.

A nova gruta era um pouco diferente das que Vergara já havia visto. O piso era inteiro formado por pedra, liso e bem frio. De início estranhou a sensação gelada na planta dos pés, mas a falta de claridade e o ar escasso o fizeram mudar de ideia. Seu instinto de sobrevivência foi acionado de tal maneira que chegou a agradecer àquele frescor repentino. O psiquiatra voltou a caminhar no encalço de Hazael, os olhos mergulhados no farfalhar dos cabelos da amada e as pernas implorando por um merecido descanso. Atravessou mais duas cavidades dentro do imenso cômodo subterrâneo até desembocar numa pequena gruta no final dos braços da montanha. Achou-se dentro de uma sala minúscula, quase circular, que lembrava a metade de uma concha. Não tinha mais do que três metros de largura e comprimento, e no seu ponto mais alto o teto não chegava a dois. Mas havia algo naquela última caverna que encantou os olhos de Vergara num estalar de dedos. Dezenas de furos nas paredes, imperfeições formadas pelas irregularidades das rochas, permitiam que incontáveis raios de sol penetrassem no interior da gruta como teias de luz. E, após muito tempo, horas que a Vergara representaram meses ou anos, ele pôde, enfim, rever o rosto límpido e puro da sua amada.

— Essa caverna não é linda? — perguntou Hazael num tom baixo. A jovem turca girou o rosto, colocando-se entre dois raios de sol. Deixou que as lágrimas corressem livremente por seus olhos, arregalados e arredondados.

— Você é linda! — Vergara aproximou-se dela e jantou seus lábios com um beijo doce e faminto. O calhamaço de papéis escapou por entre seus dedos e caiu sobre o piso da gruta. O psiquiatra testemunhou um sorriso genuíno nascer no cenho da sua amada e relaxou por alguns segundos. A beleza de Hazael lhe representava o maior dos milagres, considerando que já havia sido apresentado a inúmeros deles desde que chegara a Turquia.

— Sente-se, querido. Quero que leia algumas partes deste documento.

— Agora?

— Sim. Nós nunca sabemos quanto tempo teremos antes de precisarmos fugir.

Vergara agachou o corpo e dobrou os joelhos. Ouviu um estalo agudo em seus ossos, mas não chegou a se preocupar. Imaginou que o cansaço nas pernas por toda aquela correria tivesse gritado por um mísero momento de paz. Acreditou fielmente que, ao se sentar, seu corpo encontraria sossego. Então o psiquiatra permitiu que seus devaneios ecoassem para longe da sua mente, arregalou os olhos e recolheu os papéis espalhados a esmo pelo piso. Acomodou-os sobre as pernas entrelaçadas, exatamente onde um raio de luz do sol atravessava a parede disforme da gruta como um holofote vindo do Paraíso.

— Antes de ler este testamento, querida, tenho algumas dúvidas.

— Pergunte — disse ela sem pestanejar.

— O que é um Dybbuk?

— Quem lhe falou sobre ele?
— Simão.
— Imaginei que sim. — Hazael fez uma pausa para respirar. Parecia estar escolhendo as melhores palavras. — Você acredita em espíritos, Vergara?
— Sim. Principalmente depois que a conheci. Vi Simão e Judas com meus próprios olhos.
— Correto. — Hazael abraçou os joelhos. — Existem espíritos bons e ruins. Os bons tentam melhorar a vida em nosso planeta.
— E os ruins? — Vergara intrometeu-se na fala da sua amada.
— Eles tentam enfraquecer o amor entre as pessoas.
— Como?
— Sussurrando no ouvido dos homens vulneráveis, daqueles que se encontram enfraquecidos, deslocados e com os pensamentos confusos. Em muitos casos, apresentam-se como uma pessoa comum, um amigo, cuja intenção é ajudar. E, sem que os homens percebam a verdadeira intenção desses espíritos enegrecidos, tornam-se alvos fáceis e têm o corpo, a mente e o coração possuídos por completo. É o que os judeus chamam de Dybbuk.
— Um demônio?
— Pode-se dizer que sim.
— Há muitos casos de possessão demoníaca na Terra?
— Mais do que em qualquer outro planeta.
— Por quê?
— Somos muito frágeis, vulneráveis, extremamente confusos, carentes e distraídos. Uma receita completa para a ação de um demônio.
— Verdade.
— Você tem mais alguma dúvida, Vergara?
— Tenho.
— Qual?
— Quem escreveu este documento?
— Você saberá em breve. Primeiro quero que leia alguns trechos.
— Mas...
— Vergara, tenho a sensação de que descobrirá sozinho.
— Está bem — concordou ele. — Por onde começo? — Seus olhos voltaram-se na direção do calhamaço que descansava em seu colo.

— Página três — orientou Hazael.

Vergara virou as folhas até encontrar a terceira página. Um emaranhado de palavras, escuras e desbotadas, escritas em papéis grossos e amarelados, saltou à frente das pupilas do psiquiatra. Seus dedos mostraram-se trêmulos diante de algo tão antigo e valioso, e um suor frio percorreu seu rosto. O psiquiatra examinou o texto como se já o conhecesse, a sensação de o seu corpo estar deitado sobre um gramado à espera de uma chuva há muito tempo anunciada. Leu a página em voz alta, as frases completando-se em sua cabeça antes mesmo de chegar aos seus lábios, como se ele fosse o contador ou um dos protagonistas daquela incrível história.

Na manhã seguinte, Judas acordou com uma enorme dor de cabeça. Assustou-se ao ver um homem sentado sobre um pequeno banco, ao lado de sua cama. Um manto negro cobria seu corpo e boa parte do seu rosto.

"Quem é você?", perguntou Judas, erguendo o tronco. "Não se lembra? Imaginei que fosse um homem muito distraído, mas agora constato que minhas impressões estavam certas", respondeu ele.

"Sou Samael, um amigo." Foi assim que ele se apresentou novamente a Judas.

Vergara fez uma pausa e encarou os olhos de Hazael.
— Continue — disse ela, meneando a cabeça.

Judas imaginou que aquela figura não passasse de um sonho, uma alucinação criada no interior da sua mente durante a longa viagem a que se submeteu peregrinando por meses ao lado de Jesus. Acreditava ainda que o homem à sua frente nada mais era do que uma projeção de si mesmo, fruto de seus desejos de luta e guerra terem sido afogados pelos sermões e exemplos de amor de Cristo, inclusive por seus milagres. Eram seus feitos miraculosos e fantásticos que não saíam da cabeça do confuso discípulo. Essa era a porta que o Dybbuk usaria para possuir Judas.

— Meu Deus! — gaguejou Vergara, os olhos encravados no papel.
— Falta pouco — comentou Hazael.

Durante aquela manhã Samael acompanhou Judas até o riacho para lavar algumas mudas de roupa e colher verduras para o almoço. O discípulo começou a se acostumar à companhia, principalmente porque não gostava de se ver sozinho, era um homem extremamente carente. Samael sabia disso e agiu como se fosse seu irmão. Ajudou-o a cozinhar um ensopado de vegetais, a assar um pedaço de pão e sentou-se à mesa para comer. O intuito do Dybbuk era criar um ambiente confortável e confiável a Judas. E conseguiu. À noite, assim que as estrelas se espalharam pelo céu negro de Kerioth, Samael disse a Judas que precisava partir. Deu-lhe um abraço apertado, um beijo no rosto e virou-se de costas. Estava provocando o confuso discípulo, incitando-o a pedir ajuda. Ouviu Judas suplicar para que ficasse, para que não o deixasse só. Obviamente que Samael não partiu àquela noite, como havia anunciado. Pelo contrário, permaneceu ao lado de Judas até o terceiro dia da semana da renovação.

— Agora você entende, Vergara?
— Ainda está tudo muito embaralhado na minha cabeça, Hazael.
— Tudo se encaixa. Samael sentou-se à mesa para comer com Judas, o homem que viria a ser seu único discípulo, exatamente como Jesus faria com os 12 apóstolos durante a Santa Ceia. Ele precisou de três dias para penetrar a mente de Judas e fazê-lo entregar Jesus. Mesmo tempo que Cristo levou para ressuscitar, após ter sido julgado, condenado e crucificado. A eterna luta entre o bem e o mal.
— Posso continuar, Hazael?
— Sim. Prossiga.

Judas contou a Samael a respeito de suas andanças com Jesus, enfatizando o desejo do Mestre de criar uma revolução por meio do amor de Deus, seu pai. Samael disse ter escutado boatos sobre os milagres feitos pelo suposto Messias, mas que não acreditava neles. Tratava-se de outra provocação. O Dybbuk pediu a Judas que contasse os feitos de Jesus a ele, pois nunca os tinha ouvido pela boca de alguém que o seguiu por tanto tempo. Judas sentiu-se lisonjeado e importante. Relatou os milagres de

Jesus, um a um, atento para não se esquecer de nenhum detalhe. Samael mostrou-se emocionado, deu outro beijo no rosto de Judas, como se lhe agradecesse pelas histórias. Tempos depois, perguntou a ele o motivo de tanta tristeza. Era o passo final para consumar sua possessão.

Judas confessou que seu maior desejo era lutar contra a dominação romana e que esperava isso de Jesus, um guerreiro que levasse Israel à liberdade através da espada, e não um Santo que pregasse o amor e o perdão a todos os homens. Samael perguntou a Judas se acreditava fielmente que Jesus era o verdadeiro Messias, o escolhido. Judas não conseguiu responder outra coisa a não ser um sim, com um leve balançar de cabeça. Ele havia visto Jesus agir, estava ao lado dele quando o Mestre fez o morto se levantar, quando fez o cego enxergar, quando curou o aleijado e multiplicou a comida. Judas não tinha como duvidar dos poderes de Jesus. Samael utilizou esta atmosfera para deixar seu veneno no coração de Judas, como a mordida de uma serpente silenciosa, camuflada entre as folhagens. O Dybbuk colocou as mãos sobre os ombros do confuso discípulo e disse: "Se você entregar Jesus aos romanos, ele terá que lutar". Judas permaneceu calado durante horas, refletindo a respeito daquelas palavras. Imaginou Jesus usando seus poderes, a terra tremendo, os romanos caindo uns sobre os outros; fracos, mortos e esquecidos. Vislumbrou o restante da sua vida num relampejar de flashes de luz e cenários extremamente felizes. Viu seu pescoço sendo condecorado com uma medalha de herói, um homem respeitado, aplaudido por sua coragem e fé inabalável na força do Messias.

Ao final do terceiro dia, assim que a lua cheia despontou sobre sua cabeça, Judas disse a Samael que talvez tivesse razão, e que pensaria no assunto com enorme carinho. Naquele momento, a imagem do Dybbuk sumiu da frente de Judas como uma fumaça dissipada ao vento. Seus olhos correram à procura do amigo, mas não o encontraram em parte alguma.

"Samael?", gritou ele. "Volte, por favor! Não me abandone nesse momento", finalizou, o tom exausto. O corpo frágil de Judas foi ao chão, os ossos trêmulos como num ataque epilético e os músculos contorcidos. Uma sombra escura rastejou-se pela areia e se agarrou às suas pernas.

Caminhou por sua pele, deixando um rastro de sangue arranhado, até encontrar sua boca aberta. Penetrou o corpo do discípulo, como se fosse um líquido negro e pastoso. Segundos depois, Judas abriu os olhos. Mas já não era mais ele.

Vergara finalizou a leitura, sua voz lembrando um choro contido.
— O final dessa história é muito parecido com o que você já sabe.
— O que eu já sei, Hazael?
— Como tudo aconteceu... — disse ela. — Judas, que na verdade era Samael, entregou Jesus com um beijo no rosto, bem característico de suas atitudes anteriores. Cristo foi julgado, condenado e crucificado.
— Quer dizer que o demônio possuiu Judas e entregou Jesus aos romanos?
— Sim.
— Então, Cristo foi derrotado por Samael?
— Claro que não, Vergara. O amor sempre vence.
— Mas...
— Jesus sabia o que estava acontecendo e tudo o que viria a seguir. Três dias depois, a revolução proposta pelo Messias começou a se espalhar pelo mundo, exatamente após a sua ressurreição.
— E o Dybbuk foi derrotado e morreu! — comemorou o psiquiatra, com um sorriso no rosto.
— Não é verdade. Os demônios nunca morrem, Vergara. Eles apenas adormecem e aguardam o tempo exato para retornar.
— Onde Samael está?
— Neste momento?
— Sim. No inferno? — perguntou, a voz amedrontada.
— Não. — Hazael deu uma pausa. — O Dybbuk está no Vaticano.
— Onde? — gritou Vergara, assustado.
— Samael possuiu o corpo e a mente do seu patrão, Padre Delgado. Foi ele quem enviou você para cá.
— O que disse?
— Vergara, eu sei que são muitas revelações para assumir de uma só vez. Tente relaxar um pouco.
— Não posso! Eu quero saber de tudo, Hazael.

— Está bem, querido.

— Não sei se... — Vergara caiu em prantos — acredito neste testamento que acabei de ler.

— Os Evangelhos de Lucas e João também citam a influência do demônio para justificar a ação de Judas. Você tem o direito de não dar crédito a este documento. A escolha é sua, Vergara.

— Quem o escreveu?

— Já lhe disse, querido. Você descobrirá em breve.

— Por favor, Hazael. Chega disso. Diga-me quem escreveu essas palavras. — Ele ergueu o documento nas mãos e encarou sua amada.

— Fui eu — disse ela.

Capítulo 67

Roma, Itália
Vaticano
A NOVA ORDEM

Delgado ouviu batidas na porta do quarto. Imaginou que o barulho estridente dos batentes da janela chocando-se de encontro à parede tivesse chamado a atenção da equipe de segurança do Vaticano. Lembrou-se da sua queda ao chão, um baque agudo e oco, que certamente deve ter preocupado Cardeal Alfredo. Mas quem estaria lá fora? Queria poder dizer para que fosse embora, que só o fato de estar ali, bem próximo ao monstro que ele se tornara, já seria suficiente para correr o risco de perder a vida.

— Quem está aí? — obrigou-se a perguntar, a voz entrecortada.
— É o Bispo Germano, padre. Preciso lhe falar algo de extrema importância!
— Vá embora, bispo! Por favor!
— Tenho ordens para entrar se o senhor não quiser abrir a porta.
— Ordens? — Delgado soltou um riso irônico. — De quem?
— Cardeal Alfredo.
— Se é tão importante, por que ele não veio pessoalmente até aqui?
— Ele está no auditório, conversando com a polícia.
— Polícia?
— Sim. Dois oficiais vieram investigar a morte de Lucas.

— Como ficaram sabendo?

— Eu telefonei e informei sua morte. Pareceu-me um ato suicida.

— Então... — Delgado fez uma pausa. Sentiu suas cordas vocais engrossar, como se ganhassem volume. Olhou na direção da parede e viu a cruz virada para baixo. Um sentimento de fúria jantou seu estômago e mordeu seu peito. Seus olhos arderam antes de sua garganta voltar a falar. — Foi você quem os avisou?

— Exatamente, padre. Antes mesmo de pedir ajuda ao Cardeal Alfredo.

— Você fez um ótimo trabalho, bispo — disse ele. — Entre. Por favor!

Delgado ergueu-se num salto feroz, como se fosse um animal selvagem, e caminhou a passos duros na direção da porta. Girou o trinco e abraçou a maçaneta entre os dedos, cobertos por pelos grossos, mostrando unhas curvilíneas e afiadas, lembrando pequenas foices. Um clarão se formou assim que o padre puxou a porta para trás e viu o rosto assustado do Bispo Germano a sua frente. Uma batina branca cobria seu corpo magricela, barbas ralas e ruivas ocultavam parte da sua face e lábios. Os olhos azuis, que pareciam os de um cão da Sibéria, exibiam-se em tons cinzentos, como as nuvens acima da cidade de Roma.

— Com licença — disse o bispo, a voz amedrontada.

— O que há de tão importante para me contar? — Delgado escondeu as mãos atrás da cintura.

— Eu não sei... — gaguejou Germano. — Alfredo apenas me pediu para não deixá-lo sair do quarto.

— Só isso?

— Não. Falou que se livraria dos policiais o mais rápido que pudesse e viria ficar com o senhor.

Delgado agarrou o pescoço daquele bispo intrometido, fincando suas unhas afiadas na sua pele, e o trouxe para próximo dos seus lábios. Emitiu um rosnado mudo, como um cão perto do ataque, abriu a boca e mordeu na maçã do seu rosto até arrancar um pedaço da sua carne. Cuspiu ao chão, junto com um jato de sangue que tingiu de vermelho parte do piso. Em seguida, enfiou seus dedos na garganta de Germano e aguardou seus movimentos trêmulos e suplicantes serem suspensos, assim como sua respiração.

Aproveitou que a janela do quarto estava escancarada e por ela atirou o corpo sem vida. Lembrou-se do Cardeal Alfredo e do seu pedido. Sorriu e se lançou ao corredor, galopando como um lobo na floresta escura.

Alfredo auxiliava os oficiais da polícia na remoção do corpo de Lucas do auditório do Museu do Vaticano. Durante o interrogatório, que perdurou por mais de 30 minutos, o cardeal afirmou que o colega vinha sofrendo de uma depressão profunda, e mentiu que aquela havia sido a terceira e última tentativa de pôr fim à própria vida. Lamentou a partida do amigo de longa data aos prantos, um choro sincero e fiel. Suplicou às autoridades que não levassem o caso ao grande público e que terminassem as investigações com o maior sigilo que pudessem. Pedido imediatamente aceito pelos dois oficiais em conjunto com o encarregado do caso, o investigador Sérgio Gomes. As portas do furgão policial já estavam escancaradas na lateral da Praça de São Pedro, onde um vento frio e úmido passeava de maneira livre e feroz. Alfredo uniu as mãos à frente da boca e lançou uma baforada quente na tentativa de acalentar os dedos duros e quase congelados. Seus olhos acompanharam atentamente o carro policial se afastar numa velocidade vagarosa e cautelosa, atravessar o obelisco central, até deixar o Estado do Vaticano, o coração querendo fugir pela boca. Tentou se acalmar, respirou profundamente e soltou o ar pausadamente como manda a sabedoria cristã. Apanhou o crucifixo do seu pescoço entre os dedos e cerrou as pálpebras. Iniciou uma prece, mas parou assim que se recordou da mentira contada durante o interrogatório. "Quem ele estaria protegendo?", num repente perguntou-se. "O Vaticano? A Igreja? O Papa? Ou um padre possuído pelo demônio?", dúvidas que se digladiavam no interior da sua mente pecadora e atormentada. Não soube responder. Agachou-se e apoiou as mãos nos dois joelhos. Arregalou os olhos e fitou o céu. Era um emaranhado de nuvens cor de cobre, mas ainda assim o cardeal sabia que a pureza de Deus se encontrava ali. Estava prestes a pedir perdão ao Pai celestial quando o ruído agudo de passos chegou aos seus ouvidos. De repente seus músculos se retesaram, e Alfredo esperou pelo pior, a boca seca e o medo alfinetando seu coração.

— Alternativa quatro... — Foram as palavras que escutou.
— O que disse? — perguntou o cardeal, girando o corpo.

— Que você está protegendo um padre possuído pelo demônio! — respondeu Delgado, a voz parecia o rosnado de um lobo.

— Não é verdade!

— Eu li seus pensamentos, Cardeal Alfredo. Suas mentiras funcionaram com os policiais, mas para mim não possuem valor algum. Você sempre soube quem matou Lucas.

— Quem? — indagou Alfredo, olhando para os lados. Em sua mente a palavra fugir ecoava de maneira pulsante e firme.

— Eu — respondeu Delgado. — Faz parte da nova ordem.

— E qual é?

— Todos devem morrer.

Capítulo 68
Turquia, Capadócia
PASSAGEM SECRETA

O celular de Alex reluziu novamente, preenchendo a escuridão da caverna com uma claridade alaranjada e bruxuleante. O comandante sentiu seu coração bater forte e acelerado, a respiração quase suspensa. Empinou o queixo e olhou à frente. Enxergou uma cavidade no coração da gruta e seguiu até lá, as pernas trêmulas e os passos desajeitados. Uma gota de suor umedeceu suas pálpebras e o assustou, o peito tentando saltar pela boca. Suas mãos apertaram a arma e a mantiveram em riste. O único ruído que chegava aos seus ouvidos vinha do farfalhar dos seus pés engolindo a areia fofa numa marcha lenta e incerta. Um novo esconderijo descortinou-se diante das suas retinas assim que suas costas deixaram atrás de si uma espécie de portal arredondado formado por rochas onduladas e pontiagudas. Inesperadamente o comandante perdeu o equilíbrio e pendeu o corpo para o lado direito, onde a parede se mostrava estreita e desalinhada. A pele do seu ombro chocou-se com a ponta de duas pedras. Alex sentiu uma fisgada aguda e estancou os passos de imediato. Um líquido escuro e quente escorreu por toda a extensão do seu braço, expulsando o pouco de paz que reinava em sua alma e manchando a manga da sua camisa de vermelho. Uma passagem antiga reverberou no interior da sua mente numa sequência de imagens desbotadas e amargas.

Alex achava-se sentado à mesa do jantar. Ainda era um menino, não havia completado oito anos de idade. Negou-se a comer o pedaço de fígado cru que seu pai colocara em seu prato abaixando a cabeça e cruzando os braços sobre o peito. Lágrimas escorriam dos seus olhos como uma enchente de final de tarde. O rosto desfigurado do seu pai berrando, as gotas de saliva alcoolizada que não paravam de pingar em suas bochechas e a urina quente que umedecia suas coxas finas o fizeram apanhar o garfo entre os dedos trêmulos e espetar um pequeno filete do bife de fígado. Levou-o à boca e o acomodou entre os dentes. Encenou uma mastigação até o gosto da carne crua queimar seu estômago como se estivesse em brasa. Um jato de vômito enegrecido cobriu o prato de porcelana na frente dos seus olhos num impulso imediato e incontrolável. Seu pai levantou-se da cadeira num movimento febril e furioso, os olhos cuspindo vingança e cólera. Ele apanhou o garfo das mãos de Alex e o atacou com severidade. Enterrou o talher na altura do ombro do menino, que deixou o jantar aos prantos ao ver o garfo pendurado em seu braço. Foi a primeira vez que seus olhos testemunharam o próprio sangue e seu coração conheceu as cores e o perfume do ódio.

— Filho de uma puta! — rugiu ele, os pensamentos formavam um único rosto de traços bem definidos. — Vergara, a culpa é toda sua! Eu mato você! — gritou por fim.

Acelerou o passo e acariciou o revólver acomodado entre seus dedos frios. Apertou o gatilho, mirando o vazio que se agigantava adiante. Um clarão cor de ferrugem acendeu a caverna por milésimos de segundo revelando um corredor arredondado ao fundo do enorme galpão de areia, que lembrava o desenho de uma traqueia. Alex caminhou a passos apertados até se ver a poucos centímetros do que imaginou ser a entrada de um túnel de terra. Pensou estar às portas do inferno e beliscou a própria pele na tentativa de se enxergar distante da morte. Sorriu e lançou o corpo naquele corredor mergulhando num véu de sombras. Seguiu marchando lentamente e tateando as paredes até descobrir uma saleta de barro seco. Seus pés tropeçaram numa enorme pedra arredondada, apoiada contra uma das paredes, e seus joelhos arquearam. De repente Alex começou a despencar chão abaixo, o tronco virado de costas. Desesperado, largou a arma e agarrou um vão entre o enorme pedregulho e a sustentação da nova gruta. Sentiu uma perfuração aguda na perna e escutou um ruído como uma arranhadura. Era um som estranho que vinha de algum lugar muito próximo. Seus olhos se arregalaram, atentos, despertos. Pensou em como a dor pode ser útil em momentos como este, espantando o cansaço e mantendo os movimentos presos a um único foco. Tentou erguer o tronco, as mãos apoiadas sobre a rocha circular, mas não foi seu corpo que se moveu. A pedra se mexeu aos solavancos, como se estivesse encaixada sobre um trilho enferrujado, abrindo na parede uma passagem secreta.

— Peguei você, Vergara! — disse Alex, num sussurro cheio de raiva e energia.

Capítulo 69
Turquia, Capadócia
AMOR

— Como assim, Hazael? — perguntou Vergara, os olhos espantados. — Você escreveu o Testamento de Judas?
— Sim. Por mais incrível que possa parecer.
— Mas olhe só pra ele — disse o psiquiatra, a voz engasgada —, não se parece com um documento recente.
— E não é.
— Agora eu não estou entendendo nada, querida. Perdoe-me.
— Eu o escrevi, mas longe desse tempo. Lembra-se de quando você retornou à época de Jesus e visitou a casa de Simão, pai de Judas?
— Sim. — Vergara começava a juntar as peças como num jogo de quebra-cabeça.
— O mesmo aconteceu comigo, só que por centenas de vezes. Acompanhei algumas das principais passagens bíblicas, e cheguei, inclusive, a seguir Jesus em alguns momentos. Eu estava presente, ao lado dos essênios, no Vale de Qumran, quando João Batista batizou Jesus e o chamou de Cristo pela primeira vez. Vi com meus próprios olhos o Mestre multiplicar os pães e o vinho e caminhar sobre a água. Mas, na maior parte do tempo, encontrava-me com Simão, passava tardes inteiras ouvindo seus relatos a respeito da

traição de Judas e escrevendo este documento que repousa em suas mãos. Assim que minha visita chegava ao fim e eu voltava ao presente, Simão enterrava as páginas do manuscrito sob a areia aos pés de uma enorme montanha, na entrada de Kerioth. O testamento seguia escondido durante dias ou semanas até eu reaparecer, trazê-lo à luz e lhe dar novas palavras.

— Hazael, sua vida é realmente uma infinita sequência de milagres!

— O que quer dizer, querido?

— Primeiro, Maria, mãe de Jesus, apareceu na sua frente quando você era só uma garotinha e a salvou da morte. Anos depois, o pai de Judas a transportou ao passado para lhe contar aqueles que seriam os últimos passos de Jesus e de Judas, seu próprio filho, pedindo-lhe que escrevesse um documento com tais revelações e as publicasse em nosso tempo.

— Sinto-me honrada por ter esta missão em minhas mãos — sussurrou ela.

— Eu não acreditaria se não tivesse vivido tal experiência.

— Acho que foi por isso que Simão o levou ao passado também.

— Faz sentido, Hazael. Eu precisava ter fé nas escrituras para ajudar a publicá-las.

— E você tem?

— Sim. Eu acredito em você, em Simão e na inocência de Judas, por mais que ele tenha ventilado a possibilidade de entregar Jesus. Isso é o mesmo que alguém gritar *"Eu vou matá-lo"* no meio de uma briga ou confusão. Este ato não faz dele um assassino — respondeu Vergara, o tom de voz repleto de compaixão.

Um silêncio reflexivo tomou posse da caverna por longos minutos. Inesperadamente o calor de outrora partiu, levando consigo os filetes alaranjados e ferventes do sol da tarde. Uma brisa fresca iniciou um passeio destemido pelo interior da gruta, acompanhado por raios azulados e cintilantes que anunciavam a chegada da noite. Ouviu-se um uivo distante ecoando pela paisagem vazia e escondida. O farfalhar das folhas também se mostrava presente do lado de fora da montanha.

— Querido, estou morrendo de frio — disse Hazael, quebrando a quietude e os olhos se fechando lentamente. — Você não se importa de me abraçar enquanto tento dormir?

— Será um prazer, querida!

Vergara tirou a camisa e cobriu o corpo trêmulo da sua amada. Sorriu ao observar Hazael estreitar as sobrancelhas e erguer o tronco num movimento desajeitado. Seus braços envolveram seu corpo esguio e macio, os dedos entrelaçados aos longos fios de cabelo da mulher que amava. Suas bocas se tocaram com intensidade e insistiram em não se desgrudar.

— Por favor, Vergara! Possua-me... — pediu ela, a respiração quase suspensa.

As pálpebras do psiquiatra arregalaram-se assim que ele presenciou Hazael livrar-se de suas vestes e estendê-las no piso gelado como se formassem um lençol de cama. Em seguida, viu sua amada acomodar-se com as costas sobre o leito improvisado totalmente nua, o rosto rubro de vergonha, a pele arrepiada e o coração sedento e decidido. Vergara deitou-se lentamente. Sentiu o corpo gelado de Hazael unindo-se ao seu numa explosão de desejo e paixão, uma sequência de gestos delicados e genuínos. Adormeceu ao lado da mulher que amava, os dedos trêmulos apoiados em seu ventre e os lábios úmidos roçando sua nuca. Em sua mente inquieta e fértil pousava a sensação de ter descoberto a eternidade, uma força interior que move os homens à ânsia por viver perpétua e imortalmente. Durante as últimas horas da sua breve vida as palavras *"para sempre"* ganharam, para o psiquiatra do Vaticano, um sentido e um significado todo especial.

— Eu te quero como minha esposa, Hazael — disse ele, caindo em um pranto de felicidade. Ao contrário do que os desejos do seu coração apaixonado e sonhador previam, aquela foi a primeira e única vez que fizeram amor.

Capítulo 70

Turquia, Capadócia
O ENFORCAMENTO

Vergara sentiu a garganta seca e entreabriu os olhos. Passou alguns minutos em silêncio, apenas observando Hazael dormindo ao seu lado, as palmas das mãos unidas na altura do peito como se estivessem conectadas a uma prece. Desenhou um ambiente diferente no interior da sua mente, um quarto com varanda, uma cama macia e um abajur aceso. O vento sacudia a cortina de seda e escondia as gotas de chuva que encharcavam a lateral da janela. Sonhou com sua coleção de livros espalhada sobre a escrivaninha, dividindo espaço com os brinquedos das crianças, um lindo casal de gêmeos; rostos finos, delicados e cabelos repletos de caracóis. Uma gota de lágrima inesperadamente percorreu o rosto do psiquiatra. Estranhamente trazia o sabor vazio da saudade. Vergara ergueu o corpo e olhou à frente. Avistou uma porta de madeira bem velha por onde escapava uma luz cintilante e azulada. Caminhou a passos vagarosos até tocar a maçaneta com os dedos trêmulos e úmidos de suor. A porta se abriu sozinha, como se ganhasse vida e o convidasse a entrar. Dois cômodos precipitaram-se diante dos seus pés descalços. Vergara suspendeu a marcha e arregalou os olhos, examinando a si mesmo por poucos segundos. Um manto cobria seu corpo, do pescoço aos tornozelos. Não conseguiu evitar que um sorriso débil se projetasse em seus lábios num movimento extremamente dócil. Levou as mãos em concha na altura das sobrancelhas para enxergar diante de tanta iluminação. Observou duas crianças acomodadas sobre um cesto de palha, os traços angelicais, como os de Hazael, e olhos saltados, semelhantes aos seus. As pernas inseguras e trêmulas de Vergara o aproximaram do cesto. Ele dobrou o tronco e tocou a testa das crianças com os lábios, num beijo estalado e amoroso. Então, viu surgir a imagem de um homem corpulento embrulhado em um manto cor de barro.

— Simão? — perguntou o psiquiatra, a voz parecendo um sussurro.

— Sim.

— Quem são essas crianças?

— Seus filhos. Um presente de Deus para vocês.

— Mas... — Vergara titubeou. As palavras pareciam invisíveis em sua garganta.

— Elas estão a caminho da Terra.

Vergara apanhou as duas crianças no colo, cerrou as pálpebras e de uma forma sublime sentiu-se grato, completo, como se sua vida fosse uma existência útil e indispensável a partir daquele momento.

— Isto é um sonho, Simão?

— Você é quem decide o que é real ou fantasia, Vergara. São laços finos que se cruzam a todo instante, mas só se tocam quando habitam um coração puro e feliz.

— Obrigado — agradeceu o psiquiatra, a voz num sopro.

A luz do primeiro cômodo apagou-se, rápida como o estouro de um relâmpago. Um véu de sombras se apoderou dos olhos de Vergara durante os minutos seguintes. Seus braços voltaram a estar vazios, sem o peso do corpo dos filhos. Uma onda de água morna acariciou os dedos dos seus pés e clamou por sua atenção novamente. O psiquiatra achou-se diante de um rio esverdeado sob um céu escuro e sem nuvens. O pai de Judas apoiou uma das mãos em seu ombro e se projetou à frente.

— Não tenha medo, Vergara. As águas daqui não afundam — disse ele aos risos.

— Onde está me levando, Simão?

— Ao último capítulo.

Vergara esticou o pescoço e dirigiu seus olhos na direção do horizonte. Uma imensidão de areia avermelhada pintava um grande platô aos pés da margem oposta ao rio. Ao fundo, uma imensa cordilheira se recortava, cumes pontiagudos e desajeitados que pareciam cutucar as estrelas. Seguiu no encalço de Simão a passos largos e leves, caminhando acima da água, exatamente como fez Jesus dois mil anos atrás. Um sorriso inocente abriu-se no rosto de Vergara, os lábios trêmulos como os de uma criança ao aprender uma nova brincadeira. Seus pés já se encontravam exaustos quando avistou Simão sentar-se sobre uma enorme pedra ao lado de um extenso muro, de onde tilintava um perfume de terra molhada e mel.

— Vergara, quero que tente ver o que aconteceu enquanto revelo a você o último capítulo da vida do meu filho.

— Ficarei honrado — disse ele, o tom baixo e cauteloso.

— Jesus estava sozinho, orando no Jardim de Getsêmani, as mãos apoiadas num tronco de árvore. A noite havia caído mais cedo naquela quinta-feira, como se a escuridão adivinhasse exatamente o que estaria por vir. Pedro e João descansavam a alguns metros de Cristo, as mentes tamborilando o que haviam escutado na última ceia.

— Como Jesus seria traído? — perguntou Vergara, acompanhando a fala de Simão.

— Não exatamente. O Mestre nunca disse que seria traído, apenas revelou aos seus discípulos que um grande movimento havia se formado para apanhá-lo e que lhe seria muito difícil escapar dessa vez. — O pai de Judas fez uma breve pausa. — Não é fácil contar esse trecho, reviver a morte de Jesus e o suicídio do meu filho.

— Eu compreendo — disse o psiquiatra.

— Dezenas de soldados romanos marcharam para dentro de Getsêmani e abordaram Pedro e João, perguntando pelo suposto Messias. Jesus correu para protegê-los. Foi então que viu surgir um rosto conhecido em meio à multidão que o cercava. Ele sabia que não era Judas quem estava ali, seus olhos eram diferentes, pareciam os de uma serpente envenenada. O demônio deu um beijo no rosto de Cristo e correu para dentro da mata, escondendo-se atrás de uma sequência interminável de oliveiras, local onde acompanharia o restante da cena que ajudou a esculpir. Uma confusão se formou na escuridão. Jesus foi acorrentado, massacrado e levado a julgamento num lugar conhecido como *Fortaleza Antônia*, e não ao Templo, como a maioria dos textos indica.

Samael deixou o corpo de Judas e caminhou por entre as árvores até desaparecer na penumbra, um sorriso de satisfação e vitória emoldurava seu rosto pálido e ausente de traços. Meu filho sentiu sua consciência voltar a si e acabou se descobrindo aos pés de um pequeno arbusto, os joelhos espremidos contra a areia, sem saber o que estava acontecendo. Avistou Pedro correndo com uma espada em riste e o seguiu. Quando Jesus chegou à sede do governo, na tarde de sexta-feira, sua sentença já havia sido proclamada por Caifás e pelos sacerdotes judeus que compunham o Sinédrio. Pôncio Pilatos apenas seguiu os ritos diante do povo que se aglutinava no pátio do seu palácio. Judas acompanhou a condenação e a crucificação de Cristo bem de perto, os olhos e o coração afogados em dor e culpa. Demorou a acreditar no que havia acontecido. Mas, quando o fez, apanhou a corda que usava para amarrar seu manto na cintura e acabou com a própria vida, enforcando-se no galho de uma das árvores nas quais gostava de se sentar quando estava com saudades de casa.

— Meu Deus! — disse Vergara, incrédulo. — Cada vez que ouço um novo trecho da história de Judas e de Jesus, uma tristeza parece tomar conta de cada célula do meu corpo.

— Eu sei disso — comentou Simão.

— Ainda não entendo o motivo de eu saber tanto.

— Hazael terá uma missão árdua pela frente.

— Nós teremos — corrigiu Vergara. — Eu nunca a abandonarei, Simão.

— Esta é a verdadeira razão de você conhecer a história real. Para ajudá-la a cumprir sua missão.

— O que ela deverá fazer além de editar o Testamento de Judas?

— Salvar o Padre Delgado das garras de Samael.

— O quê?

— Exatamente, Vergara. O mesmo Dybbuk que possuiu meu filho quer utilizar o poder da Igreja para provocar um cataclismo mundial.

— Mas Hazael é só uma menina, Simão.

— Ela tem o amor de Cristo no coração, e isso é mais potente que qualquer exorcismo conhecido na Terra.

— E como poderei ajudá-la?

— Você saberá. — O pai de Judas fez uma pausa. — Na hora certa.

— Estarei pronto — falou Vergara, a voz incerta e amedrontada. Imaginou-se diante do demônio e fechou os olhos repentinamente, o coração aos pulos, o estômago gelado e a pele arrepiada.

— Tenha calma. Seu auxílio se dará de maneira indireta. É Hazael quem vai confrontar o demônio — explicou Simão, virando-se de costas.

— O que disse? — perguntou o psiquiatra, a voz seca e austera. Mas, de repente, abriu os olhos e viu-se novamente deitado, o sono apertando suas pálpebras, os braços enroscados ao corpo nu da sua eterna amada.

Capítulo 71

Roma, Itália
Vaticano
CUMPRINDO A LEI

Uma garoa fina umedeceu os degraus da entrada da Basílica de São Pedro. Padre Delgado caminhou lentamente pela escadaria de basalto e abriu os braços. Sorriu ao sentir os finos folículos de água salpicando seu rosto. Ao contrário do que seus pensamentos previam, aquelas gotas que vinham do céu não o refrescaram, tampouco renovaram suas forças para lutar contra o demônio que habitava dentro do seu peito como uma alma obscura e espinhosa. Sua pele começou a se abrir em rachaduras secas e descascadas, exatamente nos pontos onde a chuva havia tatuado suas gotas mais firmes. Jatos avermelhados e ferventes desceram pela face de Delgado como uma cascata de sangue pecaminoso. Ele caiu em prantos, batendo com os joelhos no piso, as mãos repletas de pelos, os olhos enegrecidos e brilhantes como as lentes de um lobo.

— Delgado? — gritou Alfredo, correndo em sua direção. — Você está bem? — perguntou o Cardeal, o semblante preocupado.

— Nunca estive melhor, cardeal.

— O que disse?

Delgado ergueu a cabeça num gesto estalado e trêmulo. Um sorriso sarcástico mostrou seus dentes afiados e embebidos de sangue. Filetes rubros escapavam pelos cantos da sua boca. O padre esticou o braço e agarrou o colarinho de Alfredo, puxando-o para perto do seu rosto.

— A pior invenção de Deus foi a caridade, cardeal.

— O que quer dizer?

— Se o seu coração não fosse tão amoroso, teria fugido há muito tempo. — Sorriu Delgado, dando uma pausa. — Tenho nojo de pessoas puras — finalizou, soltando a garganta de Alfredo. Sua voz era grossa e rouca, lembrando o latido de um cão feroz.

— Sei que é você que está dentro do corpo do meu amigo, Samael. Delgado é um bom homem, não seria capaz de matar e alastrar o ódio. Isso é trabalho seu. Termine logo o que veio fazer.

— Você não resistirá?

— Cristo não ofereceu resistência quando foi entregue aos romanos. Não se recorda?

— Eu o matei! — gritou o demônio, repleto de fúria. — Possuí o idiota do Judas na semana anterior à crucificação.

— Você não matou Jesus, Samael. Olhe a sua volta. Ele sempre estará vivo em nossos corações, em nossas orações, em nossos gestos bem-aventurados — disse o cardeal em meio a soluços e golfadas de tosse.

— Bobagem! — rugiu ele. — Terá o mesmo fim que seu Mestre!

— Fico honrado por ter um pedaço do destino Dele dentro de mim — concluiu, sentindo entrar pelas narinas o perfume áspero da morte.

— Cale a boca, seu imundo! — Samael cuspiu no rosto de Alfredo. Suas mãos agarraram novamente o pescoço do cardeal, a força das trevas presente nas pontas dos seus dedos.

Os olhos do demônio encheram-se de entusiasmo ao presenciar os últimos suspiros do cardeal transformando-se em silêncio e imobilidade. De alguma forma invejou a paz que observou nos olhos daquele homem estatelado no chão, morto por suas próprias mãos. Deixou o corpo do Padre Delgado e correu pela chuva até ser engolido pela escuridão.

CAPÍTULO 72
Turquia, Capadócia
NOVO ENCONTRO

A ROCHA CIRCULAR DESLIZOU POR SOBRE A AREIA BATIDA COMO UM pneu furado, trôpega e aos solavancos. Um grito surdo e agudo ecoou na nova gruta, parecendo o lamento de uma garça ferida ou um trilho descarrilado. As mãos de Alex continuavam puxando a pedra contra o próprio corpo, os olhos atentos ao vão que se abria na parede à sua frente. O comandante fez uma breve pausa e levou as mãos ao peito. Uma pontada ardida pulsava em seu coração, deixando suas pernas trêmulas e os braços formigando. Tentou respirar profundamente, mas o oxigênio era como um tesouro raro no interior daquela caverna, largada à solitude e à escuridão. Um riso breve desenhou-se nos lábios de Alex quando a imagem de um sarcófago visitou sua mente fértil. A proximidade da morte, seu perfume arisco e solitário, suas cores cinzentas e enegrecidas eram como uma vitamina para seu sangue.

Num rompante, observou seus músculos ganharem força e resolveu não desperdiçar o restante de energia que ainda abrigava seu corpo. Em seu íntimo sabia perfeitamente que havia se tornado um homem quase comum, um alvo fácil de ser abatido. Certificou-se de apanhar a arma e o celular e arregalou os olhos. Guardou-os com grande zelo e arfou com mais tranquilidade. Tentou ao máximo esvaziar os pensamentos, escoar a raiva e o desprezo que sentia pelo psiquiatra do Vaticano, mas não obteve sucesso. Apoiou as palmas das mãos no chão e ajoelhou-se. Rastejou até atravessar o buraco formado na parede da nova gruta, o sentimento de ódio uivando em sua garganta feito um lobo faminto. Um pequeno galpão de areia agigantou-se na frente dos seus olhos assim que ergueu a cabeça. O comandante se levantou, colocando-se em pé novamente. Uma tontura leve assumiu seus devaneios por alguns segundos. Lembrou-se do seu primeiro porre, ainda na época em que estudava no colegial, ao lado de seus poucos colegas. Na oportunidade, viu Madeleine, a única garota por quem se sentiu levemente atraído na adolescência, aos beijos com seu melhor amigo, Jonas Torres. O álcool se apossou da sua mente de tal maneira que comandou seus movimentos seguintes. Ele cerrou os dedos, as unhas encravadas em sua própria carne, e desferiu um soco no rosto da moça, arrancando sangue do seu nariz e levando-a ao chão numa síncope ferrenha. Não poupou o amigo. Bateu contra o queixo de Jonas com a garrafa de cerveja que segurava na mão esquerda, abrindo um enorme rasgo no rosto do jovem. Foi a primeira vez que Alex entrou numa delegacia de polícia.

O ruído surdo dos seus passos trouxe o comandante ao momento presente. Seus olhos se voltaram para baixo, as pálpebras entreabertas e as pupilas acesas como um farol numa estrada deserta. Percebeu que o piso era de cimento batido e arriscou imaginar onde estava. Nada veio a sua mente, exceto uma tentativa frustrada de construir um edifício no topo de uma montanha seca e malcheirosa. Alex abriu um sorriso na escuridão. "*Idiotas*", pensou, mordendo os próprios dentes. Seus olhos ainda não eram capazes de distinguir as dezenas de imagens que surgiam em sua cabeça a cada segundo; traços distorcidos, contornos disformes e desenhos ondulados. De maneira quase mecânica, como se o instinto de um animal selvagem estivesse no comando dos seus gestos, Alex continuou a passos cautelosos caminhando adiante, ao que parecia um novo buraco, em mais uma parede de pedra e barro, como se revivesse a mesma cena há horas. Acomodou o celular na palma da mão e ligou a lanterna. A única luz que saltou do visor foi o aviso do final da bateria. Num rompante de fúria, Alex atirou o objeto à frente e ao longe, onde esperava encontrar uma parede dura que espatifasse o telefone.

Ao contrário do que seus pensamentos previram, o celular voou por uma distância muito mais longa, trazendo aos ouvidos do comandante apenas o sopro de um vento débil.

— O que foi isso? — perguntou a si mesmo.

Seus passos diminuíram de velocidade e intensidade, a garganta seca e os dedos suando frio. Alex buscou a arma e a levou à altura dos olhos. Seguiu até desembocar num corredor estreito, quente e iluminado, bem diferente dos últimos cômodos que visitara. Imaginou estar penetrando o sol ou partindo para um planeta distante, mas sorriu ao cumprimentar a sorte que o acompanhava. Uma saleta triangular, repleta de luzes cintilantes, ergueu-se das sombras e possuiu seus olhos. Um casal nu, imóvel, deitado sobre um lençol improvisado, completava o cenário como um afresco de Michelangelo.

— Olá — disse ele, os lábios rachando de tanto gargalhar. — Quanto prazer sinto em voltar a encontrá-los.

Capítulo 73
Turquia, Capadócia
PARTINDO

Um som agudo e oco chegou aos ouvidos de Vergara e fez que seus olhos se entreabrissem de maneira preguiçosa. Ainda cansado, não enxergou muita coisa além de raios alaranjados de luz e um borrão negro movendo-se à frente. Seus dedos acariciaram os cabelos de Hazael, mas a sensação que habitava seu peito era de que aquela proximidade não perduraria mais do que alguns poucos minutos. Engoliu em seco e recostou os lábios no rosto da sua amada, lágrimas teimavam em escorrer por seu rosto pálido.

— Já amanheceu, meu amor — disse ele num cochicho após beijá-la carinhosamente.

— Não quero acordar desse sonho — respondeu Hazael, abrindo as pálpebras. — É triste.

— O que é triste, querida?

— A vida — comentou ela, aos soluços. Algo lúgubre se aproximava e Hazael sabia disso. Ela podia sentir até o perfume azedo da solidão.

De repente, Vergara acompanhou algo voando pelo pequeno cômodo a uma velocidade dura e fervente. Era brilhante, parecia um pássaro de metal, mas rodopiava como um meteoro desgovernado. Um estouro na parede acendeu a atenção do psiquiatra, a pele arrepiada e um frio alfinetando seu estômago vazio. Examinou o que havia caído sobre o piso da caverna. Dezenas de cacos de vidro e plástico espalharam-se pelo chão como formigas perdidas à procura de um novo lar.

— Um celular? — perguntou Vergara, estreitando as sobrancelhas.

— O que disse? — indagou Hazael, virando o rosto em sua direção.

— Nada, meu amor. Durma mais um pouco.

Vergara avistou sua calça à distância de um braço e apalpou o bolso direito. Apanhou o canivete suíço, que sempre carregava consigo desde que sua avó lhe dera de presente, e o segurou entre os dedos como se aquele pequeno objeto fosse, de alguma forma, salvar sua vida e a da sua amada. Cerrou os olhos e fingiu dormir. Não queria que Hazael estivesse acordada quando o visse duelar com Alex. Sabia que a aparição do assassino não demoraria a acontecer, era uma simples e curta questão de tempo. Vergara escutou passos agudos e estreitos às suas costas. Um arrepio tomou conta da sua pele inesperadamente. Preferiu não se mexer, tampouco abrir os olhos.

— Ajude-me, Simão — pediu ele num sussurro surdo. — Por favor!

Lembrou-se das palavras do pai de Judas em sua última viagem ao tempo de Jesus e caiu num pranto afogado e triste. "Seu auxílio se dará de maneira indireta. É Hazael quem vai confrontar o demônio." Será que aquele diálogo de Simão era um aviso da sua morte? Vergara não teve mais tempo para que seus devaneios permanecessem saltitando dentro da sua mente assustada. Ainda assim, escolheu permanecer imóvel. Ouviu os passos duros e firmes de Alex quase tocarem sua cabeça. Em seguida, palavras soltas, que não conseguiu decifrar, chegaram ao seu coração como um punhal enferrujado e com fome de violência. Por fim, uma gargalhada. Vergara mordeu os próprios dentes e tocou com a maçã do seu rosto a pele de Hazael, imaginando que aquela talvez fosse a última vez que assim fazia. Escutou um clique estalado e enrijeceu os músculos, desenhando em sua mente uma arma apontada para sua cabeça.

— Levante-se, Vergara! — A voz era de Alex. — Morra como um homem.

Por alguns poucos segundos o psiquiatra não soube o que fazer, talvez ainda esperasse um milagre. Uma luz azulada pousou em sua mente como um pássaro encantado e amoroso. Vergara acalmou os ânimos e abriu os olhos.

— Simão? — falou num sussurro.

— O que disse, idiota? — rugiu Alex num lapso de fúria.

— Eu já estou indo, comandante — disse o psiquiatra, movendo-se lentamente. Tentava ganhar tempo e arrumar um jeito de atacar o assassino.

— Não vai acordar a moça?

— Hazael está muito doente, Alex — mentiu Vergara, torcendo o cenho. — Seu trabalho será poupado, ela morrerá em breve.

— É o que veremos, Vergara.

O psiquiatra ergueu-se num salto, os punhos cerrados e o olhar atento aos mínimos movimentos do seu oponente. Arfou com ansiedade e indagou se Deus o receberia num lugar pacífico. Viu Alex armar o gatilho e apontar o revólver na direção do seu peito. Uma lágrima solitária dançou ao redor de suas pálpebras e passeou por sobre a pele do seu rosto. *"Meu último choro"*, pensou de maneira equivocada. Ainda haveria tempo para mais um.

— Por favor, seja rápido! — pediu Vergara, abrindo o canivete suíço.

O ruído surdo do pequeno punhal desenhando-se entre os dedos do psiquiatra deixou Alex nervoso e transtornado.

— Seu imundo! — gritou o comandante, apertando o gatilho.

— Deixe-nos em paz — A voz de Vergara foi abafada pelo som agudo do disparo, mas seus gestos permaneceram em curso como havia planejado. Estendeu o braço e fincou a ponta do canivete na garganta de Alex.

Vergara tombou para trás, a mão sobre o peito febril e ensanguentado, os olhos arregalados mirando os portais brilhantes da morte. Seu corpo chocou-se com o de Hazael ao cair ao chão e ele bateu com a cabeça no piso. Ainda conseguiu erguer o rosto para verificar o paradeiro do assassino. Avistou Alex tossindo, o corpo arqueado e os braços apoiados nos joelhos. O sangue fugia do seu corpo como abelhas de uma colônia em chamas e tingia de rubro o piso da pequena caverna.

— Vergara, o que aconteceu? — Hazael debruçou-se sobre o corpo do psiquiatra aos prantos.

— Corra, querida! Proteja nossos filhos.

— Que filhos, meu amor? Do que você está falando? — perguntou ela, a voz desesperada.

— Eles habitam o seu ventre. São gêmeos — disse ele, aos solavancos. — Eu preciso ir. Simão está me chamando.

— Não vá com ele, Vergara. Por favor! — gritou ela. — Fique comigo!

— Eu te amo, Hazael. Estarei sempre por perto — ele sussurrou, quase sem força. Sentiu a última gota de lágrima tocar seus lábios e sorriu em paz.

— Você ainda tem uma missão a cumprir, querida.

— Que missão, Vergara? — rugiu ela. — Responda! — As mãos trêmulas de Hazael chacoalharam o corpo frio e imóvel do amado. Não ouviu nada além de silêncio e quietude. O psiquiatra do Vaticano já não pertencia mais àquele mundo.

Capítulo 74

Paraíso
UMA NOVA CONDIÇÃO

Uma luz prateada formou-se ao redor de Vergara. O psiquiatra do Vaticano moveu os dedos lentamente, como se tentasse retomar o peso do seu corpo. Era estranho estar ali, presente, e não sentir a gravidade puxando seus ossos e músculos para baixo. Um sentimento de paz abrigou seu coração e ele estreitou os olhos para saborear aquele momento sublime de liberdade. Subitamente se lembrou de um nome em especial e rejeitou o bem-estar que o dominava.

— Hazael! — gritou, a voz parecia encaixotada numa garrafa plástica. O som não foi capaz de escapar de sua garganta.

Ele olhou para os lados como se examinasse o ambiente. Era o mesmo de outrora. Seus pés descalços permaneciam na última caverna da Capadócia, sua amada estava debruçada sobre seu corpo caído e imóvel, e Alex achava-se deitado acima de uma enorme poça de sangue a alguns metros adiante. Vergara tentou tocar o rosto de Hazael com a palma da mão. Gostaria tanto de enxugar as lágrimas que desabavam dos olhos daquela doce e jovem mulher. No entanto, seus dedos atravessaram a pele da amada como se fossem apenas um conjunto de raios de luz. Ao fundo, próximo à entrada da gruta, a silhueta de uma pessoa começou a tomar forma. De início era um vulto enegrecido e trepidante, lembrando os contornos irregulares dos desenhos infantis. Aos poucos alguns traços foram sendo definidos, como uma gravura a tinta, traçados por um pintor experiente. A caverna que o abrigava foi se distanciando e partindo para bem longe da sua visão. A imagem de um trem deixando a estação correu por seus pensamentos e o levou a um riso caloroso. Só que dessa vez, ao contrário do que sempre vira nos filmes, era a estação que dava adeus ao trem e flutuava por cima dos trilhos. Vergara apertou as pálpebras como se não acreditasse no que seus olhos testemunhavam. Um infinito jardim formou-se abaixo de seus pés, gramado verde, céu azul, árvores robustas, uma pequena cascata de águas cristalinas e dezenas de flores coloridas.

— O que aconteceu comigo? — perguntou, lançando um grito no vazio.

— Está morto, Vergara. — A voz vinha de um sujeito magricela, cabelos compridos, barba rala, olhos amendoados e penetrantes. Um manto branco cobria grande parte do seu corpo e uma borboleta azul estava pousada sobre seu ombro. — Bem-vindo ao outro lado da vida.

— Quem é você?

— Judas — respondeu o homem.

— Quem? — perguntou Vergara, a mente confusa. Suas pupilas reconheceram o lindo inseto que dias antes lhe indicara o caminho para a fuga do hospital.

— Eu vim recebê-lo, meu amigo. Vou levá-lo para o Paraíso.

— Onde está Simão?

— Na Terra. Tentando acalmar sua companheira.

— Não posso partir, Judas. Tenho que ficar com Hazael.

— Ela está fora de perigo, Vergara. O Comandante Alex também deixou o mundo dos vivos.

— O que vai acontecer agora, Judas?

— Com quem? — Ele sorriu de maneira amistosa.

— Comigo.

— Nada. Vai retornar a sua casa.

— Na Terra?

— Óbvio que não. No céu.

— Mas... — As palavras se perdiam no interior da mente de Vergara. Seus pensamentos agora eram vastos e profundos como um oceano.

— A Terra é apenas um sopro das nossas vidas, meu caro amigo. Uma pequena missão.

— O que quer dizer?

— Um relâmpago na eternidade. — Judas voltou a sorrir.

— E Hazael?

— Ela ficará bem. Você voltará a vê-la em breve.

— Como?

— Irá, junto ao meu pai, ajudá-la a expulsar o demônio que se apossou do Padre Delgado.

— Samael?

— Exato. — Fez-se uma breve pausa. — O mesmo que se apoderou de mim dois mil anos atrás.

Vergara abaixou a cabeça e voltou aos seus próprios devaneios. Era bonito estar ali, a caminho do céu e ao lado da pessoa por quem criara um enorme afeto, mesmo que de maneira indireta. Mas ainda se sentia vivo, como um homem de carne e osso, e não um espírito daquele lugar repleto de cores e de luzes confortantes. Não desejava ser uma alma, queria sua vida de volta.

— Venha, meu caro amigo! Não tenha medo, siga-me.

— Eu não quero ir, Judas. Tenho assuntos a resolver lá na Terra. Leve-me de volta. Por favor! — suplicou Vergara, o tom firme e austero.

— Há pessoas que querem vê-lo.

— Não me interessa!

— Diria isso para sua querida avó? E quanto a Cristo?

— Você está brincando comigo? — inquiriu Vergara, a voz trêmula e entrecortada.

— É claro que não. — Judas encarou o psiquiatra e sorriu com ternura. — Hoje mesmo você estará na presença de Yolanda Vergara e ao lado do Mestre Jesus.

CAPÍTULO 75

Roma, Itália
Vaticano
O ÚLTIMO SUSPIRO ANTES DO RETORNO DE SAMAEL

A noite já dava sinais de fraqueza, o céu ameaçava clarear e, aos poucos, a lua transformava-se em uma pequena neblina arredondada e distante. Delgado fitou o vazio por alguns instantes. Lágrimas escorriam de seus olhos avermelhados e inchados feito uma cascata de água e sal.

— Por quê? — perguntou a Deus, a voz entrecortada, afogada num murmúrio. — Por que eu, Senhor?

Padre Delgado colocou-se de joelhos e apanhou o corpo sem vida do Cardeal Alfredo no colo, os braços desajeitados e trêmulos, as pernas bambas e quase em ruínas. Sentiu-se triste e exausto. Em sua mente, inquieta e arrependida, um desejo ardente de estar no lugar do amigo morto correu por seus pensamentos e preencheu seu coração de amargura. Delgado engoliu em seco e cerrou as pálpebras. Lembrou-se dos últimos passos de Judas. O sentimento que levou o apóstolo de Jesus ao suicídio era o mesmo que agora banhava sua alma escura e pecadora: a culpa. Um sorriso mórbido desenhou-se nos lábios do padre assim que decidiu pelo mesmo fim. A história se repetiria, como um ciclo que retorna sempre ao mesmo ponto após o trágico final. No entanto, tinha um compromisso a enfrentar antes de ceifar a própria vida. Levaria o corpo do Cardeal Alfredo aos seus aposentos e o acomodaria em sua cama. Ouvira do amigo, em inúmeras conversas sobre a morte, seu desejo de partir em paz e dormindo, debaixo das próprias cobertas. Esse seria o seu último ato, uma espécie de pedido de perdão ao cardeal e a si mesmo.

Delgado arfou como se angariasse por mais força e energia e ensaiou uma caminhada em direção ao museu e aos quartos dos clérigos. Seus passos eram incertos e trêmulos, o peso do homem morto atingia suas costas como uma britadeira estilhaçando o asfalto em centenas de pequenos cacos. Enquanto seus pés o levavam ao corredor que desembocava na entrada do Museu do Vaticano, seus pensamentos se voltaram novamente na direção do céu. Agradeceu a Deus por estar com sua consciência restabelecida, distante, mesmo que de maneira temporária, da alma possessiva e faminta de Samael. O padre percebeu ter atravessado a galeria principal do museu ao sentir o cheiro de formol, presente nos monumentos egípcios, na ala leste do edifício. Estava escuro, apenas sua silhueta refletida nas paredes do prédio o mantinha alerta e ciente de onde se encontrava. Desenhou o restante do trajeto em sua mente numa fração de segundos e partiu até uma pequena escadaria ao fundo da sala. Percorreu os degraus com enorme dificuldade, o ar faltando aos pulmões e os joelhos querendo encontrar o piso frio, tamanhos o cansaço e a dor. Mergulhou no interior de um corredor estreito e lançado às sombras com as costas arqueadas e as mãos suadas e formigantes. Deixou que o corpo do Cardeal Alfredo despencasse ao chão, num baque surdo e oco, e apoiou o ombro contra a parede lateral. O cheiro da morte dançou ao redor de suas narinas como se fosse o tempero de um prato exótico. Por pouco não se entregou à fome de interromper sua pobre vida. Cerrou os olhos, abrindo-os novamente. Avistou o amigo deitado sobre o piso gelado e decidiu continuar sua saga.

Dessa vez não levou o corpo de Alfredo nas suas costas. Não se sentiria digno de transportar o amigo como Jesus carregou a cruz. Sabia que seus músculos não dariam conta da tarefa e sucumbiriam. Segurou os punhos do cardeal entre os dedos e o arrastou até a porta do seu aposento tocar-lhe a nuca. Suplicou para que estivesse destrancada e pôs a mão na maçaneta. Na primeira tentativa, ela girou em falso e não cedeu. Em seguida, após enxugar o suor das suas mãos na batina, Delgado conseguiu abrir a porta com um tranco feroz. Uma luz alaranjada o recebeu no interior do aposento vazio. A janela escancarada mostrava o sol se pondo, um vento frio uivava pelo cômodo feito um lobo invisível e sedento. Padre Delgado utilizou o pouco que restava das suas energias para erguer o corpo do amigo e colocá-lo sobre a cama. Tirou seus sapatos e os lançou longe. Ajeitou a cabeça do cardeal no travesseiro e o cobriu até a altura do pescoço. Ajoelhou-se ao lado de Alfredo, uniu suas mãos em posição de prece e orou em busca de arrependimento e perdão. Subitamente seus dedos alcançaram o gancho do telefone como que por instinto. Delgado discou o número da polícia e aguardou por alguns poucos segundos. Uma voz rouca e morosa atendeu ao terceiro toque.

— Detetive Sergio Gomes falando. Em que posso ajudar?

— Meu nome é Padre Delgado. — Pausa. — Acabei de cometer três assassinatos.

— O que disse?

— Está surdo, detetive? — rosnou Delgado, os olhos ardentes e arregalados. Seus dedos começaram a entortar, e as unhas a crescer como lâminas de cobre.

— Onde você está?

— No Vaticano. Venha para cá... — Fez uma breve pausa. — Rápido!

Capítulo 76
Paraíso
O PRIMEIRO ENCONTRO

Vergara seguiu caminhando atrás de Judas no que parecia ser um túnel de luz azulada e cintilante, algumas vozes chegavam aos seus ouvidos como uma cantoria distante. O cansaço de outrora havia dado lugar a uma leveza agradável e uma paz tão vívida que de certo modo o incomodava. Não seria fácil se acostumar com a ausência das dores, angústias e toda a ansiedade terrena. Sentia-se inteiramente vazio, feito um grão, mas a impressão era de estar preenchido, que o Universo inteiro estava ali, naquela pequena semente, como se a vida tivesse regressado ao seu ponto inicial. Vergara afastou temporariamente as ideias que passeavam por sua mente e projetou suas atenções ao homem que o conduzia ao Paraíso. Olhou à frente e examinou o ambiente. O gramado verde, repleto de flores, cascatas cristalinas e árvores robustas haviam ficado para trás como o verso de uma fotografia. Agora, o que se via era um enorme conjunto de luzes pulsantes circulando seu ser. Lembrava-lhe uma onda gelatinosa, e imaginou o corpo de um caracol visto de dentro. Estendeu o braço e tentou tocar a parede do túnel. Sorriu ao reconhecer a sensação do vento arranhando delicadamente sua pele. Era como colocar a mão para fora da janela de um trem em movimento.

— Judas?
— Sim.
— É isso o que as pessoas enxergam quando estão em coma?
— O que quer dizer? — O discípulo de Jesus estancou os movimentos e girou o rosto na direção de Vergara.
— Todas as pessoas que estiveram próximas da morte voltam dizendo que viram uma espécie de túnel de luz.
— Sim. Elas vislumbram o lugar onde estamos, mas não o atravessam.
— Por que não chegam a morrer? — arriscou o psiquiatra.
— Vergara, morrer é como acordar de um sonho. Esse túnel não é uma estrada que desemboca no Paraíso. Você já está nele, já faz parte dele. É confuso, mas vai se acostumar com a ideia.
— É como acordar de um sonho? — ele repetiu a frase em voz baixa.
— Exato. Por enquanto o céu lhe parece como contornos atrás de uma densa neblina. É turvo e desfocado. Mas não terá dificuldade para enxergar como o Paraíso é realmente.
— Como assim?
— Vergara, seu coração chegou aqui repleto de amor e fé. Esta é a chave fundamental para abrir as portas do céu.
— E o que acontece... — O psiquiatra fez uma pausa, como se engolisse palavras amargas e espinhosas.
— Eu não tive a mesma bem-aventurança, se é o que quer saber. O comandante Alex também não — disse Judas. — Você acordou de um sonho, meu amigo. Eu vim de um pesadelo. Cheguei assustado, com o coração preenchido por arrependimento, culpa e amargura. No início tudo era escuridão. Demorei muito a ver e a sentir os traços do Paraíso.
— Sempre imaginei o céu como um jardim infinito.
— Por isso a primeira imagem que você viu ao morrer foi aquele gramado verde, com flores e árvores.
— E como ele é?
— O Paraíso?
— Sim.
— Sabe o jardim que você projetou?
— Aham — murmurou Vergara, os olhos atentos.

— Só que um bilhão de vezes mais bonito. Consegue imaginar? — Judas sorriu alto.

— Nossa!

— Todos os lugares num só.

— Deve ser incrível!

— Você verá, caro amigo. Já estamos chegando.

Vergara arfou com tranquilidade e retomou a caminhada. As luzes foram ficando mais amenas e distantes, pulsando no mesmo tom do seu coração, calmo e generoso. Ele piscou fundo e inclinou o olhar mais adiante. Uma fina película de névoa cobria uma gigantesca cordilheira de arbustos. Parecia o amanhecer na Terra. Ao fundo, uma sombra dourada erguia-se e formava o corpo de uma mulher. Aos poucos seus pés foram parando de marchar e todo seu corpo se aquietou. Abriu-se um silêncio confortador. O psiquiatra arregalou as pálpebras e aguardou por alguns instantes.

— Chegamos — disse Judas, arrancando Vergara de suas visões.

— Onde?

— No Paraíso.

— Mas... — Ele fez uma pausa. — Nada mudou até agora.

— Tenha calma, Vergara. Eu preciso ir.

— Fique! Por favor!

— Você estará bem acompanhado — comentou Judas, virando-se de costas.

Vergara estudou seus movimentos, passos tranquilos e serenos, os ombros caídos e curvados para a frente. Continuou enxergando o discípulo de Jesus até sua imagem ser engolida pela névoa.

— Olá, querido! — Ele escutou uma voz familiar penetrar seus ouvidos. Era forte e amorosa.

— Vovó Yolanda? — arriscou Vergara, dando um rodopio. Seus olhos não conseguiram enxergar nada além de um vulto alaranjado em forma de mulher. Tudo estava desfocado, como a fumaça após um banho quente.

— Sim — respondeu ela.

Vergara sentiu um toque em seu rosto. Eram os dedos macios da sua avó Yolanda, reconheceu de imediato. Por tantos anos sentiu falta do seu carinho, do seu beijo antes de dormir, do sorriso ao chegar em casa após um dia cansativo. Então, começou a chorar como uma criança desamparada, esquecida no escuro e no frio por incontáveis dias.

— Eu quero vê-la, vovó! Por que só enxergo essa neblina?
— Vou ajudá-lo, querido! — Ela sorriu. — Feche os olhos e assopre!
— Com força?
— Nada aqui oferece resistência. Apenas direcione o ar dos seus pulmões à frente.
— Vou tentar — disse ele, o coração aos pulos e a mente borbulhando de alegria.

Vergara cerrou as pálpebras e respirou fundo. Antes de executar a tarefa, entrelaçou seus dedos nos da avó. Agora estava pronto. Exauriu todo o ar preso em seu peito e abriu os olhos. Sorriu ao ver uma onda de fumaça afastando-se do seu corpo. A primeira imagem que surgiu a sua frente foi a de um rosto meigo, doce e familiar; traços finos, sobrancelhas fartas, cabelos encaracolados e brancos e dois olhos azuis.

— Vovó! — ele deu um grito. — Quanta saudade! — Vergara lançou-se nos braços de Yolanda, o rosto apoiado em seu ombro, os olhos ensopados e ardentes. Permaneceu por alguns bons minutos em silêncio, deixando a saudade se dissipar na mesma velocidade do seu sopro. Em seguida, enxugou as lágrimas e avistou o lugar onde estava. O gramado era do mesmo tom verde dos seus sonhos, mas brilhava como se uma espécie de verniz o cobrisse ao longo de toda sua extensão. Um enorme e arredondado arco-íris recortava o céu azul-turquesa claro. Não havia um sol, mas dois. Ao fundo, atrás de uma enorme sequência de montanhas formada por arbustos, era possível enxergar o contorno de dezenas de planetas, suas luas, estrelas e anéis. As flores coloridas estavam à sua direita, junto a um infinito número de pássaros e borboletas.

À esquerda um rio estreito e curvilíneo cortava um vasto campo de areia que abrigava enormes pirâmides brancas e cintilantes.

— Agora entendi as palavras de Judas.
— Quais? — perguntou Yolanda.
— Todos os lugares num só.
— Sim. Aqui é lindo!
— Parecido com o que encontramos lá na... — A voz de Vergara perdeu força, dando lugar a um choro terno.

— Assim na Terra como no céu — completou Yolanda. Seus lábios tocaram a testa do neto num beijo estalado.
— Eu te amo tanto, vovó!
— Idem, querido! — disse ela. — Estou muito orgulhosa de você.
— Mas eu não consegui sobreviver.
— Não mesmo? — Ela sorriu.
— Eu queria estar lá... — Vergara fez uma pausa. — Com Hazael.
— Seu amor salvou a vida dela. Não há destino mais bonito do que esse.
— Obrigado, vovó.
— Não me agradeça, querido. Essas palavras não são minhas.
— Não? — Vergara arregalou os olhos, a voz carregada de espanto. — São de quem?
— De Jesus.

Capítulo 77

Turquia, Capadócia
TENTANDO SEGUIR EM FRENTE

Hazael entreabriu os olhos preguiçosamente, como se não quisesse acordar e concordar com o que a vida reservava ao seu futuro. Tocou os lábios do corpo sem vida de Vergara com as pontas dos dedos e tentou se colocar em pé. Já estivera ali, naquela rede de cavernas escuras, por tempo demais. Sentia-se extremamente fraca, os músculos rangiam ao mínimo movimento, os ossos pareciam feitos de areia molhada e as pálpebras ardiam pela enorme quantidade de lágrimas derramadas.

A jovem turca arfou com tristeza ao caminhar pelo interior da gruta pela última vez. O sol do fim de tarde ainda enviava seus raios ferventes pelas frestas da caverna, recortada em dezenas de traços alaranjados. Hazael avistou Alex ao fundo, deitado sobre uma poça de sangue, e apertou os passos, ansiosa e desorientada. Em pensamento implorava pela presença de Simão. Olhou ao redor. Não conseguiu enxergar o amigo protetor, tampouco sua luz azulada. A única imagem que penetrava suas pupilas era a silhueta do homem que matara seu amado em meio a uma penumbra densa e furiosa. O coração da jovem turca disparou assim que seus pés se aproximaram do corpo de Alex. Dúvidas ressonaram em seu cérebro como gritos de um pássaro acuado e amedrontado. *"E se ele ainda estiver vivo?"*, pensou, temerosa.

Lembrou-se da infância e um sentimento generoso fez que seus batimentos cardíacos desacelerassem. A figura de Maria, mãe de Jesus, atravessou sua mente. De repente, sentiu vontade de se ajoelhar ao lado do assassino. Obedeceu aos seus instintos e dobrou o corpo. Levou a palma da sua mão até a testa de Alex e a tocou com delicadeza e compaixão. A pele estava fria como uma rocha perdida no mar. Fechou os olhos e correu seus dedos até o pescoço ensanguentado do comandante. Nenhum pulso chocou-se contra o seu toque. Uma gota de lágrima dançou ao redor de suas pálpebras e despencou sobre o peito do homem morto. Nunca imaginou chorar pela morte daquele que lhe arrancou a felicidade.

— Espero que Deus o receba quando estiver pronto para recebê-Lo — disse ela, a voz embargada e trêmula.

Hazael sentiu uma pequena coceira no ombro e arregalou as pálpebras. Um sorriso morno desenhou-se em seus lábios assim que contemplou uma borboleta azul pousada sobre sua pele.

— Você — ouviu-se dizendo —, de novo por aqui?

Hazael sabia que estava na hora de partir. Antes, retornou ao corpo de Vergara e lhe deu um beijo nos lábios. Era um até logo. Ao menos esse era o seu desejo. Colocou-se em pé novamente e seguiu a passos desengonçados até a saída da grande caverna. Atravessou a rocha circular, subiu os degraus de areia batida e avistou, pelo enorme vão entre a parede da gruta e o arbusto seco, a figura de um homem embrulhado numa batina negra.

— Padre Ernesto! — gritou ela.

— Filha! — respondeu ele, correndo na direção da jovem.

— Você veio...

— É claro que sim. Não sabia onde encontrá-la, mas percorreria a Capadócia inteira atrás de você.

— Vergara está morto, padre. O meu amado se foi. — Hazael acomodou o rosto no ombro de Ernesto e se entregou a um choro lúgubre.

— Tente se acalmar, querida! Tudo ficará como antes. Eu prometo!

— Não existe mais essa possibilidade — disse Hazael, movendo-se novamente na direção do corpo de Vergara. Caiu de joelhos e lançou punhados de areia até enterrá-lo.

— Querida, o que quer dizer?

— Tenho que ir para Roma.
— Conversaremos sobre isso quando chegarmos em casa.
— Padre Ernesto, é urgente! Eu preciso cumprir minhas três tarefas.
— Que tarefas são essas?
— Exorcizar o Dybbuk do corpo do Padre Delgado e salvar o Papa, lançar o livro sobre Judas e aguardar o nascimento dos meus filhos.
— Hazael, o que você está dizendo?
— Eu estou grávida — revelou ela, a voz adocicada e aveludada. — De gêmeos.

Capítulo 78

Roma, Itália
Vaticano
A POSSESSÃO DEFINITIVA

Padre Delgado desligou o telefone com o tronco arqueado e os músculos trêmulos e ferventes. Sentiu os ossos contorcendo-se, uma dor nauseante e incontrolável, como se suas extremidades estivessem sendo esticadas com a fúria de cordas de aço. Repentinamente o ar lhe faltou aos pulmões e sua visão tornou-se turva. Ele tossiu e fechou os olhos. Tentou pensar em Deus, mas não encontrou o caminho até a fonte da sua fé, que parecia estar escondida num quarto escuro, trancado e sem acesso. Guiou suas pupilas na direção de suas mãos e uma gota de lágrima brotou de uma de suas pálpebras, passeando por sua bochecha flácida e triste. Os dedos estavam tortos, as juntas deformadas e repletas de pelos. Nas pontas, unhas pontiagudas e cortantes projetavam-se à frente como lâminas de canivetes abertos em posição de ataque. Em seus últimos lapsos de consciência, pensou em cortar a própria garganta e encarar a solidão da morte. Não encontraria muita dificuldade, as unhas afiadas lhe pouparium tempo e trabalho. Mas foi nesse exato momento que um gosto de enxofre ardeu em sua língua e arrebatou de vez sua respiração. O corpo de Delgado chocou-se com o piso de madeira, num baque agudo e frívolo. Um vento frio soprou para dentro do cômodo pela janela escancarada e trepidou a gola da sua batina. O padre arregalou as pálpebras e avistou a silhueta de um homem a poucos centímetros da sua face. Abriu a boca numa tentativa desesperada de pedir por socorro, mas o grito ficou entalado em seu estômago apertado e dolorido. Dois olhos bem familiares, redondos e vermelhos feito sangue, o atingiram como flechas envenenadas.

— Samael, deixe-me em paz — disse Delgado, aos prantos. Um líquido pastoso e fervente escorreu do seu olho direito e atingiu o chão. Era rubro, como sangue fresco.

— Você pediu por mim, padre idiota! — gritou o demônio.

— Mate-me de uma vez! Por favor!

— Não antes de você realizar mais uma tarefa para mim. — Samael emitiu uma gargalhada irônica e maliciosa.

— O que você quer? — perguntou Delgado aos solavancos.

O demônio abriu os braços. Seu rosto foi estreitando-se e ganhando pelos, os olhos permaneciam avermelhados e estáticos. Um bico rígido e pontudo tomou o lugar do seu nariz, deixando-o com o aspecto de um corvo. Enormes asas, felpudas e escuras, esticaram-se, quase tocando o teto. Samael soltou um rugido agudo e rouco, lembrando o canto de uma gralha. Em seguida, o pássaro lançou-se ao ar, aproveitando a corrente de vento que passeava pelo cômodo, e flutuou até os lábios de Delgado, entregue no piso como um corpo sem vida. O demônio invadiu a boca do padre e começou a bicar sua língua. Jatos de sangue salpicaram por sua face e mancharam o piso de madeira. Um novo grito foi ouvido. A luz do quarto se apagou, num estouro surdo. Os dedos de Delgado tentaram agarrar o pequeno animal e puxá-lo para fora da sua boca, mas não reuniram força suficiente. O demônio avançou até a garganta do padre, alfinetando suas paredes como uma colcha de espinhos. O vento recuou e um silêncio mórbido tomou posse do cômodo. Os olhos de Delgado arregalaram-se. Mostravam o mesmo tom avermelhado antes encravado no rosto do demônio. Um sorriso sombrio desenhou-se em seus lábios rachados e ensanguentados. Ergueu-se num sobressalto e se colocou em pé. Respirou profundamente e fechou os punhos. Sentiu uma corrente de poder renovar seus ossos, músculos e órgãos internos. Caminhou lentamente até a porta do quarto e girou a maçaneta, tomado pelo ódio. Abriu a porta num gesto brusco e potente, quase a arrancando da parede. Um corredor escuro revelou-se diante dos seus pés. Palavras se formaram em sua mente confusa e fervente. Demorou alguns segundos para entendê-las e codificá-las. Por fim, as repetiu em voz alta, num tom de voz rouco e raivoso.

— Mate o Papa! — pegou-se dizendo antes de se lançar na penumbra.

CAPÍTULO 79
Paraíso
O SEGUNDO ENCONTRO

VERGARA ESTAVA SE ADAPTANDO A SUA NOVA CONDIÇÃO, CAMINHAVA pelo extenso gramado do Paraíso, os olhos umedecidos pelo reencontro com Yolanda e o coração incendiado pela saudade de Hazel. Seus dedos trêmulos e suados permaneciam entremeados aos de sua avó. Em sua mente inquietante pulsava a preocupação com a amada, deixada sozinha no interior de uma caverna na Capadócia. E ainda por cima grávida! "*O que será dela?*", era a pergunta que sufocava sua garganta. O psiquiatra olhou à frente, logo após atravessar um pequeno córrego de águas puras e cristalinas salpicado por rochas brilhantes e gigantes. Avistou um grande número de pessoas, homens, mulheres e crianças com os corpos cobertos por mantos brancos e sandálias de pano nos pés.

— Por que eles estão vestidos desse jeito, vovó? — perguntou, num sobressalto.

— Olhe para si próprio, querido — respondeu Yolanda.

Vergara seguiu as orientações da avó e desviou a atenção para si mesmo. Encontrou-se de modo semelhante, embrulhado por uma túnica clara, os pés calçados em uma sandália rústica. Sorriu ao se descobrir como os outros. Pela primeira vez, desde que chegara ao céu, afugentou da sua alma a sensação de ser um estrangeiro ou um visitante inóspito, sentindo-se agora parte daquele lindo lugar. Continuou, com Yolanda ao seu lado, sua caminhada a passos tranquilos e serenos, serpenteando por todas aquelas pessoas que lhe sorriam como se o conhecessem. Seus olhos brilharam intensamente e deixaram a tensão de lado, ao menos até o rosto de Hazael retornar aos seus pensamentos. Quando isso aconteceu, suas palavras se tornaram apreensivas e perturbadas.

— Vovó, eu preciso voltar à Terra. Leve-me de volta! Por favor!

— Querido, as coisas não funcionam dessa forma.

— Mas tem de haver um jeito. Hazael está sozinha, carregando meus filhos na barriga.

— Federico Vergara! — Yolanda falou, com força. — Escute-me! Sei que não é fácil morrer, embora este lugar seja repleto de beleza e ausente de qualquer dor ou sofrimento. É difícil deixar pessoas e projetos na Terra e regressar ao céu. Um tempo é necessário para que tudo se encaixe. Não exija mais do que pode alcançar até este momento. O fato é que você escolheu morrer por ela, justamente porque Hazael carrega seus dois filhos no ventre.

Vergara calou-se por alguns instantes. Arfou com mais tranquilidade e envolveu Yolanda nos braços. Caiu num choro lúgubre, o último direcionado à sua própria morte.

— Venha, querido! Uma pessoa quer vê-lo — disse Yolanda encarando os olhos do neto.

— Quem? Eu conheço? — inquiriu ele, a voz não passava de um sussurro.

— Sim. — Sorriu ela. — Todos O conhecem.

— Jesus?

— Aham.

O psiquiatra novamente entrelaçou os dedos aos de sua avó e deixou que o guiasse. Ao contrário do que imaginava e do que se havia acostumado na Terra, não foram eles que seguiram ao encontro de Jesus. Subitamente a paisagem à frente de Vergara modificou-se, como se a imagem captada por seus olhos não passasse da página de um livro sendo virada. O jardim partiu para longe, carregando consigo o gramado verde, o rio, as montanhas, o deserto e todas aquelas pessoas. Em seu lugar, como folhas secas trazidas pelo vento fresco, pequenas pedras arredondadas eram embebecidas pela leve ondulação que chegava de um mar calmo e extremamente azul. Ao fundo, atrás de uma neblina fina, um imenso anel de montanhas erguia-se e quase tocava o céu. Um barco de madeira encontrava-se na margem, dançando ao balanço da maré.

— Onde estamos, vovó?
— Na Galileia.
— Meu Deus! — exclamou Vergara, os olhos encantados com profunda beleza.
— Entre no barco, querido! Jesus o está esperando no meio do mar.

Vergara entrou, num salto, no pequeno e rústico veículo. Soltou a corda que o segurava ao piso de areia e pedras e deixou que a corrente o levasse ao local do encontro. Um vento morno soprou às suas costas carregando o barco ao centro daquele imenso bálsamo azulado. Inesperadamente o veículo estancou seus movimentos, assim como as ondulações do mar. Vergara olhou na direção de uma nuvem da qual uma enorme escadaria prateada se formava e descia até quase tocar a superfície da água. A imagem de um homem de cabelos compridos e barbas ralas surgiu nos primeiros degraus. Uma luz dourada circundava todo seu corpo, coberto pelo mesmo pano que vestia o psiquiatra.

— Jesus?
— Sim — respondeu Ele, um sorriso estampava seu rosto amoroso.
— É um prazer conhecê-Lo — disse Vergara aos solavancos.
— Já nos conhecemos, Federico Vergara. Vim apenas para lhe dar as boas-vindas ao Paraíso e tentar esclarecer algumas de suas dúvidas.
— Obrigado, Senhor! Não sei por onde começar.
— Diga-me a sua vontade. O que deseja?
— Voltar.
— Todos querem voltar, Federico. A Terra é um planeta extremamente difícil, mas o que se vive lá não se vive em qualquer outro lugar do Universo.
— Hazael está sozinha, grávida e com uma missão das mais complicadas.
— Querido, ela não está sozinha. Ninguém está.
— Eu preciso ajudá-la. O Senhor me permite?
— Acompanhará Simão em sua próxima missão na Terra. Prestará os auxílios necessários para que sua amada cumpra a tarefa a ela designada. E então terá que retornar.

— Está bem — concordou Vergara, esboçando um enorme sorriso.

— Aproveite a sua estadia, Federico — disse Jesus, enquanto sua imagem se dissipava em meio ao vento que já recomeçava a soprar com força.

— E depois, Senhor? — Vergara deu um grito, colocando-se em pé no barco. — Eu vou poder conhecer meus filhos?

— Tudo no seu devido momento, Federico. Até breve! — Jesus respondeu antes de partir.

CAPÍTULO 80
Roma, Itália
Aeroporto Leonardo Da Vinci
A LUZ PRATEADA

A capital italiana amanhecera como uma máscara de expressões rígidas e rabugentas. Um vento frio e veloz flutuava pela cidade, coberta por um céu anuviado e cinzento, e uma garoa fina arranhava o topo das edificações. Hazael desceu da aeronave carregando uma pequena mochila nas costas, o coração aos saltos e os olhos firmes e arregalados. Avistou o imenso edifício à frente e estancou os passos por alguns instantes. Nunca havia deparado com algo tão grandioso nem em seus mais virtuosos sonhos. Um temporal de luzes, corredores e lojas mergulhou na sua mente como um oceano de cores vibrantes assim que retomou a caminhada e serpenteou por entre um formigueiro de pessoas, a maioria perdida em seus mundos particulares. Algumas a fitavam de maneira curiosa. Seus traços remetiam a um lugar bem distante de Roma, a roupa que vestia, uma túnica marrom e um lenço branco cobrindo os cabelos, deixava à mostra o rosto de uma moça jovem e devota.

Hazael obedeceu às orientações do Padre Ernesto. Sentou-se numa cadeira próxima ao portão de desembarque do Aeroporto Internacional Leonardo da Vinci para descansar e aguardar sua chegada, pois ele embarcara no voo seguinte. Juntos partiriam para o Vaticano. Foram inúmeras tentativas para adquirir duas passagens no mesmo avião, mas a urgência e o tempo estreito não permitiram êxito. No fim, ficou decidido que Hazael viria primeiro e o padre logo em seguida. A jovem turca abriu a mochila e apanhou o Testamento de Judas entre os dedos. Virou as páginas com ansiedade, como se fosse encontrar ali, naquele antigo documento, a imagem do seu amado Vergara. A saudade apunhalou seu coração vazio sem piedade, e uma gota de lágrima dançou ao redor de suas pálpebras. Sentiu, ao menos durante o tempo em que esteve com Vergara, que a vida lhe havia dado um sorriso, uma pequena trégua em seu destino missionário e misericordioso. Para ela, tudo não passou de um sopro quente, daqueles que embaçam o espelho por alguns míseros segundos; um vento potente, capaz de arrasar uma cidade inteira num piscar de olhos, ou um relâmpago sem chuva gritando numa noite deserta e estrelada. Ainda assim um sentimento de gratidão desenhou-se no interior da sua mente, provocando um sorriso tímido na sua face triste. Hazael apoiou o documento no colo e cerrou os olhos. Um cansaço fervente arrebatou seus músculos e paralisou seus pensamentos, afogados numa espécie de tela escura e solitária. Sua respiração foi se tornando cada vez mais leve e lentificada. Hazael caiu num sono pesado e ausente de imagens, até uma mão conhecida tocar delicadamente seu ombro.

— Padre Ernesto? — disse ela, num murmúrio. — Já chegou? — Seus olhos permaneciam fechados.

— Não, meu amor. Sou eu. Vergara.

— Quem? — A jovem turca arregalou as pálpebras num ímpeto.

Observou a imagem do seu amado à frente, um contorno prateado brilhando ao redor do seu corpo. Lágrimas salpicaram seu rosto lúgubre e delicado como a garoa que continuava a despencar pela cidade. Atrás de Vergara, uma sentinela azulada e bem familiar formava a figura de Simão, pai de Judas. Hazael levantou-se e fez menção de abraçar o amado. Seus braços tocaram o próprio ventre, as palmas das suas mãos se fecharam contra as costas. Ela deu de ombros. Aproveitou a pontada de felicidade que emergia dos seus ossos e arfou com tranquilidade. Em seu íntimo, Hazael sabia que nunca mais se sentiria só.

Capítulo 81
Roma, Itália
Vaticano
UNINDO FORÇAS

Vergara sentou-se ao lado da amada, os olhos semicerrados e o coração vibrante, e aguardou a chegada do Padre Ernesto com um misto de ansiedade e gratidão. Não foi uma espera grandiosa. Em menos de duas horas o homem que cuidara de Hazael como se fosse seu verdadeiro pai arrastava sua pequena mala pelo piso liso e brilhante do Aeroporto Internacional de Roma.

— Ele chegou — disse Vergara, num sussurro, tocando com os lábios no ouvido de Hazael.

Um sentimento de saudade e desejo perambulou por sua alma e ele teve que se deter. Isso só atrapalharia as coisas, sabia disso. Não tinha mais um corpo humano, embora sua imagem assim parecesse, para oferecer a Hazael uma resposta a sua provocação afetiva. Ele recuou rapidamente. Olhou ao redor e encontrou a presença de Simão. O pai de Judas nada disse, apenas aquiesceu com um gesto de cabeça, concordando com a conclusão do psiquiatra. Vergara observou Hazael erguer-se da cadeira e cumprimentar Ernesto com um abraço apertado. Se pudesse, trocaria de posição com o padre, mesmo que por alguns míseros segundos, sobretudo para sentir novamente o corpo quente da sua amada tocando sua pele. Testemunharia seus pelos eriçarem e ferverem, seus lábios formigarem pedindo pela boca de Hazael; uma receita testada e aprovada. Pensou em sua morte repentina e em tudo que havia deixado na Terra. Não era muito, mas as enumerou como especiais. Uma mulher que amava, com dois filhos no ventre, um trabalho que considerava uma bênção, mesmo tendo morrido por ele, e um pequeno e aconchegante apartamento em Roma, próximo à Estação Ferroviária de *Termini*, herança de sua avó Yolanda.

— Vergara, acorde! Por favor! — disse Simão, esboçando um sorriso. — Eles já entraram no táxi.

— Meu Deus! — comentou o psiquiatra, a voz entrecortada. — Perdoe-me, Simão. Eu me perdi nas minhas memórias.

— Não se preocupe com isso. Aconteceu tudo muito rápido para você. — O pai de Judas fez uma pausa. — Mas temos que ir.

— Aonde vamos?

— Ao Vaticano.

— Está bem.

Vergara aguardou os próximos movimentos de Simão a fim de entender o processo que os levaria ao destino seguinte. Lembrou-se da escadaria que os trouxera à Terra, um misto de azul e prata cintilante, com seus 33 degraus, muito semelhante à que observou em seu encontro com Jesus.

— Feche os olhos — orientou Simão, que provavelmente ouvira as dúvidas do psiquiatra.

— E depois? — perguntou Vergara, as pálpebras já se mostravam cerradas.

— Pense em Hazael. — Simão aguardou alguns segundos. — E então estará com ela — completou o pai de Judas.

Os olhos de Vergara abriram-se assim que sentiu o perfume doce de Hazael invadir suas narinas. Ela estava ao seu lado, sentada no banco traseiro de um Fiat Punto, as mãos trêmulas sobre o ventre. Uma lágrima umedecia seus cílios. O psiquiatra tocou o dorso dos seus dedos no rosto de Hazael. Observou os olhos da amada entreabrir-se e seu pescoço virar.

— Você está aí, meu amor? — perguntou ela.

— Sim — respondeu Vergara num sussurro.

— Não é sempre que consigo ver. Mas posso senti-lo.

— Você sentiu meu toque?

— Aham.
— Como é? Igual ao de quando eu era vivo?
— Não, mas é bom. — Uma pausa. — É quente, como aproximar o rosto de uma fogueira.
— Estou tão feliz em ver você novamente, Hazael.
— Eu também — disse ela, estreitando as sobrancelhas. — Agora estou te vendo, quase nitidamente.
— Como antes?
— Quase. Uma luz prateada circunda seu corpo. Ele parece se mover lentamente, como se suas células dançassem sem os limites do corpo físico.
— Sério? — Ele sorriu.
— É lindo.
— Obrigado, Hazael — agradeceu Vergara, um sorriso tatuava seu rosto.

O psiquiatra e a jovem turca permaneceram alguns minutos em silêncio, os olhos cerrados, dedos entrelaçados e corpos unidos. Se pudessem, avançariam à eternidade abraçados, as peles grudadas e a respiração conjunta. Vergara não chegou a perceber a parada do carro. Arregalou as pálpebras quando as portas do táxi já estavam abertas e Ernesto movia-se de maneira ansiosa sobre a calçada. Um enorme muro erguia-se atrás da imagem do padre, transformando-o num pequeno borrão negro à frente de um amplo forte. A garoa fina de outrora era agora uma chuva densa, com gotas espaçadas, frias e robustas. Vergara saltou do veículo e se colocou ao lado de Simão. Sentia-se inseguro entre o desejo humano de amar Hazael e o impulso angelical de protegê-la. Não gostaria que sua presença de alguma forma atrapalhasse a missão da sua amada.

— As autoridades já estão aí — disse o pai de Judas, apontando o queixo na direção de um automóvel policial.

— Isso pode interferir em nosso trabalho? — perguntou Vergara de imediato.

— Eu espero que não. Vamos!

Vergara e Simão seguiram como anjos protetores até a entrada principal do Estado do Vaticano, logo atrás de Ernesto e Hazael, as mãos espalmadas e apontadas na direção das costas de cada um, os passos leves e compassivos. Atravessaram a Praça de São Pedro e penetraram uma pequena escadaria em espiral do lado esquerdo da enorme catedral. Uma escuridão fervorosa os atingiu aos primeiros degraus.

— Espere! — gritou Hazael, num rompante. O eco da sua voz se perdeu ao longo daquele imenso corredor mergulhado no breu. — Temos que retornar. Padre Delgado deixou seu quarto e se encontra no centro da Capela Sistina.

— Como você sabe disso, querida? — perguntou Ernesto, a voz tensa e surpresa.

— Confie em mim. Às vezes consigo enxergar coisas que os outros não são capazes.

— Por onde vamos? — Padre Ernesto balbuciou.

Os braços de Vergara envolveram Hazael nos segundos que se seguiram, as pálpebras semicerradas e o coração repleto de amor. Mas era um sentimento diferente, o desejo humano não estava presente. Sentiu-se como um canal, um fio que conduz a paixão de Deus aos seres da Terra. Um sorriso desenhou-se em seus lábios enquanto Hazael pensava na resposta.

— Há uma pequena porta atrás do altar da Catedral de São Pedro — sussurrou Vergara ao ouvido de sua amada. — Aperte o passo — concluiu o psiquiatra.

Por anos, viu-se ali percorrendo aqueles imensos corredores escuros; labirintos que a ele significaram pedaços vívidos do seu lar na Terra. Lágrimas escaparam dos seus olhos e, abruptamente, Vergara se perguntou se a emoção que o dominava naquele momento havia de alguma forma se materializado em seu espírito e se transportado ao mundo dos homens. Percebeu Hazael olhando fixamente em sua direção. Ela ergueu uma das mãos e tocou com o dedo indicador em seu rosto. Vergara sentiu uma vibração diferente, lembrando-lhe uma cócega. Sua face tornou-se seca novamente e o psiquiatra projetou a visão à frente, até enxergar Hazael levando o dedo úmido aos lábios.

— Temos que partir — Simão orientou em voz baixa, colocando-se entre Vergara e Hazael. — Não há muito tempo.

— Por aqui — disse a jovem turca, fitando o rosto incólume do Padre Ernesto.

Vergara observou Hazael e Ernesto flutuarem a passos acelerados até os portões da Catedral de São Pedro e serem engolidos por suas imensas colunas. Ele e Simão partiram em seguida, o silêncio alimentando suas mentes e o amor divino preenchendo seus corações. O piso quadriculado que decorava toda a igreja fez Vergara reviver seus primeiros dias no emprego. Lembrou-se dos seus domingos de folga, quando preferia sentar-se em um dos bancos de madeira colocados em extensas fileiras para observar a beleza do altar e o brilho dos afrescos no teto a sair pelas ruas de Roma. Em geral um livro o acompanhava durante esses momentos de turismo dentro do seu próprio trabalho. Mesmo sozinho, Vergara sentia-se abraçado pelo aroma da felicidade. Ela não lhe chegava de maneira completa, mas ainda assim era maior do que a maioria das pessoas do planeta experimentava. Ele tinha consciência disso. Simão tocou seu ombro e o trouxe de volta ao presente. Uma portinhola achava-se aberta à sua frente e mostrava uma pequena sequência de degraus perdida em meio às sombras. Vergara entrou atrás de Simão e seguiu ao seu lado, tentando manter a mente vazia e calma. Embora íngreme, escuro e repleto de curvas inesperadas e lances de escada irregulares, aquela trilha estava presente e viva nas memórias do psiquiatra, um caminho corriqueiro que o levou ao seu quarto uma centena de vezes. Vergara utilizou o truque ensinado por Simão. Fechou os olhos e pensou em Hazael. De repente, achou-se ao seu lado. Entrelaçou seus dedos nos dela e sorriu ao passar por uma porta de madeira com a maçaneta trincada e enferrujada.

— Eu costumava dormir nesse cômodo — disse ele num sussurro.

— Aqui? — perguntou Hazael, estancando os passos.

— Aham. — Ele girou a maçaneta. — Deixe sua mala aí dentro e diga ao Padre Ernesto para fazer o mesmo.

— Está bem — disse ela, obedecendo à orientação do seu amado. Retirou o documento de Judas da mochila e a largou sobre o piso. Em seguida, apanhou a mala de Ernesto e a acomodou ao lado da sua.

— Foi uma bênção a você ou estou enganada? — perguntou Hazael.

— O que, meu amor?

— Trabalhar e morar no Vaticano.

— É exatamente como eu gosto de enxergar as coisas. Na maior parte do tempo fui muito feliz, minhas atividades eram importantes e cercadas de muita leveza. Com exceção da minha última tarefa.

— A de me levar a um hospital psiquiátrico e me esquecer lá para sempre?

— Exato. Mas aí... — Vergara deu uma pausa. — Eu me apaixonei por você e minha vida mudou.

— A minha também, querido. Assim como Maria, mãe de Jesus, revelou-me na infância.

— Temos que ir — comentou Vergara, fitando o olhar austero do pai de Judas.

Dessa vez, ele seguiu na frente; afinal, conhecia todos os segredos daquele imenso edifício. Dobrou à direita assim que atravessou a porta do seu antigo aposento e penetrou numa enorme sala iluminada e coberta por livros. Grandes janelas mostravam feixes da cidade de Roma coberta por um céu cinzento e carregado, mas a chuva parecia ter dado uma ligeira trégua. Ao fundo do cômodo havia uma abertura na parede, sem a presença de uma porta ou qualquer divisória. Um pátio abriu-se à frente de Vergara e o fez parar. Ele olhou para trás e viu Simão se aproximar, seguido de Hazael e Ernesto.

— O que houve, Vergara? — perguntou o pai de Judas.

— O museu fica logo ali. — Ele apontou a uma pequena passagem ao lado de uma estátua simbolizando o momento em que um meteoro cor de ouro destrói a Terra.

— Vamos em frente — Hazael interveio. Seus passos eram certeiros, o olhar sereno, ficando visível quanto amor a rodeava.

Vergara continuou caminhando adiante, como um guia levando um pequeno grupo de turistas até os enormes corredores do Museu do Vaticano. O primeiro deles mostrava os tesouros do Egito, artefatos e múmias. Seus pés aceleraram o passo e desceram um pequeno lance de degraus até uma sequência de saletas que exibiam as vestimentas de todos os papas da história. Ele sentiu o coração aos pulos e dobrou a velocidade da marcha.

— Estamos quase chegando — balbuciou, com a voz recortada e trêmula.

Seus olhos umedeceram-se assim que o teto da Capela Sistina os alcançou. A imagem de Deus tocando o homem e Sibila segurando o livro de profecias eram suas pinturas favoritas; e nem percebeu que alguns metros à frente havia um padre, deitado de costas, com dois agentes da polícia debruçados sobre ele.

— Não o matem! — Vergara ouviu a voz de Hazael atravessar o ambiente com um eco potente e cheio de energia. Ele se colocou ao lado da amada e tocou com a palma da mão seu ombro direito. Tentava mantê-la focada e segura. Simão acomodou-se do outro lado e Ernesto logo atrás.

— Quem são vocês? — um dos policiais deu um grito, a arma ainda apontada para as costas de Delgado.

— Viemos ajudar — disse a jovem turca, a voz doce e compassiva.

— É mesmo? — O oficial deu uma pausa e riu num tom debochado. — Eu posso saber quem os enviou até aqui?

— Jesus, o filho de Deus — respondeu Hazael.

CAPÍTULO 82

Roma, Itália
Vaticano
MA´ASIT — O RITUAL

— Sei... — disse o policial, recuando a arma. — E como você espera ajudar esse assassino?

— Ele não é tecnicamente o autor desses crimes.

— Não? — O policial sorriu e se aproximou de Hazael. Vestia uma calça jeans surrada, camisa bege abotoada até a garganta, e uma jaqueta preta completava seu figurino. Tinha olhos claros e cabelos ralos e grisalhos.

— Está possuído pelo demônio. Não consegue ver? É por isso que tem marcas irregulares na pele, como escamas de uma serpente sendo trocadas.

— Qual é o seu nome?

— Hazael Kaige, e o seu?

— Investigador Sérgio Gomes. E aquele é o agente Gustavo, meu parceiro.

— Muito prazer — disse a jovem, de imediato. — Este é Padre Ernesto. Viemos realizar uma sessão de exorcismo. Se o senhor nos permitir, é claro!

— Esse homem realmente me parece estranho demais — murmurou o investigador.

— Como chegou a essa conclusão?

— O idiota começou a balbuciar frases em latim, tinha os olhos esbugalhados e vermelhos.

— Sim. O que mais?

— Ele levou uma surra das mais pesadas. No entanto — Sérgio fez uma pausa para respirar —, riu de cada golpe. Dizia que nos cansaríamos de bater, mas não conseguiríamos acertá-lo.

— Isso é óbvio. Só as palavras de Deus são capazes de alcançá-lo.

— Olhe aqui, Hazael, vocês podem tentar fazer o que vieram fazer, mas se algo escapar do seus controle meu revólver iniciará uma gritaria. Estamos entendidos?

— Está bem.

— Ficaremos na espreita. Quer alguma ajuda para começar?

— Ele deve ser colocado numa cadeira.

— Tudo bem. Isso não vai ser problema. — O investigador girou o rosto para trás e encontrou os olhos do colega. — Gustavo, por favor, traga uma cadeira e coloque esse verme sentado.

Sérgio Gomes caminhou lentamente até tocar com o bico dos sapatos na altura do rim de Delgado, ainda caído ao chão, e observou Gustavo erguê-lo e acomodá-lo como a jovem turca havia pedido. Em seguida, amarrou as mãos do padre aos braços da cadeira com pedaços de pano que arrancou das mangas da própria camisa e abriu espaço para que Hazael e Ernesto pudessem começar o ritual.

— Ajude-me, querido — pediu Hazael, fitando a imagem de Vergara ao seu lado, uma silhueta prateada contornava seu rosto. Simão também se aproximou, as palmas das mãos voltadas ao céu, como se seu corpo tivesse se transformado em uma oração.

A jovem turca abriu o Testamento de Judas e o acomodou sobre o braço esquerdo. Fez sinal para que Ernesto se colocasse ao seu lado, o crucifixo pendurado em sua mão direita. Seus olhos encararam o rosto de Delgado voltado aos próprios joelhos, as pálpebras cerradas. Hazael virou algumas páginas do livro, os dedos trêmulos e grudentos de suor.

— Posso ver que está apavorada, minha jovem! — Delgado rugiu, erguendo a cabeça, sua voz lembrando o rosnado de um animal feroz. Seu rosto mostrava um tom esverdeado, a pele parecia quebrar-se como se fosse de barro ou porcelana. Veias riscavam seu rosto de violeta e roxo.

— Está enganado — retrucou ela de imediato. — Demônios não me colocam medo.

— Tem certeza? — Delgado caiu na gargalhada.

— Sim — ela arfou com delicadeza e aguardou alguns segundos. — Eu tenho Deus, você só tem a si próprio. E isso não é o bastante.

— É o que veremos.

— Delgado? — Ernesto se interpôs na conversa. — Lute contra ele. Você também pode ajudar — gritou o padre.

— Meu nome não é Delgado, seu imundo! Sou Samael — rugiu o demônio erguendo as mãos. As tiras de pano se romperam e ele se soltou da cadeira, colocando-se em pé.

— Eu vou atirar se você continuar caminhando — Sérgio Gomes disse, sua voz chegando do fundo da capela.

— Fique à vontade — comentou o demônio. Aproximou-se de Ernesto em dois saltos ágeis e enrolou os braços em seu pescoço.

— Solte-o, Samael. Sou eu quem você quer, não é? — Hazael ordenou.

— Não. Eu quero colocar a igreja de Cristo abaixo. Isso é o que eu desejo.

O investigador Sérgio Gomes não esperou por mais tempo. Ergueu sua pistola e atirou contra Delgado, abrindo um clarão surdo na capela. A bala atravessou seu corpo sem que sentisse o golpe. Não havia sangue, só o furo em sua batina e um sorriso malicioso nos lábios podiam ser vistos.

— Nunca vai conseguir! — exclamou Padre Ernesto. Aquelas foram suas últimas palavras antes de observar sua vida esvair-se. Samael apertou o pescoço do padre com tanta fúria e fome que dois jatos de sangue esguicharam de dentro de cada um de seus olhos, pintando o piso de vermelho e levando-o à morte. O corpo de Ernesto bateu contra o chão como um tronco de árvore seco e oco.

— Não! — gritou Hazael, caindo de joelhos. — Você é como um pai para mim...

— É a próxima a morrer, mocinha! Prepare-se! Depois será a vez desses dois idiotas da polícia, e, por fim, o Papa.

— Encontre logo o texto do exorcismo, meu amor! — sussurrou Vergara no ouvido de Hazael. — Respire o amor de Deus e fale a língua Dele.

Vergara fitou Simão ao seu lado, as mãos permaneciam apontadas na direção do céu, em sinal de prece, e uma luz azulada ligava seu corpo ao teto da Capela Sistina, exatamente onde o dedo de Deus tocava o homem terreno. Voltou sua atenção a Hazael. Percebeu que a amada estava ansiosa, a respiração curta e apavorada.

— O Ma´asit está na próxima página, querida — disse Vergara, sem saber de onde aquela informação estava vindo. Referia-se ao capítulo dos rituais sagrados do judaísmo, mas só tomou conhecimento disso quando a sentença já havia deixado sua garganta.

— Obrigada — agradeceu ela, virando a folha.

Repentinamente Hazael foi abraçada pela luz azul que escapava do coração de Simão. Ela ergueu a cabeça, abriu os olhos e pôde ver o Testamento que descansava entre seus dedos. Então, apanhou do braço sem vida de Ernesto o crucifixo e o segurou com firmeza. Apontou-o na direção do demônio e começou a ler as palavras do céu em voz alta, repetindo os nomes de Deus como se invocasse para dentro da Capela Sistina a maior das orações.

— *Elohim*, meu Pai; *Jireh*, o Senhor proverá; *Rafa*, a cura está na Tua presença; *Shalom*, a paz irá prevalecer; *Nissi*, carregarei a Tua bandeira aonde quer que eu vá; *Sebaoth*, serei mais um em Teu exército; *Raah*, meu bom Pastor; *Tisidkenu*, Tua justiça será feita por meio da verdade e do amor; *Shammah*, eu posso vê-Lo; *Maccadeshkem*, santificados sejam Vossos nomes; *Nakeh*, a ferida não alcançará aquele que Te segue; *Adonai*, meu Senhor; Amém — finalizou Hazael, a voz amorosa e pacífica. Arregalou as pálpebras e enxergou o corpo de Delgado curvado, como se sua espinha tivesse sido dobrada ao meio. Um silêncio pairava pelo cômodo, parecendo que o tempo havia desistido de girar.

— Ainda não terminou o ritual, Hazael. Diga a ele o que deseja — explicou Simão, os dedos do pai de Judas formavam raios de cristal que se ligavam ao peito da jovem turca.

— Eu ordeno que deixe o corpo do Padre Delgado e volte ao seu local de origem, Samael.

— Não — gritou o demônio, num rugido agudo e alto.

— Vá embora! — Uma rajada de cinzas saiu da garganta do padre, despejando-se no chão como se fosse um vidro estilhaçado em centenas de cacos.

Os folículos de poeira uniram-se e se ergueram, formando o contorno de um homem sem traços, de asas negras e orelhas de lobo.

— Para onde? — perguntou Samael. — Diga-me, mocinha!

— Para o Infer...

— Não! — gritou Vergara, o tom de voz estridente, interrompendo Hazael. — É tudo o que ele quer ouvir para permanecer entre nós.

— O que eu digo? — perguntou ela, num rompante.

— Que volte para dentro de si mesmo. — Dessa vez Padre Delgado foi quem falou, quase sem fôlego, o rosto desfigurado e ensanguentado. Caiu de joelhos e permaneceu imóvel, a cabeça baixa e os braços estirados ao lado dos joelhos.

— Eu retornarei! — rugiu o demônio antes de se desintegrar novamente em cinzas e escapar da Capela Sistina pela janela escancarada.

— Acabou — disse Hazael, entregando-se a um choro de alívio. Seus olhos procuraram pelos de Vergara e arfou com tranquilidade ao encontrá-los ao seu lado. Seus lábios se abriram num sorriso puro, como se aquele simples gesto convidasse seu amado para um abraço apertado antes que partisse novamente para o céu.

— Mate-me, investigador! — A voz de Delgado cortou o silêncio da capela. — Por favor!

— Mas você não tem culpa — Hazael tentou persuadi-lo.

— Cardeal Alfredo morreu de maneira semelhante a Jesus. Eu quero partir como Judas Iscariotes.

— Mas Judas não traiu Cristo, Delgado — insistiu ela, escapando dos braços de seu amado. — Você sabe muito bem disso, padre.

— Sim. Mas ele também sabia e precisou partir para não conviver com o que havia sido feito.

— Você tem muito a viver ainda, Delgado. Esqueça isso!

— Investigador, faça a minha vontade. Aperte esse gatilho e depois leve seu amigo e a jovem para longe do Vaticano.

Sérgio Gomes esticou o braço e virou a cabeça para o lado oposto. Sabia que as digitais do Padre Delgado estavam espalhadas por toda parte e o incriminariam de qualquer forma. Tinha plena consciência de que ele nunca mais viveria em paz, mesmo que os crimes tivessem sido cometidos por um espírito maligno que se apoderou do seu corpo fraco. Os dedos do policial falharam na primeira tentativa e escaparam do gatilho. Mas não da outra vez. O disparo rasgou o cômodo com um eco estridente, aroma de pólvora fresca e sabor salgado da morte. Padre Delgado pousou sobre o piso da Capela Sistina num baque oco, os olhos abertos, imóveis e aliviados.

Capítulo 83

Roma, Itália
7 anos depois
O LIVRO DE HAZAEL KAIGE

O SOL JÁ REPOUSAVA ATRÁS DAS MONTANHAS HAVIA ALGUMAS HORAS, mas o calor permanecia fervendo o ar da capital italiana como se a cidade inteira estivesse no interior de um forno em brasa. A lua mostrava-se reluzente e solitária, pendurada num céu límpido e sem estrelas. Era sete de dezembro, véspera do feriado da *Imaculada Conceição* em Roma, uma ótima data para o lançamento do livro *A Outra Face*, de Hazael Kaige, segundo seu editor. Vergara encontrava-se sentado no pequeno sofá do apartamento herdado por sua amada, aguardando que se vestisse e tomando conta das filhas, com sete anos quase completos. Ele não tinha do que reclamar. Deus lhe havia concedido descer à Terra inúmeras vezes para acompanhar de perto o crescimento de suas belas meninas e matar a saudade da sua amada. Hosana era semelhante a Hazael; calada, sorridente, de olhar profundo e com a mesma capacidade da mãe para perceber a presença de espíritos. Usava óculos e via o pai com total nitidez. Enirak era doce, meiga, espalhafatosa, extremamente falante e arteira, tinha conhecimento de Vergara pela irmã, que lhe contava com detalhes toda vez que ele as visitava. Ambas tinham a pele branca, os olhos cor de mel e os cabelos encaracolados e ruivos, parecendo ter saído de algum desenho animado do canal *Nickelodeon*. Uma pequena marca de nascença, logo acima do tornozelo direito, as acompanhava, lembrando o desenho de uma borboleta com as asas abertas. Vergara estava na Terra quando Hazael deitou-se no gramado dos *Jardins da Villa Borghese*, o barrigão de oito meses exposto aos raios de sol do fim de tarde. Uma borboleta azul rodeou sua amada por alguns minutos antes de pousar em seu umbigo e permanecer ali durante quase duas horas. Vergara e Hazael riram o tempo todo, ela com a cabeça ao lado do ombro do amado, ele torcendo para Deus se esquecer de levá-lo de volta ao Paraíso. A luz do quarto de Hazael se apagou num clique agudo e surdo, as pontadas do sapato de salto alto marcavam seus passos pelo estreito corredor. Ela chegou na sala dentro de um vestido negro com decotes nas costas e as canelas à mostra. Seus cabelos curtos e repicados haviam sido penteados com gel e jogados para trás.

— Como estou? — perguntou ela, os olhos fixos em Vergara.

— Deslumbrante — respondeu ele, erguendo-se do sofá. Aproximou-se da amada numa caminhada flutuante e tocou com os lábios a boca de Hazael num beijo delicado, gentil e apaixonado.

— Estou atrasada — disse ela, apanhando a bolsa e as chaves de casa.

— Para não perder o costume! — Enirak comentou aos risos, correndo e batendo palmas em torno da mãe.

O caminho que levou a família Vergara até a livraria foi feito em menos de 20 minutos por um táxi caindo aos pedaços, mas com o ar-condicionado funcionando perfeitamente. As principais avenidas da cidade estavam pouco congestionadas, não se viam muitos carros passeando pelas ruas, o que, de certa forma, ajudou a controlar a ansiedade e o nervosismo de Hazael. As portas da Livraria Bookabar, uma das mais modernas de todo o mundo, localizada no coração de Roma, no segundo quarteirão da Via 24 de Maggio, atrás do Palácio de Quirinale, nas cercanias da Fontana di Trevi, já apresentava uma enorme fila, ainda que há duas horas antes de o evento iniciar. Alguns cartazes protestavam contra o livro de Hazael, dizendo que Judas era o traidor do Messias e o assassino de Jesus, mas de longe não representavam a maioria. Centenas de pessoas queriam autografar seus exemplares e aproveitar a noite para conversar com Hazael e fazer perguntas a ela.

Vergara viu sua amada descer do carro e cumprimentar Rodrigo Polaino, seu editor, um sujeito simpático, de cabelos compridos e barbas por fazer.

Eles caminharam em volta do quarteirão e entraram na livraria pela porta dos fundos. Vergara os acompanhou de perto, de mãos dadas com Hosana e ao lado de Enirak. O evento foi aberto com uma palestra a respeito da origem das escrituras e da veracidade do testamento. Em seguida, Hazael fez questão de explicar ao público as principais características da personalidade de Judas e, de maneira bem simples, enumerar seus últimos passos ao lado de Cristo. A jovem turca foi bombardeada de perguntas durante quase três horas de conversa, antes de ser iniciada a sessão de autógrafos e fotos. Preferiu encerrar a noite em casa, ao lado das filhas e de Vergara, que partiu de volta ao Paraíso aos primeiros sinais do amanhecer. Não aceitou festejar em uma badalada discoteca de Roma, a convite de Rodrigo Polaino, motivado pelos números positivos do lançamento.

Nas semanas seguintes, o livro *A Outra Face* bateria inúmeros recordes. Chegaria à incrível marca de 15 milhões de cópias vendidas em menos de um ano, na Itália e em outros 60 países. O sucesso da nova escritora a conduziu aos prêmios Nobel de Literatura e de Melhor Biografia do ano. Mas o dinheiro e a fama não alteraram o coração, os olhos puros e a alma dourada de Hazael. Dois anos depois, após ter se recusado a escrever outros livros e doado mais da metade de seus direitos para dezenas de instituições de caridade, seguiu com as filhas para Goreme, uma das principais províncias da Capadócia, na Turquia, onde vive em uma pequena casa de pedra e barro até os dias de hoje, cultivando flores, frutas e vegetais.

Aos domingos, disparado seu dia predileto da semana, os primeiros raios de sol trazem Vergara diretamente do céu para o conforto do seu lar, como um milagre de Deus, motivo que faz Hazael unir as mãos todas as noites e orar em sinal da sua infinita gratidão.

CAPÍTULO 84

Turquia, Goreme
Um domingo qualquer
VERDADEIRO LAR

VERGARA UNIU AS MÃOS EM POSIÇÃO DE PRECE E FECHOU OS OLHOS enquanto aguardava mais uma vez o momento de descer à Terra para passar algumas horas com Hazael e suas adoráveis filhas. Não sabia ao certo quando essas visitas terminariam, motivo que o fazia aproveitar cada segundo. Um sentimento de compaixão envolveu sua alma assim que se descobriu a poucos metros dos degraus da escadaria que o transportaria até Goreme, a nova casa de sua amada. Num instante, a imagem de Deus pousou em sua mente como um pássaro se acomoda sobre o tronco de um arbusto florido. Imaginou a quantidade de desejos, sonhos e problemas que cada ser presente em cada um dos infinitos mundos confia aos cuidados do Pai Celeste. Desejou vê-Lo de perto ao menos uma vez. Beijaria seu rosto se fosse possível. *"Quem sabe um dia"*, pensou com imensa ternura.

— Sinto pena do Senhor, meu bom Deus. A quem recorre quando precisa de algo? Em que colo se deita quando quer chorar? Será que existe um Deus para Você? — indagou Vergara num sussurro solitário.

Cerrou as pálpebras e aquietou o coração. Arfou com serenidade, preparando sua consciência e seu espírito para atravessar o caminho até a Terra pela enésima vez. Assim que abriu os olhos e avistou, mesmo distante, o rosto amoroso de Hazael iluminar-se diante do primeiro raio solar da manhã, compreendeu sua verdadeira missão em vida. Todos os seus passos, desde a infância, seus estudos, seu emprego como psiquiatra do Vaticano, o levaram àquela caverna em Istambul para conhecer sua mulher, para amá-la, protegê-la e morrer por ela.

Afinal, o amor sempre vence, não é mesmo? Foi a própria Hazael quem um dia lhe dissera isso, e agora essas palavras faziam total sentido.

Vergara serpenteou alguns arbustos e observou sua amada mais de perto. Preferiu manter-se em silêncio, gostava de chegar com cautela. Ela estava linda, regava as flores do jardim da frente de casa, os olhos atentos e os movimentos delicados.

Antes de anunciar sua vinda, seus pés penetraram aquela pequena construção de pedra e barro pela parede dos fundos. Obviamente não precisava de portas, seu novo corpo era formado por uma reunião quase infinita de luzes dançantes e coloridas.

Vergara flutuou na direção do quarto das meninas. Elas permaneciam dormindo, era muito cedo ainda. Aproximou-se calmamente, um sorriso vívido em seu cenho e um carinho tão puro e sereno no coração, que um contorno azulado circundou o rosto das suas filhas. Seus lábios tocaram a testa de Hosana e Enirak, dois beijos doces e delicados, com gosto de uma saudade eterna.

Vergara não precisou caminhar até o jardim para se encontrar com sua amada. Hazael percebera sua presença e o espreitava, com as costas apoiadas ao batente da porta, as mãos trêmulas e ansiosas enxugavam as lágrimas ao redor das suas pálpebras.

— Você está aí? — inquiriu ele, os olhos arregalados e vibrantes.

— Claro que sim — respondeu Hazael num tom baixo. — Abrace-me!

Enquanto Vergara seguia até o corpo da sua amada, um devaneio intenso invadiu sua mente e o fez sorrir de maneira generosa. Acostumara-se a sua nova realidade, disso não tinha dúvidas. A morte mostrava-se como uma passagem leve e serena, o céu era um lugar pacífico e fascinante. Mas a vida na Terra era igualmente preciosa, miraculosa e deslumbrante. Talvez o seu verdadeiro lar. Uma pena ser tão breve.

— Concordo com você, meu amor. — As palavras de Hazael trouxeram Vergara de volta ao momento presente.

— Nunca se cansa de ler meus pensamentos?

Ela sorriu e negou com um tímido gesto de cabeça.

— Parece preocupado. O que houve?

— Não sei até quando poderei vir, Hazael. Acho que Deus tem uma nova missão para mim. — Lágrimas despontaram dos olhos de Vergara, pareciam gotas de tinta azul.

— Eu já soube.

— Você acha que devo aceitar?

— Claro que sim! Que seja feita a vontade Dele, querido. Assim na Terra como no céu.

Vergara fechou os olhos e a abraçou ainda mais forte.

Capítulo final
Dezoito anos depois

Um jovem marcha lentamente pelo deserto da Turquia numa trilha de montanhas altas e íngremes. Seu corpo está coberto por um manto cinza e um turbante quadriculado tenta impedir que o sol fervente daquela manhã de domingo derreta sua cabeça. Embora cansado e com um ferimento no braço direito que requer cuidados urgentes, uma pausa para repousar passa longe dos seus pensamentos. Ele é o único sobrevivente de um incêndio que levou embora sua mãe, seus pertences e os amigos do seu vilarejo ao sul da Capadócia. Quer seguir em frente, sem olhar para trás. Precisa parar de sofrer e tentar encontrar motivação para se manter vivo. Ao atravessar o último monte, descobre um vale perdido no horizonte salpicado por algumas poucas construções. Há uma placa caída ao chão na qual se lê "Goreme". *Seria o nome daquele minúsculo povoado?*

Não soube dizer.

Respira fundo e ergue as sobrancelhas. Um lugar isolado e pacífico talvez atendesse às suas necessidades, principalmente nesse momento. Serpenteia por entre uma dezena de arbustos e, de alguma forma, aquele perfume de mato lhe é familiar. Encontra uma casinha de pedra e barro na entrada da cidadezinha e apoia-se ao portão de madeira em frente a um jardim colorido e bem-cuidado. Uma linda mulher, alguns anos mais velha do que ele, destaca-se na paisagem. Está regando as plantas, os movimentos doces e angelicais.

— Com licença — ele sopra, a voz trêmula. — Você poderia me oferecer um copo de água?

Hazael levanta-se e fita o rosto do jovem. Toma um susto. Seu coração saltita aos pulos, parece querer fugir por sua garganta seca. Ela o reconhece de imediato. Então percebe que a missão oferecida ao seu amado era, na verdade, um presente de Deus.

Ela caminha trôpega em direção ao portão sussurrando uma palavra que há tempos não dizia:

— Vergara.

Nota do autor

Caro leitor, o livro que você acabou de ler é um romance de ficção que aborda valores como amor, fé e fidelidade. Foi escrito com base em três testamentos existentes: os *Evangelhos de Lucas e João* e um texto apócrifo do século II, encontrado no Vilarejo de El Minta, no Egito, em meados da década de 1970. O manuscrito copta (língua falada pelos antigos egípcios) contém 26 páginas e ficou conhecido como o *Evangelho de Judas*.

Um grande abraço,
Ricardo Valverde.

FONTE: Minion Pro

#Novo Século nas redes sociais